Guido M. Breuer
Nach alter Mörder Sitte

Vom Autor bisher bei KBV erschienen:

All die alten Kameraden
Altes Eisen
Alte Narben
Nach alter Mörder Sitte

Guido M. Breuer wurde 1967 in Düren geboren. Er wuchs in Düren und in der Nordeifel auf. Nach einer Ausbildung zum Bankkaufmann und anschließendem Wirtschaftsstudium arbeitete er als selbstständiger Unternehmensberater und lebt heute als Autor in Bonn. Seine Tatorte finden sich vornehmlich in seiner Nordeifeler Heimat, den Tälern und Höhen von Nideggen bis Monschau. Dort ermittelt auch sein Lieblings-Protagonist Opa Bertold, der sich erstmals im Frühjahr 2009 mit *All die alten Kameraden* in das kriminalistische Geschehen der rauen Eifel einschaltete und 2012 bereits seinen vierten Fall zu lösen hat.

Guido M. Breuer

Nach alter Mörder Sitte

KBV

Originalausgabe

www.kbv-verlag.de
E-Mail: info@kbv-verlag.de
Telefon: 0 65 93 - 998 96-0
Fax: 0 65 93 - 998 96-20
Umschlagillustration: Ralf Kramp
Redaktion: Nicola Härms, Rheinbach
Druck: Aalexx Buchproduktion GmbH, Großburgwedel
Printed in Germany
ISBN 978-3-942446-45-7

»... clamore et fletu omnia complerentur.«
(Der ganze Schauplatz war von Jammern
und Geschrei erfüllt.)
Gaius Iulius Caesar, *De bello Gallico V, 33*

»... noctu ad unum omnes desperata salute se ipsi interficiunt.«
(In der Nacht brachten sie sich alle selbst um, weil sie an
ihrer Rettung verzweifelten.)
Gaius Iulius Caesar, *De bello Gallico V, 37*

1. Kapitel

Die schwere Metalltür hatte sich hinter ihm geschlossen. Das Klacken des Riegels im Schloss war zwischen den dicken Mauern des weiten Raumes ein paar Sekunden hin und her geworfen, dann immer mehr verschluckt worden und endlich ganz verhallt. Nun stand er in völliger Dunkelheit. Und Stille.

Es roch nach kaltem Stein. Er schaltete die Taschenlampe an. Das sterile blaue Licht aus winzigen LEDs wirkte künstlich, unpassend für das uralte Gemäuer. In dem schwachen Strahl schwebte feiner Staub. Die Partikel tanzten umher, in Unruhe versetzt durch den kurzen Luftzug, den sein Eintreten bewirkt hatte, und beruhigten sich dann bald wieder. Der Mann atmete stoßweise aus, um zu sehen, wie die Punkte erneut durcheinandergewirbelt wurden. Sein dampfender Atem stand einen Augenblick in dem Korridor aus fahlem Licht. Er wunderte sich, wie kalt es in der Basilika war. Draußen war es lau, geradezu warm für eine Julinacht in der Nordeifel. Mit dieser Kälte im Inneren des romanischen Kirchenbaus hatte der heimliche Besucher nicht gerechnet. Er beschloss, sich nicht länger als unbedingt nötig hier aufzuhalten. Dieser Gedanke erzeugte bei ihm einen schalen Geschmack der enttäuschten Vorfreude. Aber andererseits – sein Tun würde die beabsichtigte Wirkung ohnehin erst später entfalten, und er würde es erleben. Langsam und ohne auf dem Steinboden ein Geräusch von Schritten zu erzeugen, ging er durch die leeren Holzbänke. Er stieg über das Seil, das die Apsis vom Mittelschiff der Basilika Sankt Johannes Baptist trennte, und stand dann vor dem Altar. Sorgfältig legte er dort das Paket ab, das er bis dahin in der Linken gehalten halte. Leicht war es, aber großflächig. Behutsam löste er die Umhüllung ab, bis das freilag, um dessentwillen er den nächtlichen Einbruch in die Basilika verübt hatte. Nicht zu stehlen hatte er vor. Nein, im Gegenteil, er wollte etwas hier zurücklassen. Etwas, von dem er wusste, dass es Aufsehen erregen würde. Langsam und zärtlich glitten seine Fingerkuppen über die glatte Oberfläche. Das künstliche Licht ließ die Farben falsch aussehen, aber der Betrachter wusste, wie sie in Wahrheit aussahen. Er atmete noch einmal tief ein, dann löste er sich vom Altar und ging zum Eingang der Kirche zurück. Bevor er die Tür öffnete, schaltete er die Taschenlampe aus. Niemand durfte ihn hier beobachten. Vorsichtig sah er sich um. Einsam lag das alte Gemäuer auf dem Burgberg über Nideggen. Um diese nachtschlafende Zeit war hier kein Mensch unterwegs. Der Mann bewegte sich im Schatten der Basilika in Richtung Burgruine. Um sicherzugehen, nicht doch noch jemandem zu begegnen, würde er sich durch den Wald davonschleichen.

2. Kapitel

Kommissar Wollbrand spürte jeden Knochen in seinem Leib. Und er wusste nicht, ob er das schrecklich oder im Gegenteil sogar gut finden sollte. Vielleicht versuchte sein Körper ihm zu sagen, dass er in der vergangenen Nacht nicht gestorben war. Der Alte beschloss, seinen müden Gliedern dafür dankbar zu sein.«

Lorenz Bertold murmelte diese Worte leise vor sich hin, während er den langen Flur hinunterschlurfte. Er hatte sich in der letzten Zeit angewöhnt, deutlich später als die meisten seiner Mitbewohner aufzustehen. Doch an diesem Morgen war er früh unterwegs. Die Sonne hatte sich gerade erst über die grünen Hügel der Rureifel erhoben und sendete ihre noch etwas matten Strahlen flach durch das Fenster am Ende des Ganges. Lorenz strebte dem anderen Ende zu und betrachtete den langen Schatten, den er auf den Boden warf. Selbst diesem flüchtigen Abbild seines Körpers war das Unbehagen anzusehen, das ihn erfüllte. Zaghaft und unsicher schob sich die graue Silhouette vorwärts. Der Alte wischte mit seinem Gehstock durch die Luft, als könne er damit seinen Schatten des Weges verweisen, und murmelte leise: »Der Kommissar hatte keine Ahnung, was ihn in der vergangenen Nacht am Schlaf gehindert hatte. War etwas geschehen, von dem er noch keine Kenntnis hatte und das dennoch bereits seinen Schatten vorauswarf?«

Es war nicht das erste Mal, dass er sich nach einer durchwachten Nacht lustlos durch die Gänge der Seniorenresidenz Burgblick schleppte. Dabei war er am Vorabend in der Hoffnung ins Bett gegangen, tief und fest zu schlafen. Er hatte sich zu einer Veranstaltung überreden lassen, die sich Kräfti-

,ungsgymnastik schimpfte. Nach anfänglichem Widerwillen hatte es ihm sogar gefallen. Was er sich natürlich nicht hatte anmerken lassen. Die ungewohnte sportliche Betätigung hatte eine angenehme Bettschwere ausgelöst. Doch dann hatte er wider Erwarten kein Auge zugetan. Nun spürte er Stellen an seinem Körper, die er vorher gar nicht an sich gekannt hatte. Oder vielleicht doch – vor langer Zeit.

Lorenz befürchtete, dass seine nächtliche Unruhe keineswegs den drohenden Schatten kommender Ereignisse geschuldet war. Vielmehr schien es, als sei viel zu lange gar nichts geschehen, als ob sich dies womöglich auch gar nicht mehr ändern könnte. Er war nun fünfundsiebzig Jahre alt, verwitwet und Insasse eines beschaulichen Seniorenheimes. Sollte es das nun gewesen sein?

Die Vorstellung war beängstigend. Ein wenig Animation, regelmäßige Spaziergänge und die Obacht darauf, dass der Stuhlgang möglichst ebenso regelmäßig vonstattengeht. Der Alte schüttelte sich und versuchte, die unangenehmen Gedanken abzuschütteln. Dann blieb er vor einer Tür stehen, an der ein nüchternes Schild mit der Aufschrift *Sprechzimmer Dr. Ziany* nichts Angenehmes erwarten ließ. Der Alte hob eine Hand, um anzuklopfen, dann hielt er zögernd inne. Natürlich hatte er in Wahrheit seit dem Zubettgehen an kaum etwas anderes denken können als den morgendlichen Termin zur Blutabnahme. Er durfte noch nichts gegessen haben, also musste es vor dem Frühstück sein. »Kommissar Wollbrand war sich der Gefahr, in die er sich nun begab, wohl bewusst. Die Wissenschaftlerin des Syndikats wartete sicherlich bereits mit spitzer Nadel darauf, seine Körperzellen einer eingehenden Untersuchung zukommen zu lassen. Wollte man womöglich einen Superbullen klonen? Oder etwa im Gegenteil den perfekten Verbrecher? Welche Bösartigkeiten verbargen sich in diesem Laboratorium? Der erfahrene Ermittler wusste genau, er konnte das Geheimnis nur lüften, indem er durch diese Tür gehen würde.«

Durch diese Vorrede ermutigt klopfte Lorenz an und öffnete die Tür. Die Ärztin saß hinter einem riesigen Schreibtisch, neben dem ein menschliches Skelett stand. Sie sah von einer Patientenakte auf, von der Lorenz vermutete, dass es sich um die seine handle.

»Guten Morgen, Herr Bertold«, sagte sie lächelnd. »Nehmen Sie doch bitte gleich da vorn Platz.« Sie wies auf einen etwas abseits stehenden Stuhl, der verdächtig nach dem Ort medizinischer Eingriffe aussah. »Sind Sie auch nüchtern?«

Lorenz sah die noch ziemlich junge Frau von der Unterkante ihres weißen Kittels bis zu den Augenbrauen über den Rand seiner Brille hinweg an. »Liebe Frau Doktor Zyankali, wann trafen Sie mich zuletzt betrunken an?«

Das Lächeln der Ärztin wurde bemühter. »Mein Name ist Ziany, wie Sie wissen, lieber Herr Bertold. Und Sie wissen weiterhin genau, was ich mit nüchtern meine. Sie haben also noch nicht gefrühstückt?«

»Wenn ich behaupten würde, ich käme gerade gesättigt aus dem Speisesaal, werde ich dann vorzeitig entlassen?«

Die Ärztin, die die Art des Alten sehr wohl kannte und diesem Termin mit ähnlichem Unbehagen entgegengesehen hatte wie Lorenz, seufzte nur wortlos und stand auf, um ein Desinfektionsspray aus dem Schrank zu nehmen. Lorenz setzte sich auf den ihm zugewiesenen Stuhl und beobachtete die Frau, wie sie eine Spritze aus der sterilen Verpackung schälte und auf einem silbernen Tablett bereitlegte. »Dann machen Sie mal einen Arm frei.« Sie hielt plötzlich, ohne dass Lorenz sie danach hätte greifen sehen, eine Schnalle zum Abbinden des zu perforierenden Körperteils bereit. Er krempelte einen Hemdsärmel hoch und bot seine bloßgelegte Armbeuge dar.

»Dann schauen Sie mal, ob Sie hier meines Lebenssaftes habhaft werden können.«

Wieder sparte sich die Ärztin eine Entgegnung und begann, den Arm eingehend aus der Nähe zu betrachten. Sie drückte etwas herum, klopfte einmal hier und da, dann ließ sie ein leises »Hm« vernehmen. Lorenz spürte, wie sich sein Magen zusammenzog. »Was heißt hier ›hm‹? Hier wird nicht ›hm‹ gemacht. Ich dachte, Sie wären ein Profi. Walten Sie Ihres Amtes, und entnehmen Sie bitte kurz und schmerzlos meinem Körper, was Sie benötigen. Ausdrücke der Unsicherheit werden vom Patienten nicht gern vernommen.«

»Lassen Sie mal stecken, Herr Bertold«, sagte die Ärztin leicht gereizt. »Ich muss nur eine geeignete Vene finden. Das ist bei Ihnen nicht ganz so einfach.«

»Mein Körper hat im Laufe der Jahrzehnte Abwehrmechanismen gegen seine gewaltsame Öffnung entwickelt. Ich hoffe, Sie wissen, was Sie tun, und wo Sie es tun.« Mit diesen Worten lehnte Lorenz sich zurück, schloss die Augen und überließ sich der Ärztin und seinem Schicksal. Er ließ Kommissar Wollbrand fieberhaft nachdenken, wie er diese gefährliche Situation zu meistern gedachte. Es schien sowohl dem Kommissar als auch Lorenz, dass der einzige Weg zur Lösung der Situation war, die Blutabnahme geschehen zu lassen. Er spürte, wie das Desinfektionsspray seine Armbeuge kühlte, und hörte die Ansage: »Jetzt gibt es einen kleinen Pieks.« Lorenz wollte entgegnen, wie albern diese Vorwarnung sei, doch sein Mund fühlte sich plötzlich zu trocken an, um etwas zu sagen. Dann spürte er das Eindringen der Nadel. Von der Einstichstelle ging ein unangenehmes Ziehen durch seinen Arm, welches sich dann in den ganzen Körper fortpflanzte. Geduldig wartete er mit geschlossenen Augen auf das Ende der Prozedur. Nach ein paar Sekunden vernahm er erneut ein »hm«. Lorenz öffnete die Augen und sah, dass sich das Röhrchen noch mit keinem Tropfen Blut gefüllt hatte. »Da will nichts kommen«, kommentierte die Ärztin.

Lorenz versuchte ein Grinsen und meinte: »Haben Sie denn ernsthaft erwartet, in diesen alten Adern würde noch Blut fließen?« Dann wollte er noch etwas sagen, doch jener ziehende Schmerz hatte irgendwie den Weg von der Armbeuge bis hinter seine Stirn gefunden. Es wurde dem Alten schwarz vor Augen. Er spürte noch, wie er die Körperspannung und den Kontakt zur Sitzfläche des Stuhles zu verlieren begann. Dann schwanden ihm die Sinne.

Als Lorenz wieder zu sich kam und die Augen öffnete, sah er in das Gesicht von Benny Bethge. Der junge Pfleger setzte ein schelmisches Grinsen auf. »Na, wer hat da zuerst schlappgemacht – Opa Bertold oder Kommissar Wollbrand?«

»Ist es vollbracht?«, antwortete der Alte matt. »Im Himmel kann ich wohl kaum gelandet sein, wenn dein Frätzchen das Erste ist, was ich sehe.«

Bennys Grinsen wurde breiter. »Alles klar, Frau Doktor«, sagte er. »Opa Bertold ist völlig in Ordnung.«

Lorenz richtete sich auf, und mit der Hilfe des Pflegers stand er bald wieder auf seinen Beinen, wenn auch noch etwas unsicher. Die Ärztin wies auf die leere Spritze. »Wenn Sie sich gut fühlen, erholen Sie sich noch eine Minute, und dann versuchen wir es noch einmal.«

»Junge Frau«, erwiderte der Alte und hob seine Stimme an. »Ich weiß nicht, was Sie während meiner Bewusstlosigkeit alles mit mir versucht haben, aber falls Sie das meinen, was ich noch mitbekommen habe: Denken Sie nicht mal dran! Ich gehe jetzt frühstücken. Meine Körpersäfte stehen Ihnen heute nicht zur Verfügung. Was zu beweisen war.« Zu Benny gewandt sagte er: »Junge, gib mir meinen Stock und geleite mich aus diesem Höllenlaboratorium. Das Syndikat muss ohne meine DNA auskommen.«

Er warf Doktor Ziany noch einen grimmigen Blick zu, den der junge Pfleger mit einem Grinsen begleitete. Dann waren die beiden hinaus und ließen – nicht zum ersten Male – eine ratlose und frustrierte Medizinerin zurück. Benny konnte sich ein lautes Lachen nicht verkneifen. »Tut mir leid, Opa Bertold, aber du bist ein wirklich schräger Vogel. Die arme Zyankali.«

»Einen armen Arzt habe ich in fünfundsiebzig Jahren Patientendasein noch nicht getroffen«, entgegnete Lorenz. »Warum studierst du nicht auch Medizin?«

»Willst du mich loswerden?«, fragte Benny zurück. »Die Büffelei bis zum Abi hat mir echt gereicht. Hier gefällt es mir. Zumindest solange Kommissar Wollbrand in der Eifel ermittelt.«

Der Alte lächelte still vor sich hin, während sie dem Speisesaal der Seniorenresidenz Burgblick entgegenstrebten. Er wusste sehr wohl, dass alles Menschliche endlich war, doch warum sollte er das dem jungen Mann an diesem sonnigen Morgen erläutern? Mochte er dies selbst im Laufe eines hoffentlich langen und erfüllten Lebens herausfinden.

Im Frühstücksraum herrschte bereits reger Betrieb. Lorenz raunte: »Wenn der in Ehren ergraute Ermittler noch einen Beweis für das Massenphänomen der senilen Bettflucht gebraucht hatte, so lag er hier vor seinen Augen.«

Dann suchte er in der Masse der speisenden Senioren nach seinen Freunden. Das kupferfarbene Haar Bärbel Müllenmeisters leuchtete ihm von einem Tisch entgegen, der nah am

Panoramafenster stand und während des Frühstücks einen schönen Ausblick auf den hauseigenen Park ermöglichte. Bärbel erhob sich, als Lorenz und Benny herangekommen waren.

»Bitte behalten Sie doch Platz, Gnädigste«, lächelte Lorenz, der wieder einmal über die Freundlichkeit Bärbels in allen Kleinigkeiten des täglichen Miteinanders staunte. »Wir müssen in Gegenwart unseres jungen Freundes aufpassen, dass wir nicht zu höflich miteinander umgehen, ansonsten nimmt der Bengel am Ende noch Gewohnheiten an, die ihm das moderne Leben in seiner eigenen Generation unmöglich machen.«

Bärbel ließ ihr helles mädchenhaftes Lachen durch den Speisesaal schallen, sodass einige erstaunt von ihrem Frühstück aufblickten. »Sei nicht albern, Lorenz. Ein bisschen Höflichkeit schadet in keinem Kreise. Und in so schlechter Gesellschaft hält sich unser Benny doch ohnehin nicht auf, oder?«

»Weiß nicht«, grinste der Pfleger. »Ich habe von Kommissar Wollbrand gelernt zu schweigen, wenn ich mich selbst belasten könnte.«

Lorenz klopfte mit seinem Gehstock auf den Boden. »Hört hört, der Junge nimmt tatsächlich Lehre an. Ich bin beeindruckt.«

Benny winkte lachend ab. »Ich lass euch besser mal allein, wünsche guten Appetit. Frau Klinkenberg hat mich in die Verwaltung befohlen, da darf ich die Chefin nicht lange warten lassen.«

»So ist es recht«, meinte Lorenz. »Und denke unbedingt daran, ihr Gelegenheit zu geben, dich ernst zu nehmen!«

»Aber so was von!«, grinste Benny und eilte hinaus.

»Darf ich dir einen Kaffee einschenken?«, fragte Bärbel, während sie bereits die Kanne in der Hand hielt, um eine Tasse zu füllen.

»Gerne.« Lorenz freute sich auf den ersten Schluck, sein Magen verlangte nach etwas Warmem. Er überlegte, Bärbel von seinem Missgeschick bei der Ärztin zu erzählen, entschied sich dann aber, die unrühmliche Episode für sich zu behalten. Stattdessen fragte er: »Wo ist denn Gustav? Ist der etwa noch nicht auf?«

»Oh doch«, antwortete Bärbel und goss nun auch sich selbst einen Kaffee ein. »Ich habe ihn eben schon kurz gesehen. Er wollte noch einen Neuankömmling begrüßen, den er offenbar schon kennt, und dann zu uns stoßen.«

Lorenz wartete, bis Bärbel die Kanne abgestellt hatte, und trank dann einen Schluck. »Oh ja«, meinte er dann. »Das hab ich jetzt gebraucht.«

Auch Bärbel genoss ihren Kaffee. »Hast du eine gute Nacht gehabt? Du siehst etwas müde aus, wenn ich das sagen darf.«

»Du darfst«, brummte Lorenz. »Weil es halt stimmt. Ich habe kein Auge zugetan, obwohl ich gestern so angenehm müde war.«

»So was kommt und geht«, meinte Bärbel. »Manchmal weiß ich auch nicht, warum ich so gut schlafe, obwohl mich etwas bedrückt, und andersherum finde ich auch manchmal keinen Schlaf, obwohl es mir gut zu gehen scheint.«

»Da lobe ich die Gottesgabe unseres Gustav. Der wandert einfach im Schlaf herum und weiß nachher nix.«

»Zumindest nichts, was ich nicht vorher auch schon nicht gewusst hätte«, warf Gustav Brenner ein, der in diesem Moment an den Tisch trat.

»Wenn man vom Teufel spricht ...«, meinte Lorenz.

»So hat man meist den Schwanz schon in der Hand«, ergänzte Gustav. »Ihr Lieben, darf ich euch Alexander Grosjean vorstellen?«

Er wies auf einen hochgewachsenen, sportlich wirkenden Herrn, der hinter ihm gewartet hatte und nun, da sein Name genannt wurde, einen Schritt nähertrat. »Guten Morgen«, sagte er mit einer Stimme, die sehr geschmeidig klang. Beinahe samten, dachte Lorenz und schalt sich sofort im Stillen einen Narren, bei einem Mann an solche Ausdrücke zu denken.

»Guten Morgen«, erwiderte Bärbel, stand auf und reichte Grosjean die Hand. »Bitte, setzen Sie sich doch zu uns. Wir wollten gerade das Frühstück beginnen.«

»Sehr freundlich, vielen Dank«, erwiderte der Neuankömmling und nahm auf einem freien Stuhl Platz, wobei er sich mit der Linken durch das volle, dunkle Haar fuhr. Bestimmt gefärbt, dachte Lorenz. Auch Gustav setzte sich. »Alexander und ich haben uns gestern Abend schon zufällig bei einem Spaziergang getroffen. Er erzählte mir, dass er hier einzieht.«

»Dann seien Sie herzlich willkommen«, sagte Bärbel. »Ich bin Bärbel Müllenmeister, und dieser bärtige alte Kauz, der mir gegenübersitzt, ist Lorenz Bertold.«

»Ich freue mich, Sie kennenzulernen«, sagte Alexander Grosjean. »Gustav hat mir schon so einiges über Sie erzählt. Und da ich auch schon in der Zeitung über Sie gelesen habe, war ich zugegebenermaßen neugierig. Sie sind ja so etwas wie ein weithin bekannter privater Ermittler, wenn ich das so sagen darf.«

»Jetzt haben Sie es ja schon gesagt, ohne zu wissen, ob Sie das dürfen«, entgegnete Lorenz.

»Nehmen Sie das dem alten Brummbär nicht übel!« Benny Bethge war in den Speisesaal zurückgekehrt. »Er hat eben bei der Blutabnahme den sterbenden Schwan markiert und ist jetzt entsprechend bissig.«

»Was soll denn das?«, fragte Lorenz. »Hat die Klinkenberg dich etwa zurückgeschickt, um hier zu petzen?«

»Hoppla«, grinste Benny. »Er hat es euch nicht erzählt, oder?«

»Hat er nicht«, meinte Bärbel. »Lorenz, was ist denn passiert?«

»Wo bleibt denn das Rührei, verdammt?« Lorenz schien nicht gewillt, der neuen Gesprächswendung zu folgen.

»Iss doch lieber Obst und Müsli zum Frühstück.« Bärbel blieb hartnäckig. »Dann würde es dir bestimmt bessergehen. Und nun sag, was ist bei der Blutabnahme geschehen?«

Da Lorenz keine Anstalten machte, etwas zu erzählen, sprang Benny ein. »Keinen Tropfen Blut hat die Ärztin aus ihm herausbekommen. Der Kreislauf hat komplett gestreikt, und Opa Bertold ist k. o. gegangen und hat die Fliesen unfreiwillig geputzt. Als ich vorbeikam, machte er gerade die Äuglein wieder auf.«

»Verräter«, knurrte Lorenz.

»Das hört sich aber sehr unangenehm an«, bemerkte Alexander Grosjean. Lorenz lag eine scharfe Bemerkung auf der Zunge, doch er verwarf diese und suchte nach einer weniger bösartigen Formulierung. »Nicht so unangenehm, wie Sie vielleicht glauben«, sagte er schließlich. »Für einen Beau wie Sie mag es vielleicht eine schreckliche Vorstellung sein, blutleer zu Füßen einer Ärztin zu liegen, aber ich mache so was beinahe täglich.«

»Lorenz!« Bärbel schüttelte missbilligend den Kopf, konnte sich eines Lächelns aber dennoch nicht erwehren. »Herr Grosjean ist doch kein Beau, was immer du damit meinen magst. Was soll er denn von uns denken, kaum dass er hier angekommen ist?«

»Das ist unserem bissigen alten Kater sicherlich wurscht«, kommentierte Gustav.

»Ich bin dann mal wieder weg!«, fügte Benny Bethge flott hinzu und eilte von dannen.

»Ich hab Hunger«, sagte Lorenz. »Herr Groschen, Sie sehen aus, als wären Sie Zimmerservice gewohnt, aber hier ist Selbstbedienung angesagt. Spart Kosten und hält die alten Glieder auf Trab.« Damit erhob er sich und ging zum Buffet, um sich eine große Portion Ei und Speck aufzuladen. Und da er wusste, dass Bärbel sicherlich wieder seine Essenswahl rügen würde, packte er noch ein paar Würstchen dazu. Das macht vital, wenn es mich nicht umbringt, dachte er. Der Neue soll nicht denken, ich sei ein Schlappschwanz. Dann kehrte er an den Tisch zurück. Überrascht stellte er fest, dass Grosjean nicht mehr dort saß. Er raunte Gustav zu: »Dein neuer Freund scheint ja ein ganz vitaler Bursche zu sein. Dem sprudelt es bestimmt nur so aus der Vene, wenn die Zyankali ihn ansticht. Ist er schon zu ihr unterwegs, um ihr zu zeigen, dass es hier noch starke Männer gibt?«

Gustav grinste. »Man könnte meinen, du wärest eifersüchtig auf Alexander. Also, wenn ich es nicht besser wüsste ...«

»Weißt du aber halt nicht«, maulte Lorenz zurück und ließ sich nieder. Dann begann er zu essen und wunderte sich, dass Bärbel das ganz kritiklos hinnahm.

Gustav meinte: »Alexander ist nicht etwa vor deiner Grobheit geflohen, sondern weil er einen Gesprächstermin mit Frau Klinkenberg hat. Sie möchte ihn begrüßen, da sie gestern Abend keine Gelegenheit dazu hatte.«

»Da wird sie sich sicher freuen«, grummelte Lorenz kauend. »Jetzt hat sie unter ihren greisen Schäfchen auch noch ein Model.«

Bärbel seufzte. »Du hast aber wirklich eine schlechte Nacht und einen schlimmen Morgen hinter dir. Jetzt iss erst mal in

Ruhe, und dann machen wir einen Spaziergang durch Nideggen. Ja?«

»Gute Idee, macht ihr das mal«, sagte Gustav, während Lorenz schweigend an einem kleinen Rostbratwürstchen kaute. »Ich habe Alexander für gleich eine Führung durchs Haus versprochen.«

Lorenz zog es vor, weiterhin nichts zu sagen. Insgeheim schalt er sich für seine schlechte Laune. Andererseits, und das war auch die feste Meinung des alten Kommissar Wollbrand, hatte er als Insasse eines Altenheimes, der gerade einen Schwächeanfall und dessen schonungslose Offenlegung vor einem Fremden hinter sich hatte, das Recht auf ein paar kleine Grobheiten. Als er sich zu diesem Gedanken durchgerungen hatte, begann ihm auch das Essen zu schmecken, und er bemerkte die wärmenden hellen Sonnenstrahlen, die über den Park der Seniorenresidenz und durch die Fenster fluteten. Er nahm einen Schluck Kaffee und räkelte sich ungeniert auf dem Stuhl. Jetzt könnte die Zyankali ihm problemlos im Vorbeigehen einen halben Liter Blut abzapfen, dachte er und war dennoch froh, dass die Ärztin dies in der nächsten Zeit vermutlich nicht mehr versuchen würde.

3. Kapitel

Es herrschte bereits geschäftiges Treiben auf der Zülpicher Straße in Nideggen. Auf dem Kopfsteinpflaster klackerten die Absätze eiliger Damen. Die Schritte der männlichen Passanten schienen Lorenz nicht nur leiser, der Machart der Schuhe geschuldet, sondern auch langsamer zu sein. Frauen hatte er immer schon als das gehetztere Geschlecht wahrgenommen. Immer in Eile, immer die nächste Pflicht im Kopf und im Blick.

Bei Bärbel war das anders. Lorenz schaute zur Seite, wo die Freundin entspannt und wie fast immer lächelnd schlenderte, hier und da ein bekanntes Gesicht grüßend, an manchen Auslagen der Geschäfte staunend, als hätte sie dies nicht schon hundertmal gesehen. Als sie am Marktplatz angelangt waren, nahmen sie, ohne dies abgesprochen zu haben, den Weg zum Burgberg hinauf. Vielleicht hatte Lorenz seine Schritte zuerst dorthingelenkt, und Bärbel war sofort darauf eingegangen. Es mochte aber auch umgekehrt sein, das war auf eine angenehme Art gleichgültig. Sie bemerkte seinen Blick und wandte sich ihm zu. »Es scheint dir ja endlich besserzugehen. Da ist wieder etwas Farbe in deinem Gesicht.«

»So? War ich zu blass heute Morgen?«

Bärbel lachte. »Du bist ein unverbesserlicher Brummbär. Natürlich sahst du blass aus. Eine schlechte Nacht, dann eine Ohnmacht, verzeih, ich meinte ein Kreislaufproblem bei der Blutabnahme, und dann der Herr Grosjean, mit dem unser Gustav so schnell Freundschaft geschlossen zu haben scheint. Das war offensichtlich ein bisschen zu viel für dich. Was ist sonst noch schlimm daran?«

»Wenn das alles so offensichtlich ist, brauchen wir ja glücklicherweise nicht weiter darüber zu sprechen«, entgegnete

Lorenz und spürte bei dem langen Satz, dass der steile Anstieg in der Burggasse ihm etwas den Atem zu nehmen begann. Unwillkürlich strich er mit der Hand, die nicht mit der Führung des Gehstockes beschäftigt war, über den Bauch, der sich über dem Gürtel spannte. Bärbel bemerkte natürlich auch diese kleine Geste und konnte sich einen Kommentar nicht verkneifen: »Bedauerst du jetzt doch deine Speiseauswahl? Was sagen die Würstchen, der Speck und die Eier zu der Steigung?«

»Sie sagen, dass sie da sind, wo sie hingehören, und dass daneben kein Platz mehr war für Müsli und Obst.«

Lorenz konnte dies so sagen, obwohl er wusste, dass Bärbel selbst vegetarisch lebte und das Essen von Tieren strikt ablehnte. Dennoch war er sich ihrer liebevollen Toleranz sicher, sonst hätte er sich vielleicht nicht so ausgedrückt. Er wollte noch etwas hinzufügen, das etwas milder klang, als Bärbels Mobiltelefon sich meldete und sie den Anruf annahm. »Hallo Benny«, sagte sie leicht erstaunt. Dann lauschte sie dem, was der junge Pfleger ihr mitzuteilen hatte, und entgegnete dann mit noch mehr Erstaunen in ihrer Miene: »Lorenz und ich sind gerade zufällig in dieser Richtung unterwegs. Wir sind in wenigen Minuten dort.« Damit steckte sie das Handy wieder ein und sagte zu Lorenz: »Stell dir vor, der Pfarrer hat bei unserer Verwaltung angerufen und wollte mich sprechen. Er wartet in der Kirche.«

»Was hat er denn so Wichtiges?«, fragte Lorenz, dessen Neugier sofort geweckt war.

»Das hat er Frau Klinkenberg und Benny nicht sagen wollen. Er wollte, dass ich mir etwas ansehe. Und es sei dringend und dulde keinen Aufschub.«

Das Lächeln war aus Bärbels Gesicht verschwunden. Lorenz wusste, dass sie solcherart Überraschungen nicht liebte, da es nicht ganz unwahrscheinlich war, dass der Hintergrund sich eher unangenehm ausnehmen würde. Er dagegen war sofort begeistert von der überraschenden Wendung, die dieser Morgen zu nehmen schien. Unwillkürlich schritt er kräftiger aus.

Bärbel folgte seinem schnelleren Tempo und sah ihn von der Seite an. »Das scheint dir ja schon wieder Spaß zu machen.«

»Aber ja«, entgegnete Lorenz. »Vielleicht hat der Pfarrer etwas Interessantes für uns?«

»Aber wenn es etwas Schönes wäre, hätte er doch am Telefon schon was sagen können, oder nicht?«

Lorenz grinste. Auch Bärbel konnte halt nicht aus ihrer Haut. »Warten wir einfach mal ab, was er hat. Es muss ja nicht gleich etwas Kriminelles sein. Sonst hätte er ja auch eher nach mir gefragt, oder etwa nicht?«

Bärbel nickte nachdenklich. Jedoch schien die Logik des Alten sie nicht so ganz zu beruhigen. Und so waren beide aus ganz unterschiedlichen Motiven heraus froh, als sie den Anstieg durch die malerische Gasse bewältigt und die Nideggener Pfarrkirche erreicht hatten.

Lorenz öffnete das patinagrüne Bronzetor und ließ Bärbel eintreten. Er folgte ihr auf dem Fuße. Linker Hand gleich am Eingang befand sich das Grabmal des Grafen Wilhelm und seiner Gattin Ricarda. Lorenz erinnerte sich noch lebhaft an sein Abenteuer, das mit dem Leben dieses mittelalterlichen Fürstenpaares verbunden gewesen war. Lorenz atmete die kühle Luft ein, die in der Basilika stand, und ließ die Atmosphäre des romanischen Bauwerks auf sich wirken. Er hatte dazu jedoch nicht viel Zeit, denn schon kam ihnen der Pfarrer eilig entgegen und reichte ihnen die Hand, die sich feucht verschwitzt anfühlte.

»Frau Professor Müllenmeister«, begrüßte er Bärbel leicht hektisch. »Wie schön, dass Sie so schnell kommen konnten.«

»Wir waren gerade auf einem Spaziergang in der Nähe«, sagte Bärbel. Auf die Nennung ihres Titels – Lorenz wusste, dass sie dies nicht sonderlich mochte – entgegnete sie nichts.

Der Pfarrer wies in Richtung Altar und bedeutete ihnen, ihm zu folgen. Lorenz fiel auf, dass die Geste eigentlich nur Bärbel galt und der Pfarrer ihn überhaupt nicht beachtete, aber das ärgerte ihn nicht. Vielmehr zeigte es ihm, dass der Geistliche durch irgendetwas ziemlich aus dem Gleichgewicht gebracht worden sein musste, denn ansonsten hätte er sich, höflich wie Lorenz ihn kannte, auch ihm zugewandt. Sie gingen zwischen den leeren Holzbänken hindurch und betraten das Sanctuarium, in dessen Zentrum sich der Altar befand. Dahinter wölbte sich das Halbrund der Apsis, wo ein Fresko den thronenden Christus, flankiert von seiner Mutter und Johannes dem Täufer, zeigte.

»Bitte, Frau Professor, sehen Sie sich das an. Dies lag heute Morgen so auf dem Altar.« Bärbel und Lorenz traten näher, mit ihren Augen der Handbewegung des Pfarrers folgend. Ihr Blick fiel auf ein rahmenloses Bild, das, wie es Lorenz schien, in sehr altem Stil und mit religiösem Hintergrund gemalt war. Er wartete nun, da er Bärbel den Vortritt gelassen hatte und keine Details erkennen konnte, ebenso wie der Pfarrer auf Bärbels Einschätzung. Die ließ dann auch nicht lange auf sich warten.

»Das ist interessant«, begann sie. »Das lag hier so auf dem Altar?«

»Ja, zusammen mit diesem Zettel hier.« Der Pfarrer kramte in seiner Tasche und holte ein Papier hervor, auf dem offenbar via Computer gedruckt stand: »Fragen Sie Frau Professor

Bärbel Müllenmeister, Seniorenresidenz Burgblick zu Nideggen, nach der Herkunft dieses Kunstwerkes.«

»Das muss jemand in der Nacht hier hingelegt haben. Ich fand die Tür heute Morgen offen, obwohl ich ganz sicher bin, sie gestern Abend abgeschlossen zu haben.«

Lorenz ärgerte sich, dass er seine Brille vergessen hatte, und verkniff sich eine Bemerkung über Glaubensangelegenheiten.

Bärbel betrachtete das Bild und murmelte, mehr für sich selbst als die beiden wartenden Männer, vor sich hin: »Also. Es handelt sich um Öl auf dünnem Holz. Das Material sieht sehr alt aus, die Farbe extrem gut erhalten. Der Stil ist ganz eindeutig aus der Schule des Stephan Lochner, das Bild kenne ich sogar. Fünfzehntes Jahrhundert. Es zeigt drei Heilige, links die Katharina, in der Mitte Hubertus und die Figur rechts – da müsste ich nachschauen. Unten, sehr viel kleiner, ist der Stifter des Bildes zu sehen, das hat man früher – oh mein Gott!«

Die letzten Worte hatte Bärbel voller Entsetzen ausgerufen. Lorenz war wie elektrisiert. »Was ist? Was hast du?«, fragte er hastig.

»Das kann doch nicht sein«, stammelte Bärbel, sichtlich fassungslos.

»Nun sag schon«, drängelte Lorenz. Bärbel sah ihn an, darauf musterte sie nochmals angestrengt das Bild, dann wieder ihn. Schließlich sagte sie: »Die Stifterfigur stellt, wenn mich nicht alles täuscht, dich dar, lieber Lorenz.«

»Nein!« Lorenz drängte sich dichter an den Altar und beugte sich über das Bild. Der vor den hohen Gestalten der Heiligen kniende Mann trug eine braune Mönchskutte, das Gesicht war von einem weißen Vollbart bedeckt, zwischen den zum Gebet gefalteten Händen hielt er einen Gehstock.

Auch wenn Lorenz keine Brille trug, konnte er erkennen, dass dieser Mann ihm glich.

»Nun«, sagte er. »Da kann schon eine Ähnlichkeit sein, aber so genau ist das doch nicht zu sagen.«

Der Pfarrer sah nun auch genau hin, betrachtete dann Lorenz' Gesicht und meinte: »Entschuldigung, aber Frau Professor Müllenmeister hat recht. Das Antlitz des Stifters auf dem Bild ist nicht etwa nur ähnlich, sondern es gleicht dem Ihren bis ins letzte Detail.«

»Damit wissen wir auch schon, dass es sich um eine Fälschung handelt«, sagte Bärbel, deren kühl wissenschaftliche Wortwahl so gar nicht zu dem entsetzten Ausdruck auf ihrem blassen Gesicht passen wollte.

»Nun bist du es aber, die etwas weiß um die Nase ist«, meinte Lorenz, dem selbst auch nicht so ganz wohl in seiner Haut war.

»Um Gottes willen, Lorenz«, stieß Bärbel hervor. »Wie kannst du dabei nur so gelassen sein? Das ist doch unheimlich, oder?«

»Irgendwie schon. Zu dumm, dass ich meine Brille nicht dabeihabe. Ich kann keine Details erkennen.«

»Glaube mir, das bist ganz sicher du.«

Der Pfarrer fragte: »Dann ist das Bild also kein Original von Stephan Lochner?«

»Völlig unmöglich«, antwortete Bärbel. »Es sei denn, vor fünfhundert Jahren hat es einen Auftraggeber für den Maler gegeben, der unserem Opa Bertold bis aufs letzte Barthaar glich. Auch die Farben sind eindeutig frisch. Dermaßen gut restauriert kann ein so altes Bild gar nicht sein. Erstaunlich ist aber, dass jemand, der über diese künstlerischen Fähigkeiten verfügt, sich die Mühe macht, eine offensichtliche Fälschung anzufertigen.«

Lorenz raunte leise: »Der erfahrene Ermittler spürte, dass hier etwas oberfaul war. Warum war er auf einem gefälschten alten Meisterwerk abgebildet, und wer hatte das Bild zu welchem Zweck in der Nideggener Pfarrkirche abgelegt?« Und laut sagte er: »Wenn Sie nichts dagegen haben, Herr Pfarrer, nehmen wir das Bild zu näheren Untersuchungen mit. Auch den Zettel brauchen wir dringend. Ich hoffe, Sie haben nicht zu sehr daran herumgefummelt.«

»Wie meinen Sie das?« Der Geistliche blickte unsicher drein.

»Ich meine das natürlich im Hinblick auf etwaige kriminaltechnische Untersuchungen, was denn sonst?«

Lorenz wollte kopfschüttelnd noch einiges an die Adresse des Pfarrers loswerden, hielt aber dann inne und beobachtete erstaunt, was Bärbel nun tat. Sie nahm ihr Mobiltelefon, machte einige Fotos von dem Bild und klickte dann an den Tasten des Handys herum. »Was machst du da?«, fragte Lorenz neugierig.

»Moment«, sagte Bärbel. »Ich muss jemanden anrufen.« Dann lauschte sie einen Augenblick und sprach dann: »Hallo Justus, hier Bärbel. Ich habe dir eine MMS gesandt. Schau dir das Bild mal genau an, und melde dich dann bitte so schnell du kannst bei mir. Danke. Tschüss.«

»Was hast du jetzt gemacht?«, fragte Lorenz wieder.

»Nun, ich habe einem ehemaligen Kollegen, genauer gesagt meinem Lehrstuhlnachfolger in Düsseldorf, ein Foto des Bildes zukommen lassen. Bin gespannt, was er dazu sagt. Ich habe ihm bewusst keine weiteren Informationen gegeben.«

»Beeindruckend, was du alles kannst«, staunte Lorenz.

»Ich finde es auf eine beunruhigende Weise beeindruckend, was der Erschaffer dieses Bildes kann«, entgegnete

Bärbel. »Ich kenne die Arbeiten Stephan Lochners nicht alle im Detail, aber es ist offensichtlich, dass hier ein Kenner der mittelalterlichen Malerei mit großer Kunstfertigkeit zugange war.«

»Und was steckt nun dahinter?«, fragte der Pfarrer.

»Das wird zu klären sein«, meinte Lorenz. »Und ich bin sicher, es geht um mehr, als dass uns nur jemand zeigen will, wie schön er malen kann.«

4. Kapitel

Sein Zimmer kam ihm sehr klein vor. Er durchmaß es in alle Richtungen mit unruhigen Schritten. Immer wieder blieb er vor dem Bild stehen und betrachtete es eingehend. Die heilige Katharina, mit dem Schwert in der einen und dem zerbrochenen Wagenrad in der anderen Hand, sah ihn eindringlich an. Allzu lange konnte er nicht darauf schauen, und so begann er von Neuem auf und ab zu gehen. Es war lange her, seit Lorenz sich in seinem Zimmer in der Seniorenresidenz wie in einer Gefängniszelle gefühlt hatte. Damals, in den ersten Tagen hier, war es ihm so gegangen. Dann hatte er Freunde gefunden, es waren spannende Dinge geschehen, die ihn ins Leben zurückgeholt hatten. Er hatte wieder daran geglaubt, noch eine Zukunft zu haben, wie kurz sie auch währen mochte.

Und nun war er in seine Vergangenheit zurückgeworfen worden. Hart und brutal. Von einem Unbekannten, den er nicht einzuschätzen wusste. Wieder hielt er inne, um das Bild zu betrachten. Nun trug er seine Brille und konnte alle Einzelheiten des Gemäldes würdigen. Es konnte kein Zweifel daran bestehen, dass die kniende Person seine Gesichtszüge trug. Doch auch wenn dies schon absonderlich genug schien, es war doch nicht das, was ihn zutiefst verstörte. Und beunruhigte. Er bemerkte das Zittern seiner Hände, das sich auf den ganzen Körper ausbreiten wollte und gegen das er nichts tun konnte. Wieder wurde sein Blick magisch von dem Gesicht der heiligen Katharina angezogen. Bleich war es und schmal. Blondes Haar umspielte in langen Locken die weißen Wangen, fiel in Wellen auf das rote Kleid mit dem goldenen Saum. Lorenz blinzelte. Das Heiligengesicht begann zu verschwimmen. Er versuchte seinen Blick zu klären, indem er die Augen weit aufriss. Doch das Bild wurde immer undeutlicher. Er spürte, wie seine Lippen zitterten. Und erst, als er durch die Nase keine Luft mehr bekam und einen salzigen Geschmack wahrnahm, wurde ihm bewusst, dass er weinte. Tränen liefen ihm in kleinen Bächen in seinen weißen Bart. Lorenz nahm ein Stofftaschentuch aus der Hosentasche und schnäuzte sich. Er musste sich zusammennehmen. Was war denn nur los mit ihm? War es denn so einfach, ihn dermaßen aus der Ruhe zu bringen? Er, der in fünfundsiebzig Jahren schon so viel gesehen und auch mehr als genug Trauriges erlebt hatte? Es dauerte eine Weile, bis er sich gestattete, den Namen in seinen Gedanken auszusprechen. Gerda.

Er musste noch mehrmals tief durchatmen, bis er es über sich brachte, das Bild der heiligen Katharina nochmals anzusehen und dabei ihren wahren Namen zu denken: Gerda.

Er riss sich von dem Bild los und ging zum Schreibtisch, wo ein Fotoalbum aufgeschlagen lag. Lange hatte er diese Seiten nicht mehr aufgeschlagen. Viel zu lange. Seine Tochter Gerda, der Sonnenschein der Familie. Sie war so lebhaft, so aufgeweckt, abenteuerlustig. Das blonde Haar kurz gestutzt, zum ständigen Verdruss ihrer Mutter, die es gerne traditionell lang gesehen hätte. Wie das der heiligen Katharina. Die Gerdas Gesichtszüge trug.

Wieder zog es Lorenz zu dem unheimlichen Gemälde. Kein Zweifel, dieses Gesicht war das seiner verschollenen Tochter Gerda. Viele Jahre war es her, dass sie spurlos verschwunden war. Und das Schrecklichste an dem Bild war, dass es die Gesichtszüge einer Frau in mittleren Jahren zeigte. So wie Gerda jetzt vielleicht aussehen würde. Immer noch hübsch, aber gereift.

Konnte es sein? Lorenz wies den Gedanken weit von sich. Zu erschreckend, zu verwirrend war es. Wieder schossen

Tränen in seine Augen. Er lief ins Badezimmer, um das Gesicht mit kaltem Wasser zu waschen, die brennenden Augen zu kühlen und die Hitze zu vertreiben. Sich wieder normal zu fühlen, als sei das alles gar nicht da. Es gelang nicht.

Gerda. Sie teilte ihres Vaters Freude an der Geschichte ihrer Heimat. Und dann ging sie ausgerechnet nach Berlin, um dort Kunstgeschichte und Archäologie zu studieren. Ab und an kam sie zu Besuch. Bis sie eines Tages nicht mehr den Weg nach Hause fand. Hätte er sie am Bahnhof abholen sollen oder ihr Bruder Stephan? Lorenz war sich viele Jahre sicher gewesen, dass sein Sohn es war, der Gerda hätte abholen sollen. So war es abgemacht gewesen. Jetzt war er nicht mehr davon überzeugt, dass seine Erinnerung die richtige war. Hatte Stephan doch recht gehabt mit der Behauptung, der Vater hatte es sich nicht nehmen lassen wollen, Gerda selbst in Köln abzuholen? Wer wollte das jetzt noch entscheiden nach so langer Zeit? Doch nun war Gerda wieder da. Auf diesem Bild, das so ästhetisch und harmlos daherkam und doch so voll diabolischer Tücke war.

Stephan. War es Zufall, dass der unbekannte Maler sich ausgerechnet ein Bild des Kölner Meisters Stephan Lochner ausgesucht hatte, um ihn zu verhöhnen? Wohl kaum. Lorenz, Gerda und Stephan. Er musste Stephan anrufen. Lorenz ging zum Telefon und tippte daran herum, um die Nummer seines Sohnes zu finden. Als er sie auf dem winzigen Bildschirm sah, verließ ihn der Mut. Nein, er musste alleine sein mit sich, seinen Erinnerungen und diesem Bild. Er legte das Telefon wieder weg. Wieder nahm ihn das Bild der heiligen Katharina gefangen. War es wirklich Gerda? Er wusste doch gar nicht, wie sie heute, fünfundzwanzig Jahre nach ihrem Verschwinden, aussehen würde. Und der Maler konnte es auch nicht wissen. Oder etwa doch? Die möglichen Antworten wollte Lorenz sich gar nicht ausmalen, er konnte es einfach nicht.

Und ja, es war zweifellos Gerda. Ihre hellen klugen Augen, die eng unter einer hohen Stirn standen, mit beinahe zusammengewachsenen Augenbrauen wie bei ihrer Mutter. Die kleine, feine Nase, die nah am Kopf anliegenden Ohren, das energische Kinn. Solche Züge hatte er noch bei keinem anderen Menschen gesehen. Gerda. Woher kannte der Maler sie? War er derjenige, der sie als Letzter lebend gesehen hatte? Oder lebte sie doch noch? Lorenz schüttelte unwillig den Kopf. Er ahnte, dass der tückische Unbekannte genau dies gewollt hatte: dass er wie ein gefangener Tiger in seinem Zimmer auf und ab lief und sich quälende Fragen stellte.

Lorenz gab sich einen Ruck und murmelte: »Der in Ehren ergraute Ermittler war in diesem Moment zwar verzweifelt. Doch er war eben auch erfahren genug, um zu wissen, dass der Moment kommen würde, den Spieß umzudrehen und das Heft in die Hand zu nehmen. Dieser Moment war noch nicht da, doch es war nur eine Frage der Zeit.«

Ein Klopfen ließ den Alten aufhorchen. Er trat an den Eingang und öffnete. Bärbel stand da und sah ihn prüfend an. Lorenz trat zurück und bedeutete ihr wortlos einzutreten. Nachdem er die Tür geschlossen hatte, fragte sie mit besorgter Miene: »Ich hatte gehofft, dass du zum Mittagessen kommen würdest. Du siehst nicht gut aus. Hast du etwa geweint?«

Lorenz fand, dass es nicht der Moment für Ausflüchte war. »Erwischt. Sieht man mir das so sehr an?«

Bärbel umarmte ihn und hauchte ihm einen Kuss auf die Wange. Er hielt still und ließ es geschehen.

»Was ist los? Setzt dir dein Gesicht auf diesem Bild so sehr zu?«

Lorenz zögerte. Sollte er ihr alles erzählen? Die ganze Wahrheit? Und was war denn überhaupt die Wahrheit? Er wusste es doch selbst nicht.

Bärbel spürte seine Unentschlossenheit. »Da ist doch noch etwas. Habe ich recht?«

Lorenz nickte. Er setzte sich hin und bedeutete Bärbel, ebenfalls Platz zu nehmen. Dann holte er tief Luft. »Die Frau auf dem Bild.« Er hielt inne, traute sich nicht weiterzusprechen. Bärbel horchte auf. »Dir kommt sie auch seltsam vor?«

Lorenz wollte dies bejahen und von Gerda erzählen, doch wieder stockte er. »Was meinst du mit seltsam? Ist dir etwa auch etwas an dieser Katharina aufgefallen?«

»Aber ja!« Bärbels Augen begannen zu glänzen. »Ich wusste zuerst nicht, was es war. Doch dann habe ich im Internet nach dem Original gesucht. Ich sagte dir ja in der Kirche schon, dass ich keine ausgesprochene Lochner-Spezialistin bin. Doch dann, als ich das Original gesehen und ein wenig über den Stil Stephan Lochners nachgedacht hatte, war es plötzlich völlig klar.«

Bärbel stand auf und ging zu dem Bild. Sie wies auf das Gesicht der heiligen Katharina. »Sieh her: Lochner malte die Frauengestalten immer puppenhaft, mit jugendlichen, geradezu kindlichen Gesichtern. Und hier – diese Katharina ist eine reife Frau, ganz und gar untypisch für Lochner. Im Original hat die Heilige rötliche Locken und ist sehr jung – die Märtyrerin starb der Sage nach auch in eher jugendlichem Alter. Diese falsche Katharina ist aber eine erwachsene blonde Frau, ich würde sagen, um die vierzig. Das ist eine ganz bewusste Änderung, bei den offensichtlichen Fähigkeiten des Malers sicherlich nicht unbeabsichtigt. Ich habe nur keine Ahnung, was das soll.«

Nun war es an Lorenz, seine Beobachtungen zu offenbaren. Als er sprach, kam ihm seine Stimme wie die eines Fremden vor. »Der Hintergrund ist der, dass es gar nicht die heilige Katharina ist, die dort abgebildet ist. Es ist Gerda, meine Tochter.«

Bärbel blickte ihn bestürzt an. »Deine Tochter? Die damals spurlos verschwand? Das ist ja schrecklich!« Lorenz sah, wie es hinter Bärbels Stirn arbeitete. Dann meinte sie: »Um Gottes willen! Meinst du, der Fälscher hat deine Tochter gemalt, wie sie heute – aussieht?«

Lorenz schüttelte den Kopf. »Ich weiß es nicht. Wie sie aussieht oder wie sie heute hätte aussehen können. Wer kann das wissen? Ich kann nur sagen, so ähnlich müsste meine Gerda heute aussehen, wenn sie damals nicht ermordet worden wäre.«

»Aber das ist doch gar nicht bewiesen!«, rief Bärbel aus. »Sie wurde doch nie gefunden! Und du weißt ganz genau: ohne Leiche kein Mord!« Sie schlug die Hände vor den Mund. »Entschuldige, Lorenz. Das wollte ich nicht sagen. Es ist zu schrecklich. Verzeih mir bitte.«

»Schon gut«, sagte Lorenz leise. »Du sagst nur die Wahrheit. Ich weiß, dass das so ist. Und doch habe ich immer gespürt, dass meine Gerda tot sein muss. Sie hätte sich sonst gemeldet. Sie war nicht der Typ, unterzutauchen und ihre Familie in Ungewissheit zurückzulassen. Dazu gab es keinerlei Veranlassung. Nein, meine liebe Bärbel, Gerda ist tot.«

»Und wenn nicht?« Bärbel sprach sehr leise. »Was, wenn sie immer noch eingesperrt irgendwo in einem Keller sitzt? Es gibt doch diese schrecklichen Fälle.«

Lorenz antwortete darauf nicht. Bärbel biss sich auf die Unterlippe, sie hatte das Gefühl, dass sie diesen Gedanken nicht hätte aussprechen dürfen. Sonst war es eher Lorenz, der ihr mit seinem Hang zum Kriminellen oft Schlimmes zumutete. Nun sagte sie selbst Dinge, die ihr unfassbar widerlich erschienen.

Lorenz sagte: »Erzähl mir mehr über das Bild. Was war der Lochner für ein Maler? Und was bedeutet das Bild? Du weißt, ich kenne mich in der Kunst nicht so gut aus.«

Bärbel war Lorenz dankbar für diese Frage, konnte sie doch so von ihrer beider Bestürzung ablenken. »Stephan Lochner war der bedeutendste Künstler im Köln des fünfzehnten Jahrhunderts. Als Albrecht Dürer später die Domstadt besuchte, gab dieser sogar Geld dafür, Bilder des alten Meisters sehen zu dürfen. Lochner malte noch nach der Alten Schule, meist auf Holz, und ganz in der sakralen Themenwelt des späten Mittelalters, griff aber bereits die neuen Einflüsse besonders der holländischen Maler auf. Dieses Bild hängt in der Alten Pinakothek in München. Es zeigt drei Märtyrer. Die heilige Katharina wurde wegen ihres Glaubens gerädert und, als das Rad in der Folter zerbrach, mit dem Schwert enthauptet. Daher wird sie traditionell mit Schwert und Radspeiche dargestellt. Daneben steht der heilige Hubertus mit dem Hirschsymbol, dargestellt als Bischof von Lüttich, und ganz rechts, wie ich zunächst nicht mehr wusste, der heilige Quirinus. Er war ein römischer Soldat, der zum christlichen Glauben übertrat und dafür hingerichtet wurde. Er ist der Stadtpatron von Neuss, wo seine Reliquien hingelangten. Sein Wappen sind neun goldene Kugeln auf rotem Grund, wie du hier auf dem Bild auch sehen kannst. Und unten, symbolisch viel kleiner als die Heiligen gemalt, der Stifter des Bildes, der wohl ein Kirchenmann war. Damals wurden die Stifter oft in das von ihnen finanzierte Kunstwerk mit eingebracht, hier als frommer Mann, der die Heiligen anbetet.«

»Und wie lebte dieser Meister Lochner?«

»Darüber ist angesichts der langen Zeit nicht sehr viel bekannt. Sicher weiß man allerdings, dass er Mitte des fünfzehnten Jahrhunderts als wohlhabender und angesehener Bürger Kölns während einer Pestepidemie starb.«

Lorenz nickte schweigend. Beide hingen eine Zeit lang ihren Gedanken nach. Dann sagte Bärbel: »Du musst Rita alles erzählen. Das ist eine Sache für die Polizei.«

»Auf keinen Fall!« Lorenz' Stimme war lauter, als er es gewollt hatte. Aber er schüttelte bekräftigend den Kopf. »Keine Polizei.«

»Aber wenn jemand hier helfen kann, dann Rita. Sie ist nicht nur eine gute Kriminalistin, sondern auch deine Enkeltochter.«

»Sie soll nichts von der Sache erfahren«, brummte Lorenz.

Bärbel wartete, ob er seine Meinung irgendwie begründen würde, doch er tat dies nicht. Bärbel wollte ihm vorwerfen, dass er in diesem Punkt völlig irrational und unlogisch vorging, doch sie behielt dies für sich. Vermutlich wusste der Alte dies selbst und würde bald zur Vernunft kommen. Bärbel nahm sich jedoch vor, das Bild genau untersuchen zu lassen. Sie sagte: »Nun, wie du willst. Hoffentlich änderst du deine Meinung in diesem Punkt noch. Ich werde das Bild mit nach Düsseldorf nehmen, in mein früheres Institut. Dort stehen modernste Mittel zur Verfügung, um die Maltechnik und die verwendeten Materialien genau zu untersuchen. So bringen wir vielleicht auch ohne Polizei ein wenig mehr Licht in diese Sache.«

»Mach das«, sagte Lorenz und starrte gedankenverloren vor sich hin.

Bärbel wartete noch eine Weile vergeblich, dass er etwas sagte, dann stand sie auf. »Gut, dann werde ich mal gehen. Ich habe in meinem Appartement geeignetes Material, um das Bild einzupacken. Ich komme später noch mal, um es mitzunehmen.«

Lorenz nickte stumm. Sie lächelte ihm unsicher zu, strich kurz, aber liebevoll mit der Hand über seine Schulter und ließ ihn dann allein. Als die Tür ins Schloss gefallen war, versank der Alte in eine bleierne Starre. Er vermochte sich nicht zu bewegen, seine Gedanken kreisten um Gerda und ihr Schicksal. Sein Magen zog sich zusammen und erinnerte ihn daran, dass er das Mittagessen hatte verstreichen lassen. Doch er wollte, er konnte nichts essen. Abgesehen davon hatte er ein reichhaltiges Frühstück genossen. Vielleicht zu fett, aber füllend. Lorenz versuchte sich einzureden, dass er deswegen noch keinen Appetit entwickelt hatte. Wieder wanderte sein Blick zu dem Gesicht der heiligen Katharina. Konnte ein Maler, der sein Handwerk verstand, die Züge einer jungen Frau auf ein späteres Lebensalter ohne Vorlage übertragen? Oder war doch das Undenkbare geschehen? Auf dem Bild sah es so aus, als bete er seine Tochter an. Und auf eine gewisse Weise hatte der bösartige Künstler einen wahren Punkt getroffen. Wer machte sich eine solche Mühe, ihn so zu treffen, und warum? Der Alte war überzeugt, dass dieses Bild nur der Vorbote schlimmer Ereignisse war. Er wollte gerade Kommissar Wollbrand eine entsprechende Schlussfolgerung formulieren lassen, als ein Klingelton seines Computers anzeigte, dass er eine elektronische Post erhalten hatte. Er ging zum Schreibtisch und stieß die Computermaus an, um den Bildschirm zu aktivieren. Rita hatte ihm genau erklärt, wie er das neue Email-Programm sehr leicht bedienen konnte. Sie hatte es ihm außerdem optimal eingestellt.

Die neue Nachricht war bereits markiert und in einem Vorschaufenster sichtbar. Wie immer las Lorenz zuerst den Namen des Absenders. Dabei erstarrte er. Diese Email hatte ihm jemand gesendet, der sich Ambiorix nannte. Tausend Bilder schossen dem Alten durch den Kopf, und er musste sich zwingen, diese zunächst aus seinem Hirn zu verbannen und den Text der Nachricht zu lesen. Dieser war ebenso kurz wie denkwürdig:

Ich war ein Großer meines Volkes, doch musst ich mich dem Größern beugen. So ging es deiner Tochter auch, so wird es bald auch dir ergehn. Ambiorix.

Lorenz musste sich setzen, seine Beine versagten ihm den Dienst. Er rang nach Luft und versuchte, die Kontrolle über sich wiederzuerlangen. Kommissar Wollbrand musste ihm jetzt mit kühlem Kopf zu Hilfe eilen. Deshalb murmelte er: »Wenn es jemand darauf angelegt hatte, den Alten fertigzumachen, dann war er gut darin. Das musste der in Ehren ergraute Ermittler leider zugeben.«

Das half. Er konzentrierte sich darauf, regelmäßig und tief zu atmen. Lorenz öffnete eine Schublade in seinem Schreibtisch, die er nicht mehr angefasst hatte, seit dieses Möbelstück hier aufgebaut worden war. Er entnahm der Lade einen Schuhkarton und stellte ihn auf den Tisch. Er brauchte noch einige Atemzüge, bis er den Karton öffnen konnte. Zuoberst lag ein altes, gelbstichiges Foto. Es zeigte Gerda im Alter von zehn Jahren. Das Mädchen wies auf einen hohen Sandsteinfelsen, der eine von Menschenhand geformte Aushöhlung aufwies. Ein Lächeln huschte über das Gesicht des Alten, als er an die Ernsthaftigkeit und den Eifer dachte, mit dem die Kleine ihn auf die Exkursionen in die Frühgeschichte der Eifel begleitet hatte. Wehranlagen der Kimbern, Teutonen und Eburonen hatten sie gesucht, Reste von keltischen Kultstätten und römischen Lagern. Auf den Spuren des Eburonenkönigs Ambiorix, der Julius Caesar die größte Niederlage seiner militärischen Laufbahn beigebracht hatte, die größte

Niederlage eines römischen Heeres überhaupt auf germanischem Boden, sechzig Jahre vor der Varusschlacht des Arminius. Gerda hatte darauf bestanden, als erste Fremdsprache Latein zu lernen, um Caesars *Commentarii de Bello Gallico* möglichst rasch im Original lesen zu können. Später hatte sie Lorenz versprochen, im Rahmen ihrer Abschlussarbeit das Schlachtfeld des Ambiorix im Rurtal zu lokalisieren und damit seinen eigenen Traum zu verwirklichen helfen. Doch dazu war es nicht mehr gekommen. Mit Gerdas Verschwinden hatte Lorenz die Akte Ambiorix geschlossen. Nun entnahm er mit zitternden Händen dem alten Schuhkarton nacheinander diverse handgefertigte Karten, Notizzettel und Fotos, Zeitungsausschnitte mit Artikeln zu dem Thema und einen Aufsatz des Blenser Pfarrers Andreas Pohl, der sich als Heimathistoriker besonders um die keltisch-römische Geschichte der Nordeifel verdient gemacht hatte. Lorenz blätterte in der Schrift. Bei einem Textabschnitt stieß er auf einen handschriftlich gekritzelten Vermerk, in dem Gerda dem alten Pfarrer einen Fehlschluss nachwies. An dieser Stelle konnte der Alte nicht weiterlesen, Tränen verschleierten seinen Blick. Er legte das Heft beiseite und überließ sich seiner Trauer.

Später, er wusste nicht, wie viel Zeit vergangen war, versuchte er sich zu erinnern, wie lange er nicht mehr laut geweint hatte. Selbst beim Tod seiner geliebten Maria, mit der er über ein halbes Jahrhundert verheiratet gewesen war, hatte er sich dies nicht gestattet. Gerda war der Grund gewesen. An dem Abend, an dem Maria und er beschlossen hatten anzunehmen, dass ihre Tochter tot war. Sie hatten dagesessen, sich an den Händen gehalten und gemeinsam geweint. Über zwei Jahrzehnte war das nun schon her. Und nun hatte ihn die Vergangenheit eingeholt. Vergangen war eben nicht vorbei.

Lorenz ballte die Fäuste, wischte sich dann die Tränen vom Gesicht und wandte sich wieder der ominösen Email und den alten Aufzeichnungen zu. Der unbekannte Absender nannte sich Ambiorix, ein Großer seines Volkes. Er musste sich einem Größeren beugen. Damit war sicher Julius Caesar gemeint, der nach der schweren Niederlage nicht ruhte, bis das Volk der Eburonen vollständig vernichtet war. Ihr Häuptling Ambiorix jedoch wurde nie gefasst oder getötet. Seine Spur verlor sich mit dem Untergang seines Volkes im Dunkel der Geschichte. Das war die Parallele zu Gerdas nie aufgeklärtem Verschwinden. Und der Unbekannte drohte, dass es auch Lorenz so ergehen würde. Eine unverhohlene Drohung also. Der Alte zweifelte nicht daran, dass der Absender der Nachricht identisch mit der Quelle des geheimnisvollen Bildes war. Doch was hatte eine antike Schlacht mit dem mittelalterlichen Maler Stephan Lochner zu tun? Und woher wusste der Unbekannte so viel über seine und Gerdas Recherchen zu Ambiorix? Von Gerda selbst? Lorenz dachte nach, mit wem er seit damals über Ambiorix und die Suche nach dem Schlachtfeld im Rurtal gesprochen hatte. Alte Arbeitskollegen? Freunde? Es war alles so lange her. Und in den letzten Jahren hatte er kein Wort mehr hierüber verloren, soweit er sich erinnern konnte. Vielleicht hatte er Bärbel, Gustav und Benny gegenüber einmal etwas erwähnt. Wenn einer seiner Freunde etwas davon jemand anderem erzählt hatte? Aber sicherlich nicht solch umfangreiches Hintergrundwissen, über das der Unbekannte offenbar verfügte. Das war unerklärlich und geradezu beängstigend, abgesehen von dem Schmerz, den das Aufbrechen der alten Wunde auslöste. Lorenz zweifelte nicht daran, dass dies beabsichtigt war.

Es drängte ihn danach, die Email zu beantworten, doch die Vernunft hielt ihn zurück. In diesem emotional aufgewühlten Zustand sollte er so etwas nicht tun, das sagte ihm seine ganze Erfahrung. Dieser Kontakt war zu heikel, um unüberlegte Schritte zu unternehmen. Später würde er vielleicht darauf zurückgreifen, doch vorerst galt es, zu innerer Ruhe und kühler Ratio zurückzufinden. Lorenz öffnete den Internetbrowser und gab »Ambiorix« in das Suchfenster ein. Google sagte ihm, dass es zu diesem Suchbegriff in 0,18 Sekunden 1.190.000 Treffer gefunden hatte. Offenbar hatte sich zu diesem Thema viel getan in den letzten Jahren. Lorenz atmete tief durch und begann, die unendlich scheinende Liste zu durchforsten. Was sich ihm da anbot, sah zwar nach einer Sisyphusarbeit aus. Doch andererseits fiel ihm nichts ein, womit er seine Zeit sinnvoller hätte füllen können. Und zudem erschien es ihm tröstlich, dass sich anscheinend außer ihm auch noch so viele andere ebenfalls mit dem alten Ambiorix beschäftigten. Er rückte seine Brille zurecht und machte sich auf einen langen Arbeitstag gefasst.

5. Kapitel

Der Mann krümmte sich vor Schmerzen. Draußen zuckten Blitze am schwarzen Himmel, ohne dass ein Donnern zu hören gewesen wäre. Die Hügel waren eben im Dunkel der Nacht noch wie weiche riesenhafte Wellen erschienen. Nun zeigten sie in den grellen Momentaufnahmen des unheimlichen lautlosen Sommernachtgewitters ihre schroffen Kanten. Bizarre Felsentürme und vereinzelt über die anderen Wipfel hinausragende Bäume fransten die Silhouette der Eifeler Höhenzüge aus.

Zitternde Hände entzündeten ein Streichholz und damit zwei Kerzen, die der Mann vor einem aufgeklappten Koffer aufgestellt hatte. Er betrachtete den Inhalt des Koffers im flackernden Kerzenlicht. Seine Augenlider zuckten, Schweiß rann ihm in die Augen. Er überlegte, ob er noch eine Schmerztablette nehmen sollte, und entschied sich dagegen. Hart wollte er sein, gegen sich nicht weniger als gegen alle anderen. Die Blitze zuckten in immer kürzeren Abständen, machten sekundenlang die Nacht zum Tag. Unwirklich sah der Himmel dann aus, wenn man sah, dass er auch in den Nachtstunden blau war. Der Mann fragte sich, wer diesen Himmel in diesem Augenblick außer ihm noch betrachtete.

»Leidest du?«, fragte er leise. »Tut es sehr weh?« Wieder krampfte sein Körper sich unter einer Welle des Schmerzes zusammen. Doch er ertrug es, weil er wusste, dass es nur das Signal eines kranken Körpers war. Er stellte sich vor, wie viel bohrender eine Pein sein musste, die sich über viele Jahre in die Seele gefressen hatte und gegen die es keine Tabletten gab. Der Mann presste die Hände an seinen pochenden Schädel, bis der Schmerz abgeebbt war. Sein trotziges Lachen klang heiser.

Lorenz sah vom Bildschirm auf. Er ließ langsam seinen Kopf kreisen und spürte, wie steif sein Nacken geworden war. Er ging zum Fenster und öffnete es. Eine seltsam klebrige Luft strömte herein. Aufgeladen und staubig. Zeit für ein Gewitter, dachte der Alte. Als hätte die Natur seine Gedanken erraten, zuckte ein Blitz durch die Nacht, der den Himmel in ein unwirkliches Licht tauchte. Lorenz wartete auf den Donner, der jedoch nicht kam. Der nächste Blitz folgte, so heftig, dass es fast schien, als sprenge er das Firmament. Eine unheimliche Stille lag über dem Rurtal. Warum mussten die warmen Sommertage immer in eine Schwüle münden, die nach kühlem Regen verlangte? Ob das vor zweitausend Jahren auch schon so gewesen war?

Lorenz hatte sich die Eifel, in die römische Legionen vordrangen, immer als dunklen nordischen Urwald mit kaltem Regen und Wind vorgestellt. Schwüle Sommernächte und zuckende Blitze ohne Donner waren in seinen Fantasien nicht vorgekommen. Auch keine müden alten Männer, die den Schlaf herbeisehnten und nicht finden konnten, keine staubige Luft, die nach Regen lechzte. Was hatten die Krieger aus dem fernen Italien hier zu finden gehofft? Ruhm auf dem Schlachtfeld? Reichtum? Oder nur gerade so viel Sold, um sich – wenn man den Dienst in der Armee überlebt hatte – irgendwo ein Stück Land und eine brave Frau leisten zu können? Und die Ureinwohner? Wofür hatte Ambiorix gekämpft? Für Ehre und Ansehen? Für die Fürstenmacht? Oder für die Freiheit seines Volkes? Wollte er sich unsterblichen Ruhm auf dem Schlachtfeld verdienen oder hatte ihn der Wunsch angetrieben, seine Kinder in Frieden und Freiheit, nach eigener Sitte und Kultur, aufwachsen zu sehen?

Lorenz überlegte, wie viel von seinem eigenen Lebenslauf das Ergebnis von Visionen und Plänen war. War er nicht eigentlich immer mehr ein Getriebener, vielleicht sogar ein Gestrandeter gewesen? Und wer konnte schon sagen, ob die Figuren der Geschichte, denen man eindrucksvolle Standbilder errichtete wie das des Ambiorix in Tongeren, ob diese nicht doch auch nur Menschen waren, denen ihr Leben einfach widerfuhr? Lorenz hatte in den letzten Stunden nur einen Bruchteil von dem gesichtet, was das Internet über den sagenumwobenen Eburonenkönig enthielt. Es waren sehr viele Artikel und Bilder gewesen, und doch hatten sie immer nur den Freiheitskämpfer in Siegerpose gezeigt, der für Marktplätze und Briefmarken taugte. Was aber war mit dem gescheiterten Ambiorix? Dem geschlagenen, verfolgten, einsamen Mann, der sich ins Vergessen flüchtete, vielleicht aus einem fernen Versteck die Ausrottung seines Volkes beobachtete? Der gebrochen im Dunkel saß und sich fürchtete, wenn Blitze nächtens am Himmel zuckten? Oder war er vielleicht unerkannt auf einem Schlachtfeld gefallen, bis zur Unkenntlichkeit verstümmelt und mit seinen namenlosen Gefolgsleuten in einem Massengrab oder gar von Tieren entsorgt? So viele Möglichkeiten, so viele Bilder eines Mannes, die allesamt nicht zur Heldenverehrung taugten. Lorenz erinnerte sich, damals mit Gerda nach dem Schlachtfeld gesucht zu haben, auf dem ein Ureifeler den übermächtigen römischen Invasoren getrotzt hatte. Doch gab es dieses Schlachtfeld wirklich? Oder gab es in Wahrheit nur einen Ort im malerischen Rurtal, wo zehntausend unglückliche Söldner erschlagen wurden aus Gründen, die damals wie heute unverständlich waren und letztlich nichts taugten?

Wieder zuckte ein Blitz über der Nideggener Burg, und diesmal zog er ein Donnergrollen nach sich. Es hörte sich viel weiter entfernt an, als es der Blitz tatsächlich gewesen war, und rollte über die Hügel davon, verlor sich über den Hängen des Rossberges und des Odenbleuels, wo vermutlich die Legionäre des Quintus Sabinius und des Lucius Cotta unter den Wurfgeschossen der Eburonen verblutet waren.

Lorenz versuchte, die düsteren Bilder zu verscheuchen. Er ließ Kommissar Wollbrand kommentieren: »Nicht einfach, wenn man bedachte, dass der alte Ermittler nun schon die zweite schlaflose Nacht in Folge verbrachte. So konnte er kaum zu helleren Gedanken kommen. Außerdem hatte er Hunger.«

Lorenz wunderte sich, ohne seinen Kommissar nicht darauf gekommen zu sein, dass er seit dem Frühstück nichts mehr gegessen hatte. Er überlegte, ob er es nun auch noch bis zum nächsten Frühstück aushalten konnte, da es nun schon weit nach Mitternacht war, oder ob er sich in die Küche schleichen sollte und dabei das Risiko einging, der immerwachen Sibylle Klinkenberg in die Arme zu laufen. Angesichts dieses bedrohlichen Szenarios entschied er, dass sein Hunger doch nicht ganz so groß war, und er beschloss, zur Not am nächsten Morgen eben ausnahmsweise einmal einer der Ersten im Speisesaal zu sein.

6. Kapitel

Lorenz war tatsächlich der erste Bewohner der Seniorenresidenz Burgblick, der an diesem Morgen den Frühstücksraum betrat. Sein Magen war so leer, dass er über den Zustand des normalen Hungers bereits wieder hinausgeraten war. Als er am Buffet stand und darauf wartete, dass der erste Kaffee fertig wurde und die Brötchen ausgeliefert wurden, war ihm bewusst, dass er an diesem Morgen genau das tat, wofür er die anderen Mitbewohner immer schon verachtet hatte. Vielleicht waren diejenigen, die sonst immer lange vor ihm hier waren, gar nicht nur senil und wussten nichts anderes mit sich anzufangen. Vielleicht hatten sie auch ganz einfach ähnlich schlechte Nächte durchlebt wie er jetzt. Lorenz hatte sich nie ernsthaft darüber Gedanken gemacht, und mit einem Mal erschien es ihm sinnvoll, viel öfter die Welt aus der Sicht anderer Menschen zu sehen. Er hatte dies bis jetzt nur dann versucht, wenn es ihm geholfen hatte, die Zusammenhänge eines Verbrechens besser zu verstehen.

»So, die Brötchen sind da – ganz frisch und noch warm, Herr Bertold«, sagte die Küchenangestellte mit einem Lächeln.

»Vielen Dank«, antwortete er und bestückte seinen Teller. »Ich hatte eine schlechte Nacht, wissen Sie. Deshalb bin ich so früh«, fügte er noch hinzu.

»Das kann passieren, machen Sie sich nichts draus«, antwortete die Frau, lächelte verbindlich und begann, die ersten Kaffeekannen für die Tische zu füllen. Lorenz verstand, dass die Frau solche Sprüche vermutlich jeden Tag zu hören bekam und immer ähnlich darauf antwortete. Ein wenig beschämt setzte er sich und begann zu essen. Schnell hatte er ein Brötchen vertilgt und belegte sich ein zweites. Mittlerweile trafen die nächsten Frühaufsteher ein. Lorenz hatte das Gefühl, nicht in Gesellschaft sein zu können. So nahm er das zweite Brötchen und trat den Rückzug auf sein Zimmer an. Auch wenn eigentlich nicht zu befürchten war, um diese frühe Uhrzeit Bärbel oder Gustav zu begegnen, nahm er doch einen Umweg, um selbst das Unwahrscheinliche zu vermeiden. In diesem Moment hätte er mit den Freunden nicht sprechen wollen. Als er am wenigsten damit rechnete, traf er auf Benny Bethge. Gut gelaunt wie immer lachte der junge Pfleger ihn an. »Moin, Opa Bertold. Wer hat dich denn aus den Federn gejagt?«

»Senile Bettflucht«, brummte Lorenz zurück. »Mir geht's heut nicht so doll. Möchte niemand sehen, wenn es sich irgendwie vermeiden lässt. Ich meine nur, falls jemand nach mir fragt. Ich geh auf mein Zimmer, und da bleib ich bis auf Weiteres.«

»Muss man sich Sorgen machen?«

»Ach wo. Alte Männer haben so etwas schon mal. Das wird auch noch an dich kommen, glaub mir.«

»Das sind ja tolle Aussichten.« Benny ließ sich die gute Laune zumindest augenscheinlich nicht nehmen. Die beiden gingen auseinander.

Bald hatte Lorenz sein Zimmer erreicht. Er legte das Brötchen auf den Tisch und sich selbst aufs Bett. An die Decke starrend, kreisten seine Gedanken immer um dieselben Fragen: Wer tat ihm dies jetzt an? Was war mit Gerda geschehen? War sie wirklich ermordet worden, und war ihr Mörder der Absender der Email und auch der Maler des seltsamen Bildes? Fragen, die nur wehtaten und für deren Beantwortung er keinen Ansatz fand. Lorenz schloss die Augen. Er wünschte, er könnte endlich einschlafen, irgendwann erfrischt wieder aufwachen und feststellen, dass das alles nur ein dummer Traum gewesen war, ausgelöst durch eine schwüle Sommernacht und einen schwachen Magen. Er drehte sich auf die Seite und sah aus dem Fenster. Ein hellgrauer Himmel hing über der Burgwand, das Grün der Bäume wirkte blass. Das nächtliche Gewitter hatte keinen Regen gebracht, keine Klärung der Luft. Aber es war noch früh. Vielleicht würde die Sonne den Dunst ins Reich der Vergangenheit bannen, dort, wo alles fein säuberlich aufgestapelt wurde, bereitgelegt, um vergessen zu werden. Wer entschied, was im Gedächtnis bewahrt und was endgültig verworfen werden durfte? Er selbst? Wohl kaum, denn sonst hätte er manch quälende Erinnerung längst getilgt und manch vergessenes Kleinod nicht verloren. Ein frischer Frühlingsmorgen und die schöne Frau, die ihm ihre Liebe schenkt. Das Lachen der Kinder beim Spielen im Garten. Er wusste noch, dass es dies alles gegeben hatte, doch wo waren alle Einzelheiten, diese wunderschönen Perlen seines Lebenslaufes hin?

Marias Gesicht, das er manchmal in Fotos suchte, weil es ihm nicht mehr in der ihr gebührenden Detailliertheit vor dem inneren Auge erscheinen mochte. Gerdas erster Schultag. Stephan, der mehr aus Enttäuschung als Schmerz weinend dalag, nach dem ersten Sturz mit dem neuen Fahrrad, das er zu seiner Kinderkommunion bekommen hatte. Die neugeborene Rita auf Marias Arm, das erste Enkelchen. All das hatte es gegeben, doch wie genau hatte Marias Lachen mit zwanzig Jahren geklungen? Was war in Gerdas Schultüte? Welche Farbe hatte Stephans erstes Rad, und was trug Rita am Tag nach ihrer Geburt? Die Sandsteinfelsen Nideggens verschwammen vor den Augen des Alten, sein Blick trübte sich. So vieles war dahin. Und wie genau erinnerte er sich an die braune Uniform des Onkels, wenn er dem Vater drohte, er würde noch im KZ landen. Sogar die Aussprache dieser beiden Buchstaben hatte sich ins Ohr gebrannt, als wäre es eben erst gesagt worden. Kahzett. Die Bedeutung dieses sagenumwobenen Ortes war ihm nicht klar gewesen, darüber hatten die Eltern nie gesprochen. Aber er erinnerte sich sogar noch an die Schublade, in der das Hitlerportrait regelmäßig verschwand, wenn der Besuch die Wohnung verlassen hatte. Warum diese Erinnerung? Was glaubte denn dieser sture Bibliothekar in seinem Hirn, wozu diese Bilder gut wären? Hatte er diesen Lumpen etwa gebeten, peinlich genau die Worte Stephans zu konservieren, die sein Sohn ihm ins Gesicht schrie, als man sich gestritten hatte, wer Gerda vom Hauptbahnhof in Köln hätte abholen sollen: »Du weißt ja immer als Erster, wer Schuld hat!«

Schuld. Und wenn doch er selbst es gewesen war, der Gerda hatte abholen sollen, und nicht sein Sohn? Dann trug er eine Schuld, die nicht zu ertragen war. Und wenn es doch Stephan war, der versprochen und dann vergessen hatte, seine Schwester abzuholen? Dann wäre der Junge über zwanzig Jahre mit dieser Last und dem Vorwurf seines unbarmherzigen Vaters herumgelaufen. Also hatte er, Lorenz, sich in jedem Fall schuldig gemacht. Wurde er jetzt dafür zur Rechenschaft gezogen? Einen kurzen Augenblick zog Lorenz in Betracht, der Urheber des Bildes und der Email könne sogar Gutes im Schilde führen. Doch nur einen Augenblick. Was für ein unsinniger Gedanke.

Lorenz schreckte hoch, saß plötzlich aufrecht im Bett. Hatte er das Signal des Computers für eine eingehende Nachricht gehört? Schnell ging er hin und sah nach. Nein, das Eingangsfach wies keine neuen Nachrichten auf. Hatte er vielleicht geträumt? Lorenz sah auf die Uhr. Halb neun. Vielleicht war er tatsächlich kurz eingenickt. Er zog sich aus, legte einen Pyjama an und ging wieder ins Bett, in der Hoffnung, nun richtig zu schlafen und all das für ein paar Stunden beiseiteschieben zu können. Stephan. Er musste den Jungen anrufen. Jetzt gleich. Oder vielleicht doch eher morgen. Was zwanzig Jahre nicht geschehen war, konnte vielleicht auch noch einen Tag warten. Nur ein Tag, bis es ihm wieder bessergehen und er klarer denken und sprechen könnte. Nur ein Tag.

Als Lorenz die Augen wieder öffnete, sah er fast nichts. Es war dunkel. Ein Blick auf die Uhr sagte ihm, dass es kurz vor Mitternacht war. Hatte er wirklich den ganzen Tag verschlafen? Musste wohl so sein. Es schien ihm, als habe er irgendwann einmal ein Klopfen an der Tür gehört. Das musste aber schon Stunden her sein. Vielleicht Bärbel, die sich Sorgen um den Freund machte. Aber Benny hatte bestimmt ausgerichtet, dass er allein sein wollte. Lorenz stand auf. Auf dem Schreibtisch lag noch das Brötchen, das er sich am Morgen zubereitet hatte. Es war mittlerweile gummiartig weich geworden, aber das machte dem Alten nichts aus. Besser als hart, dachte er und nahm einen Bissen. Dann trat er zum Fenster und öffnete es. Der Himmel war sternenklar. Kaum eine Wolke trübte das glitzernde Firmament. Vermutlich war der Tag noch sehr sonnig geworden. Lorenz sog die frische Luft tief in die Lungen. In der Eifel waren die klaren Nächte auch im Sommer kühl. Ob das auch anderswo so war? Er konnte es nicht sagen, war viel zu selten unterwegs gewesen. Anders als Gustav, der Weltenbummler. Südamerika, Afrika. Das wäre für Lorenz nichts gewesen. Er war mit Maria immer da glücklich gewesen, wo sie beide aufgewachsen waren. Lorenz aß bei geöffnetem Fenster das Brötchen auf, dann legte er sich wieder ins Bett. Er zog die Decke bis ans Kinn, um sich nicht zu erkälten.

7. Kapitel

Die ersten Sonnenstrahlen wurden begleitet von einem vielstimmigen Vogelkonzert. Lorenz erwachte aus einem tiefen, traumlosen Schlaf. Er spürte sofort, dass sich etwas verändert hatte. Und er überließ es Kommissar Wollbrand, diese Veränderung in Worte zu fassen: »Der alte Ermittler hatte bis zu diesem Morgen die falschen Fragen gestellt. Es ging nicht darum, wer ihm warum etwas antun wollte, wer die Schuld an irgendetwas trug. Die richtigen Fragen waren: Wie konnte er den Übeltäter fassen? Warum meldete dieser sich gerade jetzt? Womit wird er sich oder womit hatte er sich vielleicht sogar bereits verraten?«

»Kinder, ich habe schon zweimal gefrühstückt, bis ihr endlich den Weg zum Futter findet«, grinste Lorenz, als Bärbel und Gustav an seinen Frühstückstisch traten. Gustav grinste zurück, als er sich seinem Freund gegenüber hinsetzte: »Zwei Tage war der Lorenz krank, jetzt mault er wieder – Gott sei Dank.«

Bärbel ergänzte: »Wir sind froh, dich wieder in unserer Mitte zu haben, wollte Gustav dir damit sagen.«

»Schon gut«, meinte Lorenz. »Ich musste mich einfach mal verkriechen.«

»Hat es mit dem Gemälde zu tun?«, fragte Gustav. »Bärbel hat mir alles erzählt. Bin sehr gespannt, dieses ominöse Bild zu sehen.«

»Ich werde es wie versprochen morgen nach Düsseldorf bringen, um es gründlich untersuchen zu lassen. Mein Kollege Justus hat sich auf meine MMS hin gemeldet. Er will das Werk unbedingt analysieren. Vielleicht bekommen wir so mehr heraus – vielleicht sogar, wer es gemalt hat«, sagte Bärbel.

»Das ist wirklich eine gute Idee«, antwortete Lorenz. »Ich habe mittlerweile noch mehr Indizien dafür, dass wir es mit einem wahrhaft kriminellen Element zu tun haben.«

»Oh nein«, stöhnte Bärbel.

»Oh ja«, grinste Gustav. »Erzähl uns mehr!«

»Wie ihr ja schon wisst, hat es mich getroffen, dass auf dem Bild nicht nur mein Konterfei, sondern auch das meiner – verschollenen Tochter Gerda zu sehen ist. Nun habe ich, und das hat mich alten Hund fast geknackt, eine elektronische Post erhalten, die ebenfalls mit Gerda zu tun hat und vermutlich von demjenigen stammt, der sie auf dem Gewissen hat.«

»Du Armer«, sagte Bärbel und legte ihre Hand auf die seine. »Das ist ja schrecklich!«

»Das kann einen schon umhauen«, stimmte Gustav zu. »Ekelhaft.«

Lorenz nickte. »Das trifft es. Es ist ekelhaft. Der Text ist das Eingeständnis, meiner Tochter etwas angetan zu haben, und eine Drohung für mich selbst.«

»Jemand trachtet dir nun nach dem Leben?« Bärbel war entsetzt.

»Es scheint so.« Lorenz wirkte sehr ruhig. »Und dieser Jemand weiß, welches Projekt meine Tochter und ich teilten, bevor sie für immer spurlos verschwand.«

»Was war das für eine Sache?«, wollte Gustav wissen.

»Gerda studierte Kunstgeschichte und Archäologie, war geradezu besessen von der Frühgeschichte der Nordeifel. Es war unser Traum, das Schlachtfeld des Ambiorix im Rurtal zu lokalisieren.«

»Wer?«, fragte Bärbel.

»Was?«, fragte Gustav.

»Ambiorix, ihr Unwissenden«, brummte Lorenz. »Er war ein Häuptling der Eburonen, ein Freiheitskämpfer gegen die römische Besatzungsmacht. Er fügte Julius Caesar die schmerzhafteste Niederlage im Gallischen Krieg zu. Das Volk der Eburonen, sozusagen die keltischen Ureinwohner unserer Nordeifel, wurde jedoch in der Folge vom rachsüchtigen Julius völlig ausgerottet. Ambiorix verschwand spurlos. Er wird in Belgien heute noch als Nationalheld verehrt, hier bei uns ist er dagegen fast völlig unbekannt. Und dabei spricht alles dafür, dass er hier im Rurtal, ich vermute bei Abenden und Blens, auf einen Schlag an die zehntausend Römer niedergemacht hat. Mittels einer Taktik, die rund sechzig Jahre später Arminius gegen Varus angewandt hat.«

»Das ist aber spannend«, meinte Bärbel staunend. »Da müsste man doch wissen, wo das war!«

»Müsste man, tut man aber nicht«, antwortete Lorenz. »So ein Schlachtfeld ist nach zweitausend Jahren nicht leicht zu finden. Das ist eine verdammt lange Zeit. Die sogenannte Schlacht im Teutoburger Wald wurde ja auch erst nach vielen Jahren intensiver Suche bei Kalkriese nachgewiesen. Und hier waren das Interesse und der betriebene Suchaufwand bis dato nicht annähernd so groß. Zudem hat die hiesige intensive Landwirtschaft den Boden seitdem zigfach umgestaltet. Vermute mal, die römischen Jungs waren guter Dünger, hihi.«

»Und was hat das nun mit dem Drohbrief zu tun?«, fragte Gustav.

Lorenz wurde sofort wieder ernst. »Diese Email erwähnt Ambiorix und vergleicht dessen Verschwinden mit dem meiner Tochter. Das kann kein Zufall sein. Der Absender dieser Nachricht weiß um unser Steckenpferd, das wir damals teilten, und es wird sicherlich auch irgendwie mit diesem Bild zu tun haben.«

»Klar, da ist ein Zufall ausgeschlossen«, stimmte Bärbel zu. »Aber dann haben wir es doch mit einem bösen Menschen, mit einem Mörder, zu tun. Du musst sofort mit Rita sprechen!«

»Nee, lass die Kripo da mal schön raus«, meinte Lorenz. »Momentan haben wir weder ein Verbrechen noch einen Täter. Deine Idee, das Bild genau zu untersuchen, ist doch schon mal gut. Und ich habe große Lust, noch heute die Suche nach dem Schlachtfeld des Ambiorix wieder aufzunehmen. Viel zu lange habe ich dies versäumt.«

»Aber ich habe uns zum Boccia-Turnier angemeldet, das gleich nach dem Frühstück beginnt«, sagte Bärbel.

Gustav und Lorenz sahen sich kurz an und begannen dann schallend zu lachen.

Bärbel wurde rot und meinte: »Ist ja schon gut, habe verstanden. Die hohen Herren haben nichts übrig für die albernen Animationen der hiesigen Anstalt und halten mich wieder einmal für das dumme Liebchen.«

»Aber nein, meine liebe Bärbel«, sagte Lorenz. »Nur ein bisschen zu lieb vielleicht, dumm jedoch keinesfalls, so viel ist sicher.«

Nur wenig später saßen sie auf Rädern und rollten die steile Straße von Nideggen nach Abenden hinab.

»So lass ich mir das Radfahren gefallen«, jubelte Lorenz.

»Aber denk dran«, rief Gustav zurück, »dass wir denselben Höhenunterschied beim Rückweg auch wieder werden bewältigen müssen, nur in umgekehrter Richtung. Da kann dir dein Asterix auch nicht helfen!«

»Ambiorix, du Banause!«, rief Lorenz vergnügt zurück. »Und den würde ich auch nicht um Hilfe bitten. Allerdings hat sich Benny angeboten, uns mit dem großen Lieferwagen abzuholen. Das ist besser als der Zaubertrank der unbesiegbaren Gallier.«

»Oh, du fauler Lump!«, rief Bärbel lachend. »Du bekommst dafür nur die halbe Ration vom Picknick.« Sie hatte natürlich wieder die Küche geplündert und für unterwegs reichlich Proviant in ihrem Rucksack verstaut. Lorenz wusste, dass sie es nicht übers Herz bringen würde, ihm eine Leckerei vorzuenthalten, und ließ sein Rad vergnügt laufen. Doch da er nicht der sicherste Radfahrer unter der Eifelsonne war, übte er sich auch in Vorsicht. Bald musste er so häufig die Bremse benutzen, dass ihm die Finger erlahmten, denn das Gefälle war erheblich. Die Rur hatte ein tiefes Tal geschnitten. Lorenz sah vor seinem geistigen Auge eine kilometerlange Schlange von Schwert und Speer tragenden Legionären, die sich durch den keltischen, oder wie die Römer es nannten, gallischen Urwald wand und dabei dieses ständige Auf und Ab der steilen Hänge um Rur oder Kall zu bewältigen hatte. Hier hatten sich bis in die Neuzeit hinein alle fremden Soldaten schwergetan und einen hohen Wegzoll zahlen müssen. Die Römer unter Julius Caesar, die Alemannen und Franken, die Kölner Erzbischöfe des Mittelalters, die Amerikaner im Zweiten Weltkrieg, sie alle hatten in der Eifel geblutet.

Lorenz war froh, als sie die steile Serpentine hinter sich gelassen hatten und die Straße flacher wurde. Diese Freude hielt allerdings nicht lange an, denn danach fuhren sie auf einer langen Geraden, die eine kaum sichtbare, aber auf Dauer umso spürbarere Steigung aufwies. Bald spürte der Alte, wie die Beine zu schmerzen begannen und die Luft knapp wurde. Er beschloss, sich die Blöße zu geben, hielt an und stieg ab.

»Puh«, kommentierte Gustav. »Noch hundert Meter weiter, und ich hätte als Erster aufgeben müssen. Ich kenne diese

Straße seit so vielen Jahren, aber erst heute fällt mir auf, dass es hier ständig aufwärts führt.«

»Ich kenne das Stück auch nur als Autofahrer«, gestand Lorenz. »Ganz früher sind wir hier viel gewandert, das waren aber sowieso ganz andere Zeiten. Und andere Beine.«

»Dann schieben wir halt die Räder«, meinte Bärbel leichthin.

»Bis Abenden ist es auch nicht mehr weit, und dahin wolltest du doch, nicht wahr?«

»Genau«, bestätigte Lorenz. »In Abenden öffnet sich das Tal. Zu der Seite der Rur, auf der wir uns befinden, liegen breite Wiesen – Benden genannt in der hiesigen alten Mundart, daher der Ortsname. Auf der anderen Seite des Flusses liegen die steilen Hänge des Roßberges. Ein paar hundert Meter weiter kommt Blens, da öffnet sich das Tal noch weiter, und der Odenbach kommt von Schmidt herunter und bildet ein schmales Seitental, in dem auch für eine große Marschkolonne die Querung des Höhenzuges möglich ist. Genau eine solche Stelle wird in den historischen Quellen als Ort der Ambiorix-Schlacht genannt. Die Eburonen versperrten dem Kopf der Kolonne den Weg, stießen von hinten nach, und die Römer konnten weder zur Seite ausweichen noch waren sie in der Lage, ihre Kampfformation einzunehmen. So konnten die Angreifer sie von den steilen Hängen aus mit Wurfgeschossen dezimieren, wie Julius Caesar selbst es in seinem *Gallischen Krieg* beschreibt.«

»Das habe ich in der Schule auch lesen müssen«, meinte Bärbel. »Gallia est omnis divisa in partes tres. Aber an den Ambiorix kann ich mich nicht erinnern, vor allem nicht daran, dass Caesar eine große Schlacht hier in meiner Heimat verloren hat.«

»Das liegt daran, dass er natürlich keine Ortsangaben gemacht hat, die wir direkt im Straßenatlas nachlesen könnten.« Lorenz machte eine Pause, in der er seine heftig arbeitenden Lungen mit Luft versorgte. »Aber es gibt Hinweise im *Bellum Gallicum* und in anderen Quellen, aus denen man schließen kann, wo die Schlacht stattgefunden hat.«

Langsam gingen sie weiter. Nach der schnellen und kurvenreichen Abfahrt erschien ihnen die lange Gerade unendlich. Lorenz machte nun sein Bein wieder zu schaffen, das er an diesem Morgen bis dahin überhaupt noch nicht gespürt hatte. Er hatte nicht vor, sich dadurch seine verbesserte Laune wieder vermiesen zu lassen. Dennoch wurde ihm klar, dass seine wiedergewonnene Tatkraft noch sehr instabil war. Und so ließ er den Blick schweifen. Zu ihrer Rechten stieg der bewaldete Hang zur Raffelsley steil an. Lorenz wusste, dass sich im Schatten der Bäume über ihnen skurrile Felsen befanden, die man von der Straße aus nicht sehen konnte. Auf der anderen Seite hätten sie eine schöne Bachaue sehen können, wenn der Straßenrand nicht mit dichten Büschen bepflanzt gewesen wäre. Als die lange Steigung sich endlich ihrem Ende näherte, kam der Ortseingang von Abenden in Sicht. Lorenz war erleichtert, sich wieder aufs Rad setzen und sich ins Dorf hinunterrollen lassen zu können. Darüber vergaß er sogar, über den linker Hand hoch über der Straße liegenden Hondjesberg zu berichten, dessen mit einem markanten Felsenturm besetzter Kopf einmal eine keltische Wehranlage gewesen und bis in das Mittelalter militärisch genutzt worden war. Kurz darauf hielten sie auf einer Brücke, unter der die Rur floss.

»Hier öffnet sich das Tal«, erklärte Lorenz. »Flussabwärts geht's düster und eng in Richtung Zerkall, wo die dunkle Vergangenheit unseres lieben Gustav seinen Anfang nahm. Aufwärts aber kommt der Lüppenauer Auel, da wird das Rurtal breit. Eine solche Stelle, nicht weit entfernt vom Stützpunkt

Niteca, dem heutigen Nideggen, beschreiben verschiedene historische Quellen als das gesuchte Schlachtfeld. Dies meinte jedenfalls damals Andreas Pohl, ein Pfarrer aus Blens, aus antiken und mittelalterlichen Autoren herausgelesen zu haben. Die Römer wollten, da sie einen großen Angriff auf ihre in der Eifel verteilt liegenden Winterlager fürchteten, zum nächst größeren Lager flüchten, um sich dort gemeinsam besser verteidigen zu können. Das hat jedenfalls der listige Ambiorix, der eigentlich ein Verbündeter war, ihnen weisgemacht. Er wusste aber, dass er nur mit größten Verlusten auch nur eines der Lager hätte angreifen und vernichten können, und so wartete er hier auf seine Chance. Und der Legat Sabinius, den Caesar in seinem *Bellum Gallicum* im Nachhinein als recht dämlich darstellt, tappte in die Falle, trotz der Warnungen seines Vize, des kampferfahrenen Lucius Cotta. Auf der anderen Rurseite erheben sich der Roßberg und der Odenbleuel. Die erste Möglichkeit, diese Hügelkette zu überqueren und die weiter südwestlich liegenden Lager zu erreichen, ist das eben erwähnte Odenbachtal.«

»Dann lass uns doch dahin fahren«, meinte Gustav, der weitere Vorträge befürchtete. »Von dort haben wir doch das ganze Tal im Blick. Aber das liegt wieder ein kleines bisschen höher als unser jetziger Standpunkt.«

»Wenn du meinst, mich damit schrecken zu können, dann muss ich dich bitter enttäuschen. Los geht's!«

Lorenz schwang sich aufs Rad und strampelte munter vorneweg. Als der Wanderweg, den er wählte, bald den flachen Verlauf des Flusses und der Trasse der Rurtalbahn verließ und steil in den Hang anstieg, erlahmte sein Schwung schnell. »Seltsam«, meinte er, als er wieder vom Rad stieg. »Das war doch hier nicht immer schon so steil?«

Bärbel kicherte. »Vermutlich bist du diesen Weg zuletzt vor dreißig Jahren gegangen, oder?«

»Könnte schon sein«, murmelte Lorenz kleinlaut und schob sein Rad sehr langsam vorwärts. Glücklicherweise wurde der Weg nach einer engen Schleife bald wieder flacher und blieb auf einer Höhenlinie, bis sie die breiten Rurwiesen bei Blens erreichten. Dort radelten die drei entspannt am Waldrand entlang bis zum Blenser Friedhof. Daneben, direkt am glucksenden Odenbach gelegen, lud eine Grillhütte zum Verweilen ein. Bärbel hatte sofort beschlossen, hier das Picknick auszubreiten. Bald aßen sie im Schatten der Bäume und genossen den Ausblick aufs Rurtal. Das Odenbachtal zeigte sich als eine steil ansteigende Wiese, auf der eine Vielzahl bunter Blumen blühte. In südöstlicher Richtung konnte der Blick frei über ausgedehnte Wiesen und Felder bis zu den hohen Sandsteinfelsen schweifen, die an der Landstraße nach Heimbach aufragten. Dahinter erstreckte sich das weite Gebiet des Badewaldes, über das Lorenz dann während des Essens referierte. Funde aus der Steinzeit, Kelten und Römer, die Eisenstraße, Alemannen gegen Franken in der Chlodwigschlacht, diverse Erzbischöfe gegen den Grafen Wilhelm von Nideggen. Die Freunde hörten geduldig zu, wussten sie doch, wie gern der Alte die Geschichte seiner Heimat ausbreitete. Zudem glaubten sie mit Recht, dass er darüber die Erinnerung an den herben Verlust seiner geliebten Tochter besser würde verkraften können. Doch bald wurde selbst Lorenz des Erzählens müde, und als die drei sich satt gegessen hatten und eine Weile zufriedene Stille herrschte, streckte er die Beine aus und schloss die Augen für einen Moment.

Als er sie wieder öffnete, stellte er erstaunt fest, dass mehr als eine Stunde vergangen war. Bärbel hatte alles bereits wieder eingepackt. Gustav sah ihn grinsend an. »Wünsche wohl geruht zu haben. Fertig für den Rückweg?«

»Denke schon.« Lorenz erhob sich und reckte seine Glieder, die auf der Holzbank etwas steif geworden waren. Als sein Gesäß Kontakt mit dem Fahrradsattel aufnahm, fiel ihm spontan ein, dass er Benny anrufen wollte, sobald die Heimfahrt anstehen würde.

»Und nun?«, fragte Bärbel ihn, während sie losfuhren. »Können wir heute schon etwas über das gesuchte Schlachtfeld herausfinden? Du hast doch bestimmt schon oft diese Gegend daraufhin betrachtet, oder?«

»Schon«, antwortete Lorenz. »Aber ich hatte gehofft, heute die Landschaft mit anderen Augen zu sehen. Vielleicht fällt mir ja nun etwas auf, was ich damals immer übersehen habe. Die Gegend hier ist aber in zweitausend Jahren verdammt oft umgepflügt worden. Man müsste hier sicherlich tief und aufwändig graben, um Zeugnisse antiker Geschehnisse zu finden. Das hat man wohl von offizieller Stelle immer gescheut.«

Sie fuhren die Straße in Richtung des Zentrums von Blens und auf die ersten Häuser zu. Lorenz fiel ein Bagger ins Auge, der auf der Wiese stand und bereits eine tiefe Grube ausgehoben hatte. Spontan bremste Lorenz und stieg vom Rad.

»Was ist?«, fragte Gustav. »Schon wieder müde?«

»Au contraire, mon cher«, meinte Lorenz und fügte leise hinzu: »Der alte Ermittler hatte den letzten Gedanken nicht umsonst gehabt. Vielleicht wäre ihm dieser Fingerzeig des Schicksals gar nicht aufgefallen.« Er stakste über die Wiese, auf der eine Menge ausgehobener Erde herumlag, bis an den Rand der Grube. Nachdenklich blickte er hinein.

»Was gibt es hier zu sehen?«, fragte Bärbel, die wie Gustav dem Alten gefolgt war.

»Dass ich nicht damals schon darauf gekommen bin«, brummte Lorenz. »Hier wurde früher schon gebaut. Wenn die Leute einen Keller ausheben, gräbt man mehrere Meter tief. Tief genug vielleicht, um in die Schichten zu gelangen, die uns interessieren.«

»Klar«, bestätigte Bärbel. »Wer hier baut, betätigt sich quasi als Ausgrabungshelfer.«

Gustav fügte hinzu: »Leider mit grobem Gerät und ohne jedes archäologische Interesse, wie zu befürchten ist.«

»Stimmt«, musste Lorenz beipflichten. »Wenn man den Eifelbauern nicht beim Buddeln über die Schulter schaut, ist das alles für die Katz. Die können doch ein römisches Pilum nicht von einem abgebrochenen Stück einer Egge unterscheiden.«

»Wat verzällste do für ne Dress?« Ein Mann, gekleidet in einen schmutzigen blauen Arbeitsanzug, kam auf sie zu und wedelte mit einer Kappe herum, so als wolle er die drei Besucher damit schlagen.

Lorenz fragte spontan: »Was?«

Gustav erklärte: »Der Herr fragte dich freundlich, welchen Mist du da erzählst.«

Lorenz winkte ab. »Ich hab ihn schon verstanden, danke.« Dann fragte er: »Guter Mann, ist das Ihr Grundstück?«

Der Angesprochene sah Lorenz aus zusammengekniffenen Augen an. »Dat well ich meene. Ich darf he baue, wie un wat ich well, dat sen ming Bende he!«

»Ich bezweifle nicht, dass Sie auf Ihrer Wiese bauen dürfen. Mich interessiert nur, ob es vielleicht möglich wäre zu sehen, was in der Erde so drinsteckt. Alte Dinge aus früheren Zeiten, meine ich.«

»Ahle Krempel?«, übersetzte der Mann fragend. »Jet Düüres?«

Lorenz winkte ab. »Nein, nichts Wertvolles. Aber interessant vielleicht schon. Wir betreiben Heimatkunde, wissen

Sie. Vielleicht kann man hier im Boden die Reste alter Siedlungen finden. Töpfe, Mauerreste, vielleicht sogar Werkzeuge, deren Alter man bestimmen könnte. Wenn Sie nichts dagegen haben, würde ich gerne regelmäßig vorbeikommen und die Erde ansehen, die Sie ausheben. Wie lange arbeiten Sie denn hier noch?«

»Dat witt noch jet duure«, antwortete der Mann, der immer noch nicht recht wusste, was er von den Besuchern zu halten hatte. »Un ihr set net vum Amp?«

»Nein, nicht vom Amt«, beruhigte Lorenz ihn sofort. Gustav hatte schon seit Beginn der Unterhaltung ein Grinsen im Gesicht, das nun langsam auch für Lorenz ansteckend wirkte. Er beherrschte sich jedoch, denn er wusste, wie schnell ein Eifelbauer sich verulkt vorkommen konnte. Er gab dem Mann die Hand. »Lorenz Bertold, aus Nideggen.« Der Mann ergriff Lorenz' Hand, ohne den Arbeitshandschuh vorher auszuziehen. »Wilhelm Naas.«

»Ah«, sagte Lorenz. »Verwandt mit dem Estrich-Naas?«

»Kennste der?«

»Ja, sicher. Netter Kerl.«

Wilhelm Naas schien kurz nachzudenken, dann sagte er: »Nee.«

»Wie? Haben Sie was gegen den Estrich-Naas?«

»Nee. Mir sen net verwandt.«

»Ach so.« Jetzt konnte Lorenz sich doch ein Grinsen nicht mehr verkneifen. »Hätte ja sein können. Wusste nicht, dass es hier unterschiedliche Familien mit dem Namen Naas gibt.«

Wilhelm Naas nickte zustimmend, sagte aber nichts mehr darauf. Offenbar war das Thema für ihn damit erschöpfend ausdiskutiert. Er drehte sich weg und stiefelte zum Bagger. Dabei sagte er noch: »Wenn ihr wullt, künnt ihr he in mingem Dreck sööke, wat ihr wullt.«

Lorenz war froh, des hiesigen Dialektes mächtig zu sein. Er wusste daher, dass er soeben die Erlaubnis erhalten hatte, den Aushub des Wilhelm Naas nach Belieben zu untersuchen.

»Danke!«, rief er dem Mann zu und wollte noch etwas sagen, unterließ dies aber, da es ohnehin im Dröhnen des Baggers untergegangen wäre. Naas hatte offensichtlich beschlossen weiterzuarbeiten und kümmerte sich nicht weiter um die drei. Die mussten eilig einige Schritte zurücktreten, um von der herumschwenkenden Schaufel nicht in die Grube gewischt zu werden.

»Was für ein Vogel«, meinte Lorenz, als sie wieder auf der Straße standen.

»Das kannst du aber laut sagen«, pflichtete Bärbel bei. »Aber ich bin erstaunt, dass er so mir nichts, dir nichts die Erlaubnis erteilt hat, hier auf seinem Grundstück die Erde zu durchsuchen.«

»Stimmt«, meinte auch Gustav. »Seltsam für einen Blenser.«

Lorenz zuckte mit den Achseln. »Mag sein, ist aber gut so. Die Zeiten ändern sich, offenbar wird auch der gemeine Nordeifler langsam aber sicher etwas umgänglicher. Glück für uns. Ich besorge ein paar kleine Hilfsmittel, dann können wir morgen mit der Arbeit beginnen. Es ist zwar nur eine kleine Chance, aber es ist eine.«

Dann zog er sein Mobiltelefon aus der Tasche, um Benny mit dem Transporter nach Blens zu beordern. Er hatte keinesfalls vor, die steile Serpentinenstraße hinauf nach Nideggen mit dem Fahrrad zu bewältigen. Für heute war es genug. Der Alte war zufrieden.

8. Kapitel

Bärbel legte das Bild auf den Tisch und schlug sorgfältig die Decken auseinander, in die sie die dünne Holztafel verpackt hatte. »Am liebsten würde ich das Bild erst einmal kriminaltechnisch untersuchen lassen«, meinte sie. »Fingerabdrücke und so. Ich vermute, dass der Maler weit Schlimmeres auf dem Gewissen hat als nur eine Kunstfälschung.«

Justus Neuendorf betrachtete das Bild neugierig, berührte es aber nicht. »Kein Problem«, murmelte er. »Wir haben mittlerweile modernste Analysemöglichkeiten hier. Woodsches Licht, Infrarot-Spektroskopie, Reflektografie. Markierungen auf der Oberfläche wie Fingerabdrücke sind einfach. Wir finden sogar Fingerabdrücke in tieferen Farbschichten, die übermalt wurden. Nur DNA-Analysen und Ähnliches sind hier nicht möglich. Aber da wir nichts zerstören, kann man das bei Bedarf auch noch nachholen. Ich werde das Bild nicht einmal berühren.«

Neuendorf rückte seine Brille zurecht und beugte sich über den Tisch, sodass er Details der Bildoberfläche betrachten konnte. »Und sonst?«, fragte er beiläufig. »Wie bekommt dir das verantwortungslose Leben im Ruhestand?«

»Gut«, antwortete Bärbel. »Ich bewohne ein schönes Appartement, muss mich weder um Essen noch um sonstige Hausarbeit kümmern, und liebe Freunde habe ich auch gefunden.«

»Schön«, meinte Neuendorf, der mit seinen Gedanken schon wieder ganz bei dem Bild war und kaum zugehört hatte. »Das ist ja schon ein bemerkenswertes Ding, was du hier angeschleppt hast. Der Künstler hat sich keine Mühe gegeben, ein authentisches Alter vorzutäuschen. Frische Farben, keine braune Soße, keine Risse in der obersten Farbschicht. Aber die Nachahmung des Originals ist geradezu atemberaubend. Und dann gibt er den Figuren teilweise falsche Gesichter. Das ist ein enormer Aufwand für eine offensichtliche Fälschung, nicht wahr?«

»Deshalb bin ich hier. Wir müssen herausfinden, wann das Bild gemalt wurde, welche Farben verwendet wurden, am besten lieferst du mir den Namen des Malers. Und komm mir nicht mit Stephan Lochner.«

Neuendorf grinste. »Wenn ich auf den stieße, würde mir das Angst machen. Aber im Ernst, ich wäre nicht überrascht, wenn sich der Urheber dieses Werkes als ein Bekannter entpuppt. So gut malt keiner, der überhaupt keine Berührung mit der Kunstszene hat, wage ich zu behaupten. Vor allem die Stilsicherheit ist bestechend, von der handwerklichen Klasse ganz zu schweigen.«

»Bitte hol aus dem Bild raus, was an Informationen nur irgend möglich ist«, bat Bärbel. »Das Schicksal eines guten Freundes ist damit verknüpft. Das Gesicht des betenden Stifters ist seines. Und das Antlitz der heiligen Katharina gleicht dem seiner Tochter, die vor vielen Jahren spurlos verschwand. Mein Freund will jedoch noch keine Polizei einschalten. Ich fürchte Schlimmes, wenn wir nichts herausfinden.«

»Wir werden, wir werden«, murmelte Justus. »Pass auf, Barbara: Ich habe jetzt gleich eine Vorlesung, danach mache ich mich mit einem guten Assistenten sofort an die Arbeit. In einem, spätestens zwei Tagen kann ich dir die Geschichte dieses Bildes erzählen, das verspreche ich dir.«

Bärbel nickte. »Das hoffe ich, Justus. Ich hoffe es wirklich sehr.«

Die Schmerzen waren unerträglich. Er versuchte, gerade und entspannt in seinem Zimmer auf und ab zu gehen, doch das war nicht möglich.

Mit zitternden Händen drückte er eine Kapsel aus dem Blister und schluckte sie. Spülte mit dem Rest kalten Kaffees nach, der vom Frühstück in der Tasse verblieben war. Er wusste, in wenigen Minuten würden die ärgsten Krämpfe nachlassen. Und niemand da draußen sollte den Eindruck haben, er sei schwach. Denn das war er nicht. Auf keinen Fall würde er Schwäche zeigen.

Oder Gnade.

»Lange her, dass ich so herrlich sinnlos im Dreck gebuddelt habe!« Gustav wischte sich den Schweiß von der Stirn und hinterließ dort einen braunen Streifen von fetter Erde.

Lorenz hielt ebenfalls inne und grinste: »Jetzt habe ich eigens einen ehemaligen Minenbesitzer und Bergbauspezialisten an meiner Seite, und was ist die Ausbeute?« Er wies auf ein paar Kieferknochen mit dicken Mahlzähnen, die offensichtlich von Kühen stammten.

Gustav verteilte den Rest der Erde, die an seinen Händen klebte, jetzt auf seinem Schädel. »In Uruguay nach Silber zu suchen, ist auch etwas anders, als in der Eifel nach – ja, nach was suchen wir eigentlich?«

Lorenz antwortete: »Na ja, wenn hier zehntausend römische Soldaten ihr Leben gelassen haben, müsste die betreffende Erdschicht mit Rüstungs- und Waffenteilen durchsetzt sein. Reste von Helmen, Schwertern, Lanzen. Die Kelten benutzen Speere, Äxte und Wurfsteine. Davon müsste sich einiges finden lassen.«

»Also hauptsächlich doch Metallteile, oder?«

»Klar, alles andere ist nach über zweitausend Jahren verrottet.«

»Und warum haben wir dann keinen Metalldetektor?«

»Gute Frage«, brummte Lorenz. »So etwas besitze ich nicht. Und kaufen – gute Geräte sind teuer.«

Gustav schüttelte lachend den Kopf. »Aber für irgendwas muss ein alter Silberminenbesitzer doch gut sein. Auch mein letztes Hemd wird keine Taschen haben, weißt du?«

»Stimmt, ich vergaß, dass du stinkend reich bist«, erwiderte Lorenz. »Ich werde heute Abend eine Wunschliste schreiben.«

»Tu das«, meinte Gustav und nahm ein Stofftaschentuch aus der Hosentasche. Er verknotete die Enden und setzte sich die so entstandene Mütze auf den kahlen Schädel. »So, jetzt kann es weitergehen. Bei dieser Sonne muss man schon aufpassen.«

»Wohl wahr«, antwortete Lorenz und schob seine abgewetzte Baseballkappe zurecht. »Das bisschen Hirn, was uns geblieben ist, sollten wir in Ehren halten.«

Die beiden packten ihre mitgebrachten Schaufeln aus und fuhren fort, den Erdhaufen zu durchwühlen, den Wilhelm Naas aufgeworfen hatte. Der alte Bauer ging an ihnen vorbei zu seinem Bagger. Ohne stehen zu bleiben, murmelte er vor sich hin: »Su jet han ich noch net jesehn. Ihr set doch verdötsch.«

Gustav begann leise zu lachen. »Sehr nett«, meinte er. »Klar, solche Verrückten wie uns hat er bestimmt noch nicht gesehen.«

Lorenz kommentierte: »Kommissar Wollbrand war sich sicher, dass der alte Eifelbauer ohnehin noch nicht viel gesehen hatte, und dieses Wenige dürfte auch nicht sonderlich schlau oder erhebend gewesen sein.«

Dann dröhnte der Dieselmotor des Baggers auf und machte mit seinem ohrenbetäubenden Lärm jede weitere Äußerung unsinnig. Naas verbreiterte die Grube immer weiter, und Lorenz begann sich zu fragen, welche Art von Gebäude denn einen solch riesigen Keller benötigte. Sie arbeiteten still vor sich hin, ohne mehr zu finden als ein paar Tierknochen oder ab und an ein Stück Müll. Nichts davon war älter als wenige Jahre oder allenfalls Jahrzehnte. Die Sonne stieg höher, und als es auf Mittag zuging, waren Lorenz und Gustav sowohl müde und erhitzt als auch voller Dreck. Sie gingen zu einem Trog, in den frisches Wasser aus einem rostigen Metallrohr floss. Dort wuschen sie sich den gröbsten Schmutz von den Händen. Dann kramte Lorenz ein Stück Seife aus der Tasche, das er in weiser Voraussicht eingesteckt hatte. Mittlerweile hatte auch Wilhelm Naas offenbar eine Pause nötig und gesellte sich zu ihnen. Er legte ein Paket neben sich ab und wusch sich den Schweiß aus dem Gesicht. Lorenz äugte neugierig auf das Paket, das halb offen war und in dem sich eine tüchtige Kante Räucherspeck befand. Er merkte, wie hungrig er war. Der Bauer wies indes auf das Stück Seife, und meinte: »Jävv mich ens ding Seef.«

Lorenz entgegnete: »Jävv mich e Stöck von dingem Speck.«

Naas sah kurz auf und meinte: »Verrecke sollste an ding Seef!«

Lorenz brummte: »Erstecke sollste an dingem Speck!«

Gustav hatte den kurzen Dialog grinsend verfolgt. Hier schienen sich zwei ähnliche Charaktere getroffen zu haben. Keiner der beiden verzog eine Miene oder machte Anstalten, dem kurzen Abtausch noch etwas hinzuzufügen. Und obwohl Naas nicht vorhatte, an seinem Speck zu ersticken, und Lorenz seinerseits nicht gewillt war, an seiner Seife zu verrecken, wusch der eine sich die Hände ohne Seife, und der andere blieb hungrig.

Lorenz meinte: »Wir könnten in den Blenser *Bauernstuben* etwas essen gehen.«

Gustav stimmte zu, und so gingen sie los, folgten dem Odenbach ins Dorf hinunter. Bald saßen sie in der nicht weit entfernten Wirtschaft und ließen sich ein Bitburger Pils durch die trockenen Kehlen laufen. Dann aßen sie, obwohl keine Wildsaison, einen Wildschweinbraten. Lorenz freute sich, dass er dies ohne Bärbels Schelte, die er sich dafür in ihrem Beisein sicherlich eingehandelt hätte, tun konnte. Alleine schon weil sie an Ambiorix dachten und an Asterix und Obelix, die dasselbe gegessen hätten. Allerdings war er, als sie sich wieder auf den Rückweg machten, so müde, dass er eigentlich keine Lust mehr auf das Wühlen im Dreck verspürte. Nach den ersten Stunden der erfolglosen Suche hatte sein Enthusiasmus ohnehin bereits spürbar nachgelassen, und Wildschweinbraten, ein paar Gläser Pils und die Sommersonne hatten ihr Übriges getan. Entsprechend unlustig machten sie sich wieder an die Arbeit. Umso erstaunter war Lorenz dann, als Gustav sagte: »Schau mal, kann das vielleicht etwas sein?«

Er hielt etwas in der Hand, was wie ein Stück verdrecktes Segeltuch aussah, aber an einer Stelle, wo die Erde abgebröckelt war, metallisch wirkende Ösen aufwies. Sie trugen den Fund zum Wassertrog und spülten vorsichtig den gröbsten Dreck ab. Als mehr von der metallischen Struktur zum Vorschein kam, jubelte Lorenz: »Wer sagt es denn! Lorica Hamata!«

»Was?«, fragte Gustav. »Hört sich an wie ein Tiername.«

»Ach wo, du alter Lateiner. Dies ist ein Stück von einem römischen Kettenhemd. Siehst du hier, diese verrosteten Knubbel sind miteinander verflochtene Eisenringe, ganz sicher ist dies das Panzerhemd eines römischen Legionärs.«

»Wat is denn dat wert?« Wilhelm Naas war neben sie getreten. »Dat is mein Grundstück, also jehört dat doch mir, oder?«

»Sieh da, Sie können sogar so etwas Ähnliches wie Hochdeutsch sprechen, wenn's um Geld geht«, grinste Lorenz.

»Papa, so etwas ist nicht wirklich etwas wert«, sagte ein junger Mann, der zu den drei Alten getreten war. »Rolf Naas, ich bin der Sohn«, stellte er sich vor.

Lorenz nickte zustimmend. »In der Tat, es gibt genügend Fundstücke dieser Art, die wesentlich besser erhalten sind. Es geht uns auch nicht um den wirtschaftlichen Wert eines solchen Fundes, sondern um den historischen. Ich will nachweisen, dass hier in der Antike eine große Schlacht stattgefunden hat.«

»Müssten Sie solches Zeug dann aber nicht massenhaft finden?«, fragte der junge Mann weiter. »Dass die Römer hier waren, ist ja allgemein bekannt.«

»Wieder richtig«, meinte Lorenz. Dann wurde er von dem alten Naas unterbrochen, der plötzlich zu singen begann: »Als die Römer frech geworden – simserim simsim simsim!«

Gustav fiel spontan ein: »Zogen sie nach Deutschlands Norden, simserim simsim simsim!«

Nun war auch Lorenz nicht mehr zu halten und sang: »Vorne mit Trompetenschall, Terätätätäterä! – ritt der Generalfeldmarschall, Terätätätäterä!«

Rolf Naas brach in Gelächter aus, dem die Alten sich gerne anschlossen. Nachdem sie sich wieder beruhigt hatten, meinte Lorenz: »Jedenfalls werde ich den Fund melden. Vielleicht reicht das ja, um endlich eine richtige wissenschaftliche Grabung zur Ambiorix-Schlacht anzustoßen.«

»Joo – Moment«, meinte Wilhelm Naas. »«Wat witt dann us mengem Stall? He witt nix Wissenschaftliches jemaat!«

Sein Sohn erklärte: »Was mein Vater meint, ist, dass er hier eine Großstallung für Milchvieh errichten will. Wenn hier eine richtige archäologische Grabung durchgeführt wird, bedeutet das doch wohl einen Baustopp?«

»Nicht unbedingt«, meinte Lorenz. »Die Grabung kann auch zwanzig oder fünfzig Meter neben dieser Stelle erfolgen, da es ja um den Nachweis eines großflächigen Schlachtfeldes geht und nicht etwa um ein lokal begrenztes Gebäude oder ähnliches. Da würde ich mir erst mal keine Sorgen machen.«

»Ich darf der Stall he baue!«, bekräftigte Wilhelm Naas.

»Papa, daran zweifelt doch auch gar keiner«, versetzte sein Sohn. Und zu Lorenz und Gustav gewandt fügte er hinzu: »Wissen Sie, hier ist die intensive Milchwirtschaft nicht von allen gern gesehen. Ein Stall mit fünfhundert Kühen ist für Blens eher ungewöhnlich.«

»Eine solche monströse Milchbatterie hat ja auch mit traditioneller Landwirtschaft nichts mehr zu tun«, kommentierte Gustav, der sich dafür einen bösen Blick des alten Naas einhandelte.

»Wie dem auch sei«, sagte Lorenz, der sich in diesem Moment nicht im Mindesten für die Milchproduktion in der Massentierhaltung interessieren mochte. »Ich werde den Fund dem Römisch-Germanischen Museum in Köln melden, die werden dann schon wissen, was zu tun ist.«

Er hielt seinen Fund in die Höhe und betrachtete den Fetzen rostigen Metallgewebes mit einem grimmigen Lächeln, als habe er es persönlich einem römischen Soldaten vom Leib gerissen.

9. Kapitel

Lorenz hatte seine verschwitzte und mit Erde verschmierte Kleidung in den Wäschesack gesteckt und lange geduscht. Als er sich nun frische Sachen anzog, drang ihm sofort wieder der Schweiß aus allen Poren. Er ärgerte sich, es nicht lange genug unter dem kalten Strahl ausgehalten zu haben.

»Der in Ehren ergraute Ermittler hätte nicht gedacht, dass er auf seine alten Tage noch zum Warmduscher werden würde«, kommentierte er missmutig und schickte sich an, einige Zeit auf dem Bett zu ruhen, bis sein Kreislauf sich beruhigt haben würde. Dazu kam er jedoch nicht, da es an der Tür klopfte. Als er öffnete und Stephan vor sich sah, erschrak er. Weniger über den Anblick seines Sohnes als vielmehr darüber, dass er es bis jetzt versäumt hatte ihn anzurufen.

»Hallo Papa«, sagte Stephan. »Schön, dass ich dich hier antreffe. Hast du ein wenig Zeit für mich?«

»Alte Menschen haben niemals Zeit, weil sie spüren, wie sie ihnen davonläuft«, erwiderte Lorenz. »Aber natürlich, komm rein.«

Stephan schloss die Tür hinter sich und steuerte einen Stuhl an, der bei dem Fenster stand, von dem aus man so einen prachtvollen Ausblick ins Rurtal hatte. Doch er schien nicht an dem Panoramablick auf Wald, Felsen und Burg interessiert. Lorenz betrachtete seinen Sohn. Es war schon einige Zeit seit ihrem letzten Treffen vergangen. Stephan schien seitdem deutlich gealtert, sein Haar war grauer und vielleicht auch schütterer geworden. Lorenz überlegte, ob er mit zweiundfünfzig auch schon so alt ausgesehen hatte. Vermutlich ja, und er war dicker gewesen. Er erinnerte sich, dass Stephan ein leidenschaftlicher Jogger war. »Läufst du noch immer so viel?«, fragte er. »Du siehst dünn aus – und auch etwas müde, wenn ich das so sagen darf.«

»Darfst du«, meinte Stephan. »Und ich habe auch allen Grund dazu.« Er zog einen Brief aus der Tasche und hielt ihn Lorenz hin. Der nahm den Bogen, dann ging er zum Schreibtisch und setzte seine Brille auf, die dort gelegen hatte. Der Brief war seltsam, enthielt nur Stephans Adresse und einen kurzen Text. Lorenz las:

Die Maid verließ das Elternhaus, dem Bruder war sie weit voraus, im Leben wie im Sterben, bald wirst du sie beerben. Ambiorix.

Langsam setzte der Alte sich auf den zweiten, freien Stuhl. Er machte keine Anstalten, etwas zu sagen.

Stephan fragte ungeduldig: »Und? Denkst du, was ich denke? Es geht um Gerda, nicht wahr? Der Bruder bin ich. Und dieser Ambiorix – das war doch euer Lieblingsprojekt, bevor Gerda, bevor sie – verschwand.«

»Natürlich geht es um Gerda«, sagte Lorenz. »Und ich bin sicher, dass dies ihr Mörder geschrieben hat.«

Stephan sprang auf und begann, im Zimmer auf und ab zu laufen. »Wie kannst du da so sicher sein? Da kann doch irgendein Verrückter sich einen bösen Scherz erlaubt haben, oder?«

»Glaubst du das?«

Stephan blieb stehen. »Nein.«

Die beiden sahen sich an. Es dauerte eine Weile, bis Stephan sagte: »Glaubst du immer noch, ich hätte damals vergessen, meine Schwester vom Bahnhof abzuholen? Gibst du mir immer noch die Schuld an ihrem – Tod?«

Lorenz brummte etwas Unverständliches, vielleicht wäre es ihm lieber gewesen, Kommissar Wollbrand hätte für ihn geantwortet. Aber das war nun seine Sache, bei der der alte Ermittler ihm nicht würde helfen können. »Vielleicht hast du es vergessen. Vielleicht habe ich es vergessen. Wer will das schon entscheiden? Ich habe dir nie die Schuld an ihrem Tod gegeben.«

Lorenz stellte sich, er wusste nicht, zum wievielten Male, seine Tochter vor, die in der Nacht am Kölner Hauptbahnhof stand und darauf wartete, abgeholt zu werden. Wenn doch damals nur schon die nächtlichen Zugverbindungen nach Düren so gut gewesen wären, wie es heute der Fall war. Gerda wäre in die S-Bahn gestiegen und in einer halben Stunde zu Hause gewesen. Niemand hätte sie dann am Bahnhof angesprochen. Oder hatte sie vielleicht, keck wie sie war, versucht, per Anhalter durch die Nacht zu reisen? War sie dabei an den Falschen geraten? Warum hatte sie nicht angerufen, als niemand zur verabredeten Zeit kam? Es hatte doch genügend Telefonzellen am Bahnhof gegeben, damals. Als noch nicht jeder ein Handy besaß. Lorenz wischte diese Gedanken beiseite. Er hatte nicht vor, in der Anwesenheit seines Sohnes zu weinen.

»Und was heißt das, ich werde sie beerben?«, fragte Stephan. Lorenz war ihm dankbar für diese Frage, konnte er sich doch so auf etwas Konkretes konzentrieren. »Ich halte das für eine Drohung«, meinte er ruhig. »Beerben heißt vermutlich so viel wie nachfolgen – in den Tod.«

»Meinst du?« Stephan war längst nicht so ruhig wie der Alte. »Und wieso nennt der Absender sich Ambiorix? Nur als Hinweis auf die Vergangenheit? Und wieso war sie mir weit voraus?«

»Nun ja, sie ist dir vorausgegangen, also zuerst gestorben.«

»Aber auch im Leben, steht da. Was hatte sie mir voraus?«

Lorenz schüttelte den Kopf. »Der Mensch, der dies geschrieben hat, ist sicherlich ein ziemlich verwirrter Geist. Wie können wir wissen, was er damit meint?«

»Ach komm!« Stephans Stimme wurde lauter. »Du hast sie mir doch immer vorgezogen. Und der Schreiber dieses Briefes weiß das offensichtlich. Gerda war dein Liebling. Papa und Gerda stöbern in der Geschichte. Gerda studiert, Gerda ist das schöne, kluge Mädchen. Und ich war nur der ältere Bruder, der auf sie aufpassen musste, wenn sie mit irgendwelchen Typen in der Disco ...« Er brach ab.

Lorenz wurde nun auch laut. »Was heißt das, Gerda mit irgendwelchen Typen? Und wenn du wirklich auf sie aufgepasst hättest, dann ...«

»Was dann?«, schrie Stephan. »Dann würde sie noch leben? Ist es das, was du glaubst, was du immer geglaubt hast bis heute?«

Lorenz schüttelte den Kopf, antwortete jedoch nicht. Er spürte, dass sein Sohn richtig lag. Auch wenn er es nie so formulieren wollte, er hatte Stephan die Schuld am Verschwinden der geliebten Tochter gegeben. Und ja, Gerda war das Nesthäkchen gewesen, das plötzlich flügge geworden und dann abgestürzt war. Seine Seele, sein Leben hätte er jederzeit für sie gegeben. Fast wäre er daran zerbrochen, als man sie ihm entrissen hatte.

»Weißt du eigentlich, was du mir da all die Jahre angetan hast?«, fragte Stephan. Er schien sich im Gegensatz zu seinem Vater keine Mühe zu geben, in dessen Gegenwart nicht zu weinen. Tränen rannen ihm über das Gesicht, als er weitersprach: »Ich habe mir immer eingeredet, der Alte weiß es nicht besser, er will sich nur selbst schützen, weil er sonst nicht drüber wegkommt. Aber in Wahrheit hätte ich dich dafür umbringen können, mir die Schuld am Tod meiner Schwester zu geben. Ich habe die kleine Gerda so sehr geliebt, ich war immer für sie da. Auch bei Problemen, die man nicht mit dem Papa bespricht. Kannst du dir eigentlich vorstellen, in welche Hölle du mich verbannt hast? Ich weiß nicht, was ich getan hätte, wenn Mama mir nicht beigestanden hätte.«

»Ach Junge«, sagte Lorenz und wollte auf Stephan zugehen, konnte es aber nicht. Hilflos hob er einen Arm und ließ ihn wieder fallen. Nun war es an ihm, im Zimmer auf und ab zu gehen. Er spürte, dass er noch Zeit brauchte, um dieses Gespräch fortsetzen zu können. So sagte er nach einer Weile: »Ich habe auch eine Nachricht von diesem Ambiorix bekommen. Als Email.«

»Was?«

»Ja. Auch darin wird Gerda erwähnt, und es ist auch eine Drohung darin enthalten, dass es mir wie ihr ergehen wird.«

»Wann hast du diese Nachricht erhalten?«

»Jetzt erst. Kürzlich. Vor ein paar Tagen.«

»Und hättest du mir davon erzählt?«, fragte Stephan.

»Natürlich, ich wollte das schon früher tun. Aber da war auch noch dieses Bild.«

»Was für ein Bild?«

»Der Pfarrer fand es in der Nideggener Kirche auf dem Altar. Es handelt sich um ein mittelalterliches Motiv, jedoch sehen zwei Figuren darauf aus wie Gerda und ich.«

Stephan schlug die Hände vors Gesicht. »Was soll man davon halten? Ich will gar nicht davon reden, dass ich für dich wohl der letzte Arsch bin, dass du mir so etwas nicht sofort erzählst. Das bin ich ja gewohnt. Aber hier geht es doch offensichtlich um mehr. Ich werde sofort Rita anrufen.« Er zog sein Mobiltelefon hervor.

Lorenz fiel ihm in den Arm. »Nein, lass deine Tochter da bitte raus. Wir wissen doch noch gar nichts. Was will sie denn tun? Das ist nichts für die Polizei. Außerdem fahren Rita und Paul dieser Tage endlich mal in Urlaub. Die haben ein ganzes Jahr darauf gewartet, gleichzeitig zwei Wochen dienstfrei zu bekommen. Mit welcher Begründung willst du ihnen das jetzt vermiesen? Jemand schreibt seltsame Briefe und malt Bilder?«

»Ich weiß echt nicht, wie du tickst, Papa«, sagte Stephan matt, steckte aber das Telefon wieder ein. »Jedenfalls sollten wir den Brief sorgfältig behandeln, vielleicht wird der noch auf Fingerabdrücke untersucht werden, meinst du nicht?«

»Das klingt vernünftig«, stimmte Lorenz zu und legte den Bogen, den er immer noch in der Hand hielt, auf dem Schreibtisch ab.

»Kann ich das Bild einmal sehen?«, fragte Stephan.

»Bärbel hat es heute nach Düsseldorf gebracht, zu ihrem ehemaligen Institut an der Kunstakademie. Dort will sie es von Spezialisten untersuchen lassen.«

Stephan nickte. »Gut. Bin sehr gespannt, was das ergibt. Bist du sicher, dass die beiden Nachrichten und das Bild gleichen Ursprungs sind?«

»Kann ich mir gar nicht anders vorstellen. Diese Dinge tauchen gleichzeitig auf, dabei die Hinweise auf Gerda. Das hängt mit Sicherheit zusammen.«

»Klar.«

Wieder entstand eine Pause. Keiner der beiden wusste, was er noch hätte sagen können. So war es irgendwann an Stephan, sich zu verabschieden. »Na denn, ich bin dann mal wieder weg. Ich hoffe, du hältst mich auf dem Laufenden. Also, sobald du etwas erfährst, wegen dem Bild oder so ...«

»Ja, ich melde mich bei dir«, sagte Lorenz und folgte seinem Sohn zur Tür. Als diese sich hinter Stephan geschlossen hatte, fiel dem Alten auf, dass sie sich nicht einmal die Hand gegeben, geschweige denn sich umarmt hatten. Lorenz fühlte sich sehr müde. Er beschloss, sich ein wenig hinzulegen. Bis zum Abendessen war noch Zeit, und wenn er es sich recht überlegte, würde er es auch nicht bedauern, dieses zu verschlafen.

Das Telefon klingelte und brachte Lorenz automatisch in die Höhe, noch bevor er wirklich aufgewacht war. Er stieg aus dem Bett und nahm das Handy zur Hand. Doch da tat sich nichts. Jetzt wurde er wacher und merkte, dass es der Apparat auf dem Schreibtisch war, der sich meldete. Er nahm den Hörer ab. »Bertold.«

»Guten Abend, Herr Bertold«, meldete sich eine brüchige Stimme. »Frau Wedeking, von der Rezeption. Hier ist ein Herr Naas, der Sie besuchen möchte.«

»Dann soll er kommen«, brummte Lorenz und legte auf. Danach erst begann er zu überlegen, ob die alte Wedeking, die etwas dement war und nur selten die Rezeption übernahm, überhaupt in der Lage sein würde, dem Besucher den Weg zu seinem Zimmer zu erklären. Vielleicht hatte er durch die unvermeidlichen Verwirrungen auch etwas Zeit gewonnen, um sich frisch zu machen. Mit etwas kaltem Wasser im Gesicht und ein paar Kniebeugen wäre er auf den unerwarteten Besuch sicher vorbereitet. Das Wasser tat ihm gut, die Idee mit den Kniebeugen verwarf er jedoch wieder.

Schneller als erwartet klopfte es an der Tür. Wilhelm Naas brummte etwas, das sich wie »N'abend« anhörte, und trat durch die Tür, die Lorenz ihm wortlos geöffnet hatte. Naas blieb mitten im Raum stehen, sah sich kurz um und sagte: »Dat is jetz scheiße jelaufen, weeßte.«

»Nee, ich weiß nicht«, entgegnete Lorenz. »Was ist schlecht gelaufen?«

»Mit deiner Buddelei«, knurrte Naas. »Jetzt darf ich nicht weiterbaggern, wisst ihr, wat mich dat kost?«

Lorenz war nicht erstaunt, Wilhelm Naas jetzt plötzlich ein halbwegs verständliches Deutsch sprechen zu hören. Offenbar ging es um Geld, und da konnte ein Eifelbauer immer ungeahnte Register ziehen.

»Wer hat denn die Arbeiten verboten?«, wollte Lorenz wissen.

»Stell dich ja nicht so blöd«, maulte Naas. »Du hast mir doch diese Arschäologen geschickt, oder etwa net?«

Lorenz erinnerte sich, wegen des Fundes mehrere Telefonate geführt zu haben. Niemand wollte sich zuständig fühlen, daher war er überrascht, dass jetzt offenbar doch rasch etwas geschehen war.

»Ich habe keine Ahnung, welche Leute da bei dir sind«, meinte er.

»Da ist so ein bekloppter Professor, der sacht, ich darf den Bagger erst mal nicht bewegen, bis er mehr weiß«, entgegnete Naas. »Aber so locker jeht dat bei mir net. Net mit mir! Ich heiß Wilhelm, weil ich vom stärke Helmes abstamm! Der hat auch keinen an sein Land jelassen!«

»Du stammst von Wilhelm dem Zweiten ab?«, fragte Lorenz ungläubig. »Diese Linie ist doch ausgestorben?«

»Pah!«, machte Wilhelm Naas, erklärte sich aber zu seiner Abstammung nicht weiter. Und auch Lorenz ging nicht näher darauf ein, sondern erklärte: »Und das mit deinem Stall würde ich mir sowieso noch mal gut überlegen. Wenn bei dir das antike Schlachtfeld gefunden wird, wo unsere Vorfahren die Römer in den Arsch getreten haben, dann wird das berühmt. Stell dir mal vor, diese siegreichen Germanen, lange vor dem doofen Teutoburger Hermann, das waren doch unsere Jungs!«

Naas winkte ab, aber seiner Miene war anzusehen, dass er sich auszumalen begann, wie man mit dieser Sache Geld verdienen konnte. Lorenz stellte sich vor, wie der alte Bauer gerade im Kopf den Tageserlös einer Milchkuh gegen das Geld rechnete, das man einem durchschnittlichen Touristen abmelken konnte. Naas ließ sich nicht anmerken, zu welchem Ergebnis er gekommen war. Aber er schien der Sache einen neuen Aspekt abgewonnen zu haben, denn er ging zur Tür und verabschiedete sich mit den Worten: »Wenn der Professor mich jetzt lang abhält, kannst du dich mit dem in der Grube rumschlagen. Und ich fahr dann mit dem Bagger drüber, un joot es!«

Er trat aus dem Zimmer und wollte die Tür von außen schließen, doch in diesem Moment näherte sich neuer Besuch. Bärbel Müllenmeister trat herein und sah dem Bauern nach, als sie sagte: »Hallo Lorenz. Ich wollte mal vorbeischauen und berichten. Was wollte der denn?«

»Du meinst den Ururenkel von Wilhelm dem Zweiten?«, brummte Lorenz. »Den eingebildeten Ururenkel natürlich«, setzte er hinzu, als Bärbel ihn überrascht ansah. »Der alte Bauer spinnt. Natürlich ist er kein Abkömmling des alten Fürstengeschlechtes. Die sind ausgestorben, das weiß ich.«

»Und was wollte er also?«, fragte Bärbel und kam nun ganz ins Zimmer.

Lorenz schloss die Tür hinter ihr. »Er ist sauer, weil man ihm nun das Baggern auf seinem Grundstück bis auf Weiteres untersagt hat, weil ich das hier in seiner Baugrube entdeckt habe.« Er zeigte ihr den Fetzen des römischen Kettenpanzers.

»Dann warst du also erfolgreich? Das ging aber schnell.«

»Na ja«, meinte Lorenz. »Es ist nur ein kleines Stück und weit davon entfernt, ein Schlachtfeld nachzuweisen. Aber es ist ein glücklicher Anfang, mit dem so flott in der Tat nicht zu rechnen war. Und wie lief es in der großen bösen Stadt? Was macht das ominöse Bild?«

»Dem ominösen Bild geht's gut«, antwortete Bärbel. »Mein Kollege Justus hat ein paar neue Spielzeuge am Institut, mit denen er dem Gemälde zu Leibe rückt. Neben den traditionellen Methoden gibt's da diverse technische Tricks zur Untersuchung der Farbe, des Holzes und so weiter. Da kommt viel mehr raus, als man an der Oberfläche sehen kann. Er meldet sich bald, und dann sehen wir weiter.«

»Gut«, meinte Lorenz erleichtert. »Ich bin schon ein wenig beunruhigt deswegen und wäre froh, mehr darüber zu erfahren.«

Bärbel schüttelte den Kopf und nahm eine Hand des Alten zwischen die ihren. »Ein wenig beunruhigt? Lieber Lorenz, mich würde das völlig verrückt machen! Gib zu, so kühl bist du innerlich doch gar nicht, oder?«

»Weiß nicht«, murmelte Lorenz, dem sehr viele Gedanken durch den Kopf schossen. Sollte er Bärbel nun von Stephan und dessen Brief erzählen? Dann betrachtete er seine Hand in der ihren und dachte daran, wie sie diese Sache erschrecken würde. So beschloss er, Stephans Brief vorerst nicht zu erwähnen. Bärbel bemerkte seinen Blick und zog ihre Hände zurück. Lorenz hatte das Bedürfnis, ihr zu sagen, dass sein Blick so nicht gemeint gewesen war und sie seine Hand ruhig weiterhalten könnte, doch er tat es nicht. Stattdessen versuchte er ein Lächeln und sagte: »Es ist schon spät. Haben wir das Abendessen nun schon verpasst oder muss ich mir das noch antun?«

10. Kapitel

Die Glut der Zigarre leuchtete dunkelrot durch die Nacht. Der alte Bauer blies dicke Rauchschwaden in die Luft. Wie fast immer, wenn er unter dem Sternenhimmel stand und rauchte, erinnerte er sich an die Kriegserzählungen seines Vaters über die dunklen Nächte in Russland, in denen das Rauchen verpönt gewesen war. Die Glut leuchtete weithin sichtbar durch die Dunkelheit, und man durfte sich nicht wundern, wenn ein Russe, der gut mit seinem Gewehr umgehen konnte, dem nächtlichen Rauchgenuss mit einem Schuss ein jähes Ende setzte. Wilhelm Naas der Ältere, stur wie ein Bulle, hatte trotzdem geraucht. Und immer, wenn er einen Iwan erwischen konnte, hatte er ihm dessen grässlich schmeckende Papirossi abgenommen und sie trotzig geraucht. Sollten sie sich doch dafür rächen, wenn sie konnten. Aber er war ohne nennenswerte Verletzungen durch den Krieg gekommen und in die Eifeler Heimat zurückgekehrt. Er hatte in Blens einen landwirtschaftlichen Betrieb aufgebaut und Wilhelm Naas den Jüngeren gezeugt. Und der rauchte zu Ehren seines lange verstorbenen Vaters gerne im Dunkeln und stellte sich vor, dass über ihm die unendliche Weite des russischen Sternenhimmels wäre und er, dem lauernden Iwan zum Trotz, hier stehen und rauchen könnte. Leise brummte er ein altes Lied: »Weit ist das Land, unsagbar schön ...«

»Fred Bertelmann, nicht wahr?«

Die Stimme riss Wilhelm Naas aus seinen Träumen. »Glaub schon«, murmelte er. »Auch schon da? Hab lang jewartet.«

»Irgendeiner wartet immer.«

»Wat?«

»Ach, lass stecken, ist egal«, meinte die Stimme aus dem Dunkel. »Was willst du denn jetzt von mir?«

»Wir müssen noch ens über Jeld sprechen«, sagte Naas. »Dat reicht mir nicht, über wat wir da jesprochen han.«

Es dauerte eine Weile, bis der andere etwas entgegnete. »Hast du dem Bertold genau gesagt, was wir besprochen haben?«

»Klar dat.«

»Nicht mehr und nicht weniger?«

»Jo. Warum?«

Die Antwort ließ auf sich warten. Naas sog an seiner Zigarre. Die Glut tauchte sein Gesicht in ein dunkel leuchtendes Blutrot. Für einen Moment war er ein wenig geblendet und sah den anderen noch undeutlicher als vorhin. Seine Augen gewöhnten sich aber sofort wieder an die Dunkelheit. Die Gestalt vor ihm hob einen Gegenstand in die Höhe.

»Wat soll dat?«, fragte der Alte.

»Wenn du wirklich, wie du immer behauptest, vom Grafen Wilhelm abstammst, erkennst du dies wieder.«

Diese Antwort verstand Naas nicht, und der andere legte wohl auch keinen Wert darauf. Weitere Erklärungen gab er nicht ab. Er ließ dieses Etwas, das er hoch über seinen Kopf erhoben hatte, mit Schwung auf dem Schädel des alten Bauern niedersausen. Ein dumpfer Aufschlag, als würde man einen Pfahl in den Boden rammen, und ein Knacken, als wenn das Holz dabei zerspringen würde, schallten kurz durch die Stille, die über der Baugrube lag. Das leise Geräusch, das der leblose Körper des alten Bauern beim Aufprall auf die weiche Erde verursachte, war dann nahezu unhörbar. Die dunkle Gestalt hob den schweren Vorschlaghammer wieder hoch und schlug nochmals zu. Und noch einmal und noch einmal, so als sollte das Gesicht des Wilhelm Naas dem Erdboden gleichgemacht werden. Die Einzelheiten des grausigen Werkes blieben im Dunkeln, und der Hammer hielt erst inne, als das blasse Antlitz Wilhelms im spärlichen Sternenlicht nicht mehr vom Boden zu unterscheiden war.

11. Kapitel

Die Blondine schnurrte wie eine Katze. Langsam wach werdend, spürte sie ein wohliges Erschauern, als eine kräftige Hand sanft ihren Nacken streichelte, den Rücken hinabfuhr und kurz auf ihrem Po innehielt. Ihr Schnurren brach abrupt ab, als die Hand mit einem Ruck die Decke abzog und ihren nackten Körper der kühlen Morgenluft preisgab.

»Paul«, maulte sie. »Warum tust du das?«

Der riesenhafte Mann setzte sich neben Rita Bertold auf die Bettkante und grinste in ihr verschlafenes Gesicht. »Das mache ich nur aus Liebe. Weil ich den Flieger nicht verpassen will, der uns ins Paradies bringt.«

Rita räkelte sich und lächelte, ohne die Augen zu öffnen. »Oh ja, das ist der einzige Grund, den ich akzeptieren kann. Natürlich nur, falls du mich jetzt küsst.«

Eine frische Brise drang durch das offene Fenster ins Zimmer und hinterließ auf Ritas sportlichem Körper eine leichte Gänsehaut. Paul Gedeck betrachtete sie mit einem leisen Seufzen, strich ihr über das lange Haar und antwortete: »Ich sagte doch, ich will den Flieger nicht verpassen. Und wenn ich dich jetzt küsse ...«

»So ein großer Kerl, und dabei so ein kleiner Feigling«, murmelte Rita und öffnete die Augen. Mit einer katzenhaft schnellen Bewegung, die selbst Paul überraschte, umfasste sie seinen Nacken mit beiden Händen und zog ihn an sich. Kurz bevor ihre Lippen sich berührten, meldete sich das Telefon. Rita lockerte unwillkürlich ihren Griff ein wenig, und Paul nutzte die Gelegenheit, sich mit einer flotten Andeutung eines Kusses von ihr zu lösen und zu dem Telefon zu greifen, das auf dem Nachttisch vor sich hinbrummte und -vibrierte. »Das ist deins«, sagte er und hielt Rita das Gerät hin.

Sie streckte ihm die Zunge heraus und nahm das Gespräch an. »Ja, hier Bertold.«

Paul beobachtete seine Freundin, die dem Anrufer konzentriert lauschte, sah, wie dabei ihr Gesicht immer ernster wurde, bis sie sagte: »Das kann doch wohl nicht wahr sein. Ich bin schon unterwegs!«

»Was?«, fragte Paul, der nichts Gutes ahnte. »Ich vermute, du meintest jetzt nicht, dass du Richtung Flughafen unterwegs bist?«

»Leider nein«, antwortete Rita und stieg aus dem Bett. »In der Nordeifel hat es einen Mord gegeben. Und offenbar ist Opa Bertold darin verwickelt.«

Der Frühstücksraum der Seniorenresidenz Burgblick hatte den größten Andrang für diesen Morgen bereits überstanden, als Lorenz, Gustav und Bärbel beisammensaßen. Lorenz hatte sich zur Freude von Bärbel für ein Müsli mit viel frischem Obst entschieden. Er überlegte, ob es opportun war, zuzugeben, dass ihm sogar der Sojajoghurt, den sie ihm empfohlen hatte, schmeckte. Lorenz befand, dass er sich dies vielleicht für später aufheben könnte, und beließ es beim stillen Genuss.

»Wo ist denn der schöne Groschen?«, fragte er in Gustavs Richtung. Der grinste kopfschüttelnd und antwortete: »Vermutlich meinst du Alexander Grosjean. Der ist, wie er mir gestern beim Abendessen sagte, kein Frühstücker. Aber er hat den Umzug jetzt wohl durch. Wäre es euch unangenehm, wenn er hin und wieder an unserem Kreis teilnimmt?«

»Aber nein, wie kommst du darauf?«, beeilte sich Bärbel zu sagen, bevor Lorenz etwas dazu entgegnen konnte. »Wir sind doch keine geschlossene Gesellschaft, und Herr Grosjean scheint doch ein sehr freundlicher und kultivierter Mensch zu sein, nicht wahr?«

Bei dieser Frage sah sie Lorenz an, und der antwortete: »Freundlich und kultiviert? Mag sein. In diesen Dingen bin ich nicht kompetent, also mich müsst ihr nicht fragen. Wenn ihr meint, dass der Beau kein falscher Groschen ist, schließe ich mich an.«

»Das lassen wir mal so stehen«, meinte Gustav. »So richtig kenne ich ihn ja auch noch nicht, aber ich denke, das könnte passen.«

Bärbel lächelte Gustav so an, das er sich beeilte hinzuzufügen: »Für uns meine ich. Also – ich meine – wir haben uns so aneinander gewöhnt, da muss man ja mal überlegen dürfen, ob jemand Neues in die Gruppe passt, oder?«

»Natürlich, Gustav«, sagte Bärbel und tätschelte seine Hand. Lorenz beobachtete dies mit einem schiefen Grinsen und wollte noch etwas Bissiges hinzufügen, wurde aber durch Polizeioberkommissar Willi Hurtz daran gehindert, als dieser überraschend an ihren Tisch trat und sagte: »Moin zusammen. Lorenz Bertold, darf ich Sie bitten, mir unauffällig zu folgen?«

»Kann ich nicht«, antwortete Lorenz. »Erstens bin ich durch die Leitung des Hauses angehalten, mein Frühstück in befohlener Menge und in Ruhe zu mir zu nehmen, zwecks Erhaltung meiner Gesundheit und Zahlungskraft, Priorität liegt vermutlich auf Letzterem. Zweitens bin ich grundsätzlich nicht zur unauffälligen Verfolgung von Polizisten geeignet.«

»Spaß beiseite, Lorenz«, sagte Hurtz ungeduldig. »Ich muss dich mitnehmen.« Er senkte seine Stimme und fuhr fort: »Et is ein Mord passiert, und du bist verdächtig, zumindest wat damit zu tun zu haben. Ich muss dich wirklich bitten, mit mir zu kommen. Die Krippo will dich direkt am Tatort sehen, frach mich nich warum.«

»Das ist aber ungewöhnlich«, mischte Bärbel sich ein. Und sie setzte fragend hinzu: »Das ist doch ungewöhnlich, oder nicht?«

»Finde ich auch«, meinte Gustav. »Was ist denn passiert? Wir gehen natürlich mit!«

»Nicht doch.« Willi Hurtz streckte beide Hände mit gespreizten Fingern weit von sich. »Bitte nur der Lorenz. Und ich sach ja nich, dat er verhaftet is. Es steht 'ne Befragung an, ich muss ihn sofort nach Blens bringen.«

»Nach Blens?«

»Ja«, sagte der Polizist und ärgerte sich, überhaupt etwas in dieser Richtung geäußert zu haben. »Bitte, Lorenz. Sofort.«

Lorenz stand auf und ergriff seinen Gehstock. »So sei es denn. Ich bin nur ein kleiner, unbescholtener Bürger und füge mich der Polizeigewalt. Allerdings, so schnell geht das nicht. Ich bin nämlich sowohl unbescholten als auch gehbehindert.«

Er folgte Willi Hurtz sehr langsam durch den Speisesaal. Im Vorübergehen knuffte er Benny, der am Buffet gerade einem anderen Hausbewohner beim Beladen seines Tellers behilflich war. Als Lorenz und Willi Hurtz den Saal verlassen hatten, sprangen Bärbel und Gustav auf und eilten zu dem jungen Pfleger. »Benny«, sagte Gustav. »Wir brauchen dich – sofort. Fahr schon mal den Wagen vor. Es geht nach Blens. Opa Bertold steckt in einem mörderischen Schlamassel.«

»Aye, Aye, Sir«, sagte Benny, wies mit einer Handbewegung eine Kollegin hinter der Theke an, dem von ihm betreuten hochbetagten Mann weiterzuhelfen, und lief hinaus.

Als Willi Hurtz und Lorenz sich dem Grundstück von Wilhelm Naas näherten, herrschte dort großer Betrieb. Hurtz parkte seinen Passat am Friedhof und führte Lorenz zu einer Frau, die breitbeinig am Straßenrand stand. »Frau Kock, das ist Herr Bertold«, stellte Hurtz Lorenz vor. »Dies ist Kriminalhauptkommissar Ella Kock, sie leitet hier die Ermittlungen.«

»Welche Ermittlungen?«, wollte Lorenz wissen. Ella Kock strich sich über ihr streichholzlanges Haar, das nach allen Seiten von ihrem markanten Schädel abstand, und dröhnte: »Hier stelle ich die Fragen, Opa – äh, Opa Bertold, nicht wahr?«

»Wenn Sie so wollen, Frau – äh – Kock«, antwortete Lorenz.

Kock ignorierte die freche Art des Alten und fuhr fort: »Jedenfalls ist das hier eine Befragung, kein Verhör, kapiert?«

»Ich würde mehr kapieren, wenn Sie mir nun doch verraten würden, worum es geht.«

Ella Kock winkte einem jungen Mann, der auf ihre Handbewegung sofort zu ihr eilte und einen Beutel vor sich hielt. Kock nahm dem Mann diesen Beutel ab und fragte: »Bertold, erkennen Sie das Ding hier wieder?«

Lorenz rückte seine Brille zurecht und trat einen Schritt näher. »Ich bin nicht sicher«, sagte er dann. »Ich bin ja nicht mehr der Jüngste, und diese Dinger sehen ja alle gleich aus. Aber falls Sie in dem Ding einen eingenähten Zettel mit meinem Namen finden, dann ist die Wahrscheinlichkeit sehr hoch, dass es sich um mein – Ding handelt.«

»Deswegen sind Sie hier«, sagte Kock. »Was macht Ihr – Ding auf diesem Grundstück?«

»Da Sie ja nicht beim Fundbüro arbeiten, muss ich mir wohl sehr genau überlegen, was ich antworte, oder?«

»So ein Mist«, dröhnte Ella Kock weiter. »Ich hätte den Alten doch gleich einbuchten lassen sollen.«

»Nicht doch«, meinte Lorenz lächelnd. »Der Alte findet es sehr zuvorkommend, dass Sie offenbar andere Pläne mit ihm haben. Und dieser Beutel hier, der – jetzt erkenne ich es auch – ganz sicher der meine ist, hat hier natürlich gar nichts gemacht. Er hat lediglich darauf gewartet, dass ich wiederkomme und die Grabungen fortführe.«

»Grabungen? Sie meinen mit diesem Ding?« Die Kriminalhauptkommissarin wies auf den Bagger.

»Aber nein«, antwortete Lorenz. »Mit diesem gewaltigen Gerät hat der Eigentümer dieses Grundstückes ein Fundament für ein neues Gebäude ausgehoben. Ich habe das Erdreich auf antike Artefakte untersucht.«

»Artefakte?«

»Funde, die aus der Zeit der römischen Besatzung stammen und nachweisen sollen, dass hier eine bedeutende Schlacht zwischen Eburonen und Römern stattgefunden hat.«

»Eburonen? Römer?«

Lorenz konnte sich ein Grinsen nicht verkneifen, die Art der Polizistin gefiel ihm. »Eburonen waren hier ansässige Einheimische, meine und ich wette insbesondere auch Ihre Vorfahren. Römer, das waren kleine, sehnige Südeuropäer in Rüstungen, schwer bewaffnet und fern der Heimat. Sie wissen schon: Rom, Julius Caesar. Hier hat Caesar eine Schlacht verloren.«

»Schlacht?«, fragte Ella Kock. »Hier hat es eine Schlacht gegeben, das will ich meinen, aber nix mit Römern.«

Sie packte Lorenz am Arm und zog ihn mit sich fort. Der Alte vermochte dem kräftigen Griff der Polizistin nichts entgegenzusetzen und beeilte sich, mit ihr Schritt zu halten. Vor einem Zelt blieben sie stehen. Wieder ließ Kock ihre laute Stimme über das Gelände schallen. »Ich wollte Ihnen das ja eigentlich nicht antun, Opa – aber Sie lassen mir ja keine Wahl mit Ihrem konfusen Geschwafel. Werfen Sie mal einen Blick da rein!«

Sie schlug den Eingang auf und wies in das Innere des Zeltes. Dort waren zwei Männer in weißen Anzügen beschäftigt. »Macht mal den Blick frei auf den Dreck!«, befahl Kock. Die beiden Männer stoben auseinander, und Lorenz sah, was die Polizistin gemeint hatte. Auf dem Boden lag ein Mensch, das konnte er erkennen. Der Körper war mit einem blauen Arbeitsanzug bekleidet, wie der alte Naas ihn bei ihren letzten Begegnungen getragen hatte. Oberhalb des Kragens, wo der Kopf hätte sein sollen, war nur so etwas wie ein blutiger Klumpen Erde zu sehen. Lorenz wandte sich ab und sagte: »Mein Gott, ist das der Naas?«

»Sie erkennen das Opfer also? Wie das?« Ella Kocks Stimme schien in der Lautstärke keine Begrenzung nach oben zu kennen.

»Nicht am Gesichtsausdruck«, entgegnete Lorenz. »Aber der Wilhelm Naas wohnt hier, und ich habe den Blaumann erkannt. Dass er der Tote dort ist, kann ich leider nur raten.«

»Richtig geraten«, konterte Kock. »Und da Sie also zugeben, den Mann in dieser Kleidung gesehen zu haben, sind Sie einer der Letzten, vielleicht sogar der Letzte, der Wilhelm Naas lebend gesehen hat.«

Lorenz antwortete: »Sie kennen sich wohl nicht mit dem gemeinen Eifelbauern aus, wie? Ich wette, der trägt diesen Anzug schon seit Wochen, und ich meine nicht einen Anzug wie diesen, sondern genau diesen. Aber um weitere Unbill zu vermeiden, sage ich Ihnen gleich, dass ich gestern noch mit dem Mann gesprochen habe. Und zwar nicht hier.«

»Was?«, bellte Kock.

»Er kam gestern Abend zu mir und beschwerte sich, dass es ihm aufgrund meiner rein privaten Nachforschungen wohl von offizieller Stelle untersagt worden ist, weiterzubaggern, bis das Gelände untersucht worden ist. Er war mir recht gram deswegen, will ich meinen.«

»Private Nachforschungen? Untersuchungen?«

Lorenz grinste. »Sie wissen doch: Römer. Artefakte.«

Ella Kock winkte ab. »Und das da ist dann wohl auch ein Artefakt?« Sie wies auf den Boden neben der Leiche, wo ein schwerer Hammer lag. Sogar aus einiger Entfernung konnte Lorenz sehen, dass an dem Stahlkopf Dinge klebten, die das Werkzeug als Mordwaffe identifizierten. Er bemühte sich, daraufhin nicht mehr zu der Stelle zu blicken, wo die Reste von Wilhelm Naas' Gesicht mit der Erde vermengt plattgeschlagen lagen. Es wurde ihm schon ein wenig mulmig im Magen. Er brummte leise: »Der alte Ermittler war in diesem Moment recht dankbar, ein eher leichtes Frühstück eingenommen zu haben.«

»Was?«, fragte Ella Kock. Lorenz sprach etwas lauter weiter: »Liebe Frau Kriminalhauptkommissar. Ich glaube nicht, dass es der üblichen Prozedur entspricht, einen Zeugen direkt am Tatort zu befragen, noch dazu an so einem fürchterlichen. Sie werden mir jetzt doch sicherlich verraten, was Sie dazu bewogen hat.«

»Das da!«, dröhnte Kock zurück und winkte einem Mitarbeiter, der ein mit einer Nummer versehenes Plastiktütchen vorzeigte. Lorenz reckte seinen Hals, um den Inhalt erkennen zu können.

Ella Kock sagte: »Bemühen Sie sich nicht. Da ist ein Zettel drin, auf dem steht – Moment, Max, lies vor!«

Der Mann, der leicht zusammenzuckte, als er seinen Namen hörte, nahm seinen Notizblock zur Hand und las vor:

»Zu viel hat er sich vorgenommen. Der Schmied ist ihm zuvorgekommen. Warum der Alte sterben musst? Hat Opa Bertold es gewusst?«

»Was ist das?«, fragte Ella Kock.

»Ein Reim?«, versetzte Lorenz.

»Sehr witzig, Opa. Und warum kommen Sie da drin vor?«

»Das kann ich Ihnen nicht sagen, beim besten Willen nicht«, antwortete Lorenz, der am Gesichtsausdruck der Polizistin erkannte, dass sie ihm seinen besten Willen nicht abkaufte. »Nun ja«, fuhr er fort. »Zumindest wissen Sie doch nun, dass der Mörder ein Schmied ist. Das passt auch zur Mordwaffe. Nun müssen Sie doch nur noch alle Schmiede in der Umgegend vernehmen, nicht wahr?«

»Opa, ich bitte dich!«

Lorenz drehte sich um und sah seine Enkeltochter Rita und den riesenhaften Paul Gedeck nahen. »Ach mein Engel«, sagte Lorenz und umarmte Rita. »Wolltest du nicht ab in den Urlaub, so mit Flieger und Bikini und Paul?«

»Ja, eigentlich müssten wir jetzt über den Wolken schweben«, bestätigte Rita. »Aber bei diesem Theater hier konnte ich das ja wohl kaum machen, oder?« Dann wandte sie sich an Kock. »Hallo Ella. Du hast dir den berüchtigtsten Assistenten ausgesucht, den du hierherum bekommen kannst. Keine gute Wahl.«

»Ausgesucht ist gut«, dröhnte Kock. »Was macht denn unsere Prinzessin Tausendschön hier?«

Paul schaltete sich ein. »Rita hat die Information bekommen, dass ihr Großvater hier ist, und zwar in einer Mordsache.«

»Wer aus meiner Mannschaft hat denn da gequatscht?«, rief Kock. »Das kann doch nur der debile Hurtz gewesen sein!«

»Meinen Sie mich?«, fragte Willi Hurtz, der direkt dabeistand.

»Nein, Ihren Zwillingsbruder!«, versetzte Ella Kock. »Und wer sind denn diese Hobbits da?« Bärbel, Gustav und Benny näherten sich.

Lorenz erklärte: »Das sind meine treuen Freunde, die mir offensichtlich in der besten Absicht gefolgt sind, um Übergriffe des Polizeikörpers auf den meinen zu verhindern.«

»Jetzt reicht es mir, verdammt!«, brüllte Ella Kock und bewies damit, dass sie noch lauter werden konnte. »Was hab ich mir nur dabei gedacht, diesen verrückten Alten hier an den frischen Tatort schaffen zu lassen?«

»Das war, wenn ich mir die Bemerkung erlauben darf, sehr umsichtig von Ihnen«, kommentierte Lorenz. »Immerhin habe ich das Mordopfer gestern noch gesprochen, ich war vor Kurzem auch hier, Sie fanden am Tatort meine Sachen, die ich vermutlich jetzt erst einmal nicht werde mitnehmen dürfen, und ich werde in einer mutmaßlich vom Mörder am Tatort hinterlassenen Nachricht erwähnt. Was sagt Ihnen das?«

Ella Kock antwortete überraschend leise: »Dass ich einen Fehler gemacht habe?«

Lorenz grinste. »Das mag Ihnen zwar auch bewusst werden, ist aber nicht die richtige Antwort. Aber wenn der Mörder eine Nachricht schreibt, in der er fragt, ob ich etwas über die Tat weiß, kann ich folglich nicht der Mörder sein, nicht wahr? Abgesehen davon, dass ich zwar sehr froh wäre, einen solchen schweren Hammer noch schwingen zu können, tatsächlich aber würde ich mir eine leichtere Tatwaffe ausgesucht haben.«

»Das wird alles noch zu klären sein«, meinte Kock. »Jedenfalls war es mir wichtig, Sie sofort zu dem Thema sprechen zu können. Das nächste Mal unterhalten wir uns im Präsidium, und dann wird das ein Verhör, darauf können Sie einen lassen!«

»Sie wollten sicher sagen, darauf können Sie sich verlassen«, versetzte Lorenz und trat zurück. An seine Freunde gewandt fügte er hinzu: »Liebe Bärbel, sieh bitte nicht in das Zelt hinein. Der Anblick, den die Frau Kommissarin mir zuzumuten die Stirn hatte, ist gar zu grässlich.«

»Wirklich?«, sagte Bärbel und versuchte reflexartig, entgegen der Warnung einen Blick in das Innere des Zeltes zu erhaschen. Sie sah zwar die Beine, glücklicherweise jedoch nicht das obere Ende der Leiche. Auf einen herrischen Wink der Kock führte Willi Hurtz die ganze Gruppe zurück zur Straße. »Tut mir leid, Frau Bertold«, sagte der Polizist. »Die Kock ist ganz schön hart drauf. Ich hätte Ihnen allen das ja gerne erspart. Aber ich bin hier ja nur der Dorfpolizist.«

»Schon gut, Herr Hurtz«, meinte Rita. »Ich kenne Ella Kock. Und ich werde mich mit ihr noch eingehend unterhalten. Jetzt möchte ich erst einmal von dir wissen, Opa: Was zur Hölle hast du denn nun schon wieder mit einem Mord zu tun?«

Lorenz hob eine Hand in die Höhe, mit der anderen stützte er sich auf seinem Gehstock ab. »Mein Engel, ich schwöre dir, ich bin völlig überrascht von dem Geschehen. Der Tote ist ein Bauer, auf dessen Grundstück Gustav und ich nach Artefakten aus der Römerzeit gesucht haben. Dieser Mord und der Hinweis des Mörders auf mich sind mir sehr rätselhaft.«

»Was für ein Hinweis?«, fragte Rita.

»Lass dir den Zettel von der Amazone da hinten zeigen«, antwortete Lorenz. »Es ist ein kurzer Text in Reimform, in dem ich erwähnt werde. Sehr merkwürdig.«

»Und beängstigend«, ergänzte Rita. »Versprich mir, dass ihr jetzt alle zurück nach Nideggen fahrt. Paul und ich werden versuchen, hier vor Ort mehr herauszubekommen.« Sie wandte sich an den jungen Pfleger: »Benny, du bringst Opa, Bärbel und Gustav ohne Umwege nach Hause, hörst du?«

»Aye, Käpt'n Mam«, grinste Benny. »Wird gemacht!«

12. Kapitel

Sehr gut getroffen, keine Frage.«

Professor Justus Neuendorf schüttelte Lorenz die Hand und wies dann auf das Bild, das hinter ihm auf dem Tisch lag. »Ich kenne Sie ja bis dato nur von dem Gemälde, aber ich muss schon sagen, das hat etwas beinahe Fotorealistisches.«

»Aber diese devote Haltung werden Sie bei mir nicht sehen«, grummelte Lorenz und wandte sich dem Bild zu. »Was haben Sie herausgefunden?«

Justus Neuendorf folgte Lorenz, nicht ohne einen tadelnden Blick von Bärbel einzufangen, die von seiner Art, mit Lorenz zu sprechen, ganz offensichtlich nichts hielt. Der Professor ignorierte dies und referierte: »Zunächst einmal das Holz. Nein, zunächst einmal die Fingerabdrücke. Wir haben auf der Oberfläche diverse Fingerabdrücke sichtbar gemacht und fotografiert. Ich bin kein Daktyloskop, aber für weitere kriminaltechnische Untersuchungen haben wir alles gesichert. Nun zum Holz. Das Original von Stephan Lochner wurde auf Nussbaum gemalt. Und dies trifft auch auf dieses Bild zu. Allerdings hat die spektroskopische Datierung des Holzes ein Alter von etwa vierhundert Jahren erbracht, plus/minus zwanzig Jahre. Es stammt also definitiv nicht aus der Zeit des Stephan Lochner, der ja bekanntlich um 1450 in Köln starb. Jedoch wurde altes Holz verwendet, wie man es für eine ernsthafte Fälschung tun würde. Aber dieses Bild stellt keine Fälschung im eigentlichen Sinne dar, deswegen ist dies eigentlich recht verwunderlich, andererseits aber auch wieder nicht.«

»Was meinen Sie damit?«, fragte Lorenz.

»Nun, wenn ich ein Bild fälschen will, gebe ich mir zumindest ein wenig Mühe, das entsprechende Alter vorzutäuschen. Sehen Sie die Farbschicht: Es ist keine Craquelure vorhanden.«

»Keine was?«

»Craquelure – feine Risse in der Farbe, ein ganz natürlicher Alterungsprozess. Bei einem Bild dieses Alters müsste man eine tief greifende und kohärente Craquelure feststellen. Auf hölzernem Untergrund verlaufen die Risse entlang der Fasern. Farben mit weniger Bindemitteln, das betrifft vor allem sehr helle Farben, werden zuerst rissig, dunkle Farben später. Damit sind wir beim nächsten Punkt, der Farbe: Typischer Anfängerfehler ist die Verwendung von Titanweiß, dem heute gängigen Weiß in der Ölmalerei. Dies wurde auch hier verwendet. Im Spätmittelalter gab es jedoch noch kein Titanweiß, sondern es wird erst seit etwa 1920 verwendet. Bei der großen Kunstfertigkeit und Detailtreue sowie der stilistischen Perfektion dieses Bildes würde ich einen solchen Fehler nicht erwarten. Aber da ja bereits die figürliche Darstellung offensichtlich vom Original abweicht, haben wir es ohnehin nicht mit einer Fälschung im engeren Sinne zu tun. Also passt das ja ins – hihi, ins Bild.«

»Justus, ich bitte dich«, warf Bärbel ein. »Das ist eine ernste Sache, besonders für den armen Lorenz, dessen verschollene Tochter hier abgebildet wurde, neben ihm selbst.«

»Oh ja, selbstverständlich«, sagte Neuendorf, jedoch ohne echtes Bedauern zu zeigen. Er schien zu sehr von wissenschaftlicher Neugier gepackt worden zu sein, um sich mit solchen Sentimentalitäten aufzuhalten. Er fuhr fort: »Meine Lieben, ich will euch auch gar nicht mit mehr Details zur Oberfläche quälen, denn was viel spannender ist, zeigt sich dem Auge des Betrachters ohnehin nicht. Die Sensation liegt tiefer.«

Neuendorf blickte triumphierend von Bärbel zu Lorenz. Der stampfte mit dem Gehstock auf und sagte: »Nun denn!«

»Sehr gerne«, erwiderte der Professor. »Wir haben zunächst mit Woodschem Licht und monochromatischem Licht gearbeitet, um zeitlich versetzte Verbesserungen und Übermalungen zu erkennen. Dieses Bild, wie es sich dem Betrachter anbietet, wurde sehr schnell gemalt, ich würde sagen, innerhalb weniger Tage, und es ist vielleicht nur wenige Monate bis ein Jahr alt. Aber dann haben wir eine Tiefenanalyse mit Infrarot-Reflektographie durchgeführt, und bum!«

»Was heißt bum?« Lorenz zitterte vor Ungeduld.

Justus Neuendorf zeigte sich fröhlich wie ein Schuljunge, dem ein besonderes Experiment geglückt ist. »Bum heißt, wir fanden unter der sichtbaren Schicht etwas Sensationelles. Oft findet man mit der Reflektographie Bleistiftzeichnungen, Quadratraster, wie sie von Fälschern bei der Übertragung gerne verwendet werden, und Ähnliches. Hier fanden wir keine Rasterung, sondern etwas viel Spannenderes: ein älteres Bild.«

»Was?«, rief Bärbel aus.

»Jawohl, ein älteres Bild, das vor Kurzem erst komplett übermalt worden ist. Dieses ältere Bild ist ebenfalls ganz im Stile Stephan Lochners gemalt. Und hier wurden, ich habe winzige Stellen freilegen müssen, um die Farbe genau zu analysieren, ausschließlich Stoffe verwendet, die im Spätmittelalter üblich waren. Also beispielsweise eben kein Titanweiß, nur erdige Pigmente. Das Motiv stellt eine Kombination von Personen dar, die ich so noch nicht gesehen habe. Ich konnte leider keine der dargestellten Personen identifizieren. Das liegt daran, dass diese so gar nicht zu Lochner passen wollen. Aber es ist deutlich zu erkennen, dass es sich um Römer und Germanen oder Gallier handelt. In Lochners Werkstatt wurden solche antiken Motive überhaupt nicht verwendet, das passt gar nicht in die Zeit. Da ist ein Charakterkopf dargestellt, mit Bart und Flügelhelm, da würde ich auf Vercingetorix tippen. Auf dem Boden vor ihm kniend zwei Römer.«

»Ambiorix«, warf Lorenz ein. »Ich wette, es ist Ambiorix.«

Neuendorf sah ihn erstaunt an. »Woher wollen Sie das wissen? Aber schauen Sie selbst, wir haben natürlich Fotos bei der Tiefenanalyse angefertigt.« Der Professor kramte auf seinem Schreibtisch herum und öffnete eine Mappe mit Fotografien. Er fuhr fort: »Dort ist auch die Signatur des Künstlers zu erkennen. GMB. Das soll wohl ein bislang unbekannter Schüler aus Lochners Werkstatt sein, ich weiß es nicht. Aber da wir ja ohnehin wissen, dass auch das untere Bild eine Fälschung ist, wenn auch eine wesentlich raffiniertere ...«

»Still!«, sagte Lorenz scharf und riss Neuendorf eine der Fotografien aus der Hand. Er starrte auf das Bild, das er in seiner zitternden Hand hielt.

»Was hast du?«, fragte Bärbel, die erschrocken neben ihn getreten war und vergeblich auf der Fotografie nach etwas Besonderem suchte. Lorenz tippte auf die rechte untere Ecke, wo deutlich die drei Buchstaben der Signatur zu erkennen waren.

»GMB«, wiederholte er mit kraftloser, brüchiger Stimme. »Gerda Maria Bertold. Das ist die Signatur meiner Tochter.«

»Oh mein Gott«, stieß Bärbel hervor. »Wie kann das sein?«

»Unsere Gerda hatte viele Talente. Sie konnte wunderbar malen und zeichnen, wollte zuerst Kunst studieren, entschied sich dann aber für Archäologie und Kunstgeschichte.«

»Aber dieses Bild zeigt mehr als Talent«, warf Neuendorf ein. »Hier ist eine profunde Ausbildung zu erkennen.«

»Ich hatte nie Ahnung von Kunst«, meinte Lorenz. »Und ich weiß auch nicht genau, was Gerda in Berlin während ihres Studiums alles tat. Eigentlich weiß ich gar nichts von ihr, aus dieser Zeit, die ihr letzter Lebensabschnitt war.«

Bärbel umarmte Lorenz und drückte ihn fest an sich. Dann sagte sie: »Aber das wissen die meisten Eltern nicht. Wer ist schon genau informiert über das, was die Kinder im Studium so alles machen? Vielleicht hat sie sogar Seminare der bildenden Kunst besucht?«

»Ich weiß es nicht«, murmelte Lorenz mehr zu sich selbst als zu Bärbel. »Ich weiß es einfach nicht.«

Es entstand eine Stille, in der niemand etwas sagen wollte. Dann gab Lorenz sich einen Ruck und sagte zu Professor Neuendorf gewandt: »Sehen Sie hier: Der Gallier in der Bildmitte ist, auch wenn das Foto leider keine Details des Gemäldes zeigt, ganz eindeutig Ambiorix. Gerda nahm als Vorbild die bekannte Skulptur des Eburonenhäuptlings, welche auf dem Marktplatz im belgischen Tongeren steht. Die beiden Römer zu seinen Füßen stellen vermutlich die Legaten Sabinius und Cotta dar, die er in der Schlacht im Rurtal besiegte.«

»Ihre Tochter hatte neben Talent und handwerklichem Geschick offenbar auch eine Menge Humor«, bemerkte Neuendorf. »Immerhin ist es eine ganz besondere Idee, ein solches Motiv im Stile eines mittelalterlichen Meisters zu malen. Lochner malte typische christliche Motive wie Heilige und Märtyrer, Darstellungen von Christus und Maria, Engel und so weiter. Antike Themen wurden erst in der Folgezeit der Renaissance aufgegriffen, und so etwas wie Gallier und Römer kenne ich nur aus noch späteren Werken des französischen Klassizismus. Dieser Cross-over ist eine bemerkenswerte Idee. Aber, wenn ich das zusätzlich noch bemerken darf, mit allen Kennzeichen einer gezielten und ziemlich professionellen Fälschung.«

»Was wollen Sie damit andeuten?«, fragte Lorenz.

»Ich stelle nur die Fakten zusammen«, verteidigte sich der Professor. »Ich kann und will nicht behaupten, dass Ihre Tochter sich als Fälscherin betätigt hat. Dagegen spricht auch eindeutig die Motivwahl, die doch zu sehr aus dem Rahmen fällt. Bei diesen Fähigkeiten hätte sie sicher einen Lochner glaubwürdiger nachahmen können. Jedoch – alle angewandten Techniken entsprechen denen einer Kunstfälschung. Aber genau könnte man das ohnehin nur sagen, wenn man die Oberfläche des übermalten Bildes weitgehend freilegen würde. Die Infrarot-Reflektographie einer übermalten Fläche ersetzt natürlich nicht die Analyse eines frei liegenden Bildes.«

»Wie dem auch sei«, meinte Bärbel. »Das müssen wir jetzt erst einmal verdauen.«

Lorenz nickte gedankenverloren, während er den Blick nicht von der Signatur seiner Tochter abwenden konnte. »Stimmt«, sagte er. Und sehr leise fügte er hinzu: »Und in der Zwischenzeit würde Kommissar Wollbrand darüber nachdenken, warum Gerda dieses Ambiorix-Bild gemalt hat. Natürlich auch, warum und von wem es übermalt wurde.«

13. Kapitel

Mit einem leisen Quietschen drehte sich der Hebel der Kaffeemühle im Kreis. Wesentlich lauter war dabei das Kracksen der Bohnen, die in das Mahlwerk gerieten und zu aromatischem Pulver verwandelt wurden, das sich in einer kleinen Holzschublade sammelte.

Alexander Grosjean sah sich, während Gustav die Mühle bediente, in dessen Zimmer um. Die Wände waren leer, keine Dekoration ergänzte die Standardmöblierung der Seniorenresidenz Burgblick. Die Tür zum Nebenzimmer, in dem Gustavs Bett stand, war offen. Neben dem Bett hing ein einsames Foto an der Wand.

»Was ist das?«, fragte Alexander Grosjean, der in die Türschwelle zum Schlafzimmer getreten war.

»Sumatra«, antwortete Gustav. »Eine dunkle, körperreiche Bohne.«

»Entschuldige, ich meinte nicht den Kaffee, sondern das Foto dort«, erwiderte Alexander. »Es fällt halt so auf, weil es das Einzige ist, das daran erinnert, dass hier jemand wohnt. Darf ich es mir näher ansehen?«

»Gerne«, sagte Gustav.

Alexander betrachtete das Bild, das Gustav neben einem Grabstein zeigte, auf dem eine Reihe kleinerer Steine lag.

»Meine einzige Verwandtschaft, die ich besuchen kann«, kommentierte Gustav. »Sara Vohs, eine Großtante.«

»Du bist jüdischer Abstammung?«

»Ja. Das weiß ich aber erst seit Kurzem. Dieser Grabstein ist alles, was von meiner Familie übrig geblieben ist.«

»Verstehe«, sagte Alexander. »Der verfluchte Holocaust.«

Gustav nahm die Lade mit dem gemahlenen Kaffee aus der

Mühle und füllte das Pulver in einen Filter, der bereits auf der Kanne steckte.

Alexander Grosjean fuhr fort: »Du hast nette Freunde hier gefunden. Kommt mir so vor, als wäre das auch so etwas wie Familie. Oder sollte ich mich darin täuschen?«

»Du täuschst dich nicht.« Gustav nahm den Wasserkessel von der Kochplatte und goss etwas davon über das Kaffeepulver. »Die beiden wissen mehr über mich, als mir selbst noch vor einem Jahr bewusst war. Mit Lorenz und Bärbel ist es beinahe wie mit dem Kaffee. Es ist vorher auch gegangen, aber sobald du dich daran gewöhnt hast, kannst du dir das Leben ohne nicht mehr vorstellen. Ich hätte nicht gedacht, nach einer langen Zeit der Einsamkeit noch mal so gute Freunde zu finden.«

»Das ist sehr schön. Und du hast sie hier kennengelernt?«

»Ja. Wollte mich nach vielen Jahren in der Fremde hier in meiner Heimat zur Ruhe setzen. Wer hätte gedacht, in einem Altenheim solch agile Menschen zu treffen?«

»Na ja, die Seniorenresidenz Burgblick ist auch nicht irgendein Altenheim«, meinte Alexander. »Sonst wäre es auch nicht meine Wahl gewesen.«

»Und warum ist es deine Wahl?« Gustav goss nun den Filter randvoll mit dem heißen Wasser.

»Da muss ich ein bisschen ausholen. Nachdem ich als Fotograf nur mittelmäßig erfolgreich war, stieg ich in die Kunstgalerie eines Freundes ein. Es lief lange Zeit ganz gut, Niederlassungen in Hamburg, Düsseldorf und Berlin. Es kam viel Geld herein, und auch sonst schien alles wunderbar. Dann aber merkte ich irgendwann, dass mein Partner krumme Dinge machte, geschäftlich wie auch privat. Das hat mich ziemlich fertig gemacht. Vieles konnte ich noch retten, zumindest finanziell, aber ich habe dann gemerkt, dass ich keine Kraft mehr habe, um noch einmal etwas Neues anzufangen. Ich bin auch nicht mehr der Jüngste, wie ich in der Krise feststellen musste.«

Gustav stellte zwei Tassen auf den Tisch. »Zucker oder Milch?«

»Danke, schwarz. Ohne alles.«

»Gut«, meinte Gustav. »Dein Partner hat dich wohl auch menschlich enttäuscht. Ihr wart zusammen, ich meine als Paar?«

Alexander Grosjean lächelte. »So ist es. Ich vermute, das ist dir nicht fremd und schockiert dich nicht.«

»Keineswegs«, sagte Gustav, kommentierte dies aber nicht weiter.

»Und du?«, fragte Alexander. »Wie war dein Weg hierher?«

»Lang«, antwortete Gustav und goss den Kaffee ein. »Ich ging als junger Mann nach Südamerika, hatte dort etwas mehr Glück mit meinem Partner als du, sowohl finanziell wie privat, aber da alles ein Ende hat, war auch dies irgendwann vorbei. Dann erfüllte ich mir einen Kindertraum und lebte ein paar Jahre in Ostafrika, bis mich doch die Sehnsucht nach der alten Heimat packte.«

Die beiden alten Männer genossen schweigend den Kaffee in kleinen Schlucken. Nach einer Weile sagte Alexander lächelnd: »Dein Freund Lorenz scheint nicht so begeistert von mir zu sein. Ist er am Ende vielleicht eifersüchtig?«

»Lorenz ist nicht schwul, wenn du das meinst«, erwiderte Gustav. »Er ist ein knorriger Kauz, aber im Grunde sehr herzlich. Eine Zeit lang war er in dem irrigen Glauben, wir würden um die Gunst Bärbels konkurrieren. Ich sehe heute noch sein Gesicht vor mir, als ihm endlich klar wurde, dass er da völlig falsch lag und ich kein sexuelles Interesse an Frauen hege. Lorenz ist in solchen Dingen unbeleckt, er hat seine Antennen völlig woanders.«

»Ich weiß«, meinte Alexander. »Sein Ruf als Kriminalist im Ruhestand ist ja hier legendär. Aber an mir wird er hoffentlich nichts Kriminelles finden. Und schwul hatte ich ihn ganz sicher nicht eine Sekunde eingeschätzt.«

Sie lachten und tranken ihre Tassen leer. Gustav schenkte nach. »Ich glaube, Opa Bertold hat ein tiefes Misstrauen gegenüber schönen Männern. Lass ihm seine Art, er meint es nicht böse.«

»Na, wenn es nur das ist.« Alexander lächelte. »Schönheit vergeht, und zwar schneller, als man gucken kann. Und wer sollte das besser wissen als wir alten Knaben.«

14. Kapitel

Das ist ja echt spooky!« Benny betrachtete staunend das Bild, das Bärbel mit einer Staffelei in Lorenz' Zimmer aufgestellt hatte. »Der Typ muss dich ja kennen, wenn er dich so genau malen kann. Und das ist deine Tochter?«

»Ja«, antwortete Lorenz, der mit düsterer Miene ebenfalls auf das Bild starrte. »Oder eigentlich nicht, denn sie lebt schon lange nicht mehr, und Gerda war viel jünger, als sie starb. Diese Frau auf dem Bild gibt es in Wirklichkeit nicht.«

»Aber es hat den Anschein, als befinde sich unter diesem Gemälde ein weiteres Bild, das vielleicht vor vielen Jahren von Gerda angefertigt wurde«, sagte Bärbel. »Ihre Signatur und das Ambiorix-Thema deuten daraufhin. Das ist alles sehr rätselhaft.«

»Und du weißt doch gar nicht, ob Gerda wirklich tot ist«, wandte Benny ein. »Wenn ich das richtig kapiert hab, ist sie doch spurlos verschwunden. Mag sein, dass sie nicht der Typ zum Abhauen war, aber nix Genaues weißte doch nicht, oder?«

»Ich spüre, dass sie nicht mehr lebt«, sagte Lorenz. »Wenn du mal Kinder hast, und das hoffe ich sehr für dich, dann wirst du erleben, dass man vieles nicht sehen muss, um es zu wissen.«

»Hat aber noch Zeit«, meinte Benny. »Ich möchte erst noch ein paar Jahre das Kindermachen üben, bevor's ernst wird.«

»Benny, du bist ein Ferkel!«, warf Bärbel ein. »Aber recht hast du.«

»Klar hab ich recht. Beim Üben merk ich jedes Mal, wie richtig sich das anfühlt. Aber was hat das Bild jetzt mit dem toten Bauern aus Blens zu tun?«

»Wenn ich das nur wüsste«, brummte Lorenz. »Tatsache ist, Gerda und ich suchten nach dem historischen Schlachtfeld des Ambiorix. Auf dem Grundstück des ermordeten Wilhelm Naas fand ich einen Hinweis darauf. Und nicht genug damit, der Mörder hat bei der Leiche einen Hinweis auf mich hinterlassen.«

»Genau«, meinte Bärbel. »Ich hab es aufgeschrieben: *Zu viel hat er sich vorgenommen. Der Schmied ist ihm zuvorgekommen. Warum der Alte sterben musst? Hat Opa Bertold es gewusst?*«

Benny fragte: »Und was bedeutet der Quatsch? Das hat doch wohl ein totaler Spinner geschrieben, ist doch klar.«

»Nicht unbedingt«, entgegnete Lorenz. »Der Ermordete hieß Wilhelm, und er wurde mit einem Hammer erschlagen, genau wie Wilhelm der Vierte, der Graf von Nideggen, der hier in der Pfarrkirche Johannes Baptist beerdigt wurde. Dort wurde übrigens auch dieses Bild deponiert.«

»Und was heißt, er hätte sich zu viel vorgenommen?«

»Was das für den Naas bedeutet, weiß ich nicht. Wilhelm wurde beim Versuch, die Stadt Aachen einzunehmen, von einem wehrhaften Schmied erschlagen. Man könnte also sagen, er wollte zu viel und hat dafür mit dem Leben bezahlt.«

»Der Mörder kennt sich also in der Geschichte aus«, grübelte Bärbel. »Solche Dinge muss man ja erst einmal wissen.«

»Ganz genau«, bestätigte Lorenz. »Und es gibt da diese Behauptung des alten Naas, er stamme direkt vom Grafen Wilhelm ab. Das halte ich zwar für ausgemachten Bauernschwindel, aber immerhin hat er es gesagt, und vermutlich nicht nur uns.«

»Aber deswegen bringt man doch keinen um, oder?«, fragte Benny.

»Sicherlich nicht. Es sei denn, man ärgert sich drüber, weil man dies für sich selbst in Anspruch nimmt.«

»Wäre denn so etwas denkbar?«

Lorenz schüttelte den Kopf. »Nein, das war nur so ein Blödsinn von mir. Diese Familie ist ausgestorben. Da gibt es keine direkten Nachkommen. Das wüsste ich.«

»Und ich wüsste mal gerne, wo Gustav bleibt«, sagte Bärbel. »Er müsste längst hier sein.«

Benny lachte. »Der hat bestimmt die Zeit mit seinem neuen Freund vergessen. Verliebte zählen vielleicht ihre Herzschläge, aber nicht die Stunden.«

Lorenz verdrehte die Augen und murmelte: »Dem alten Ermittler war zwar nichts Menschliches fremd, aber der junge Bengel brachte es dennoch fertig, ihn zu beunruhigen.«

»Kommissar Wollbrand soll sich mal nicht so haben«, grinste Benny. »Dass Onkel Gustav immer schon der Männerwelt zugetan war, wissen wir. Und der Grosjean ist ja auch ein Netter.«

»Davon will ich gar nix hören«, beschwerte sich Lorenz. »Es mag sein, wie es will, aber hört auf, davon zu reden.«

Bärbel strich dem Alten sanft über die Schulter. »Das lernst du auch noch zu verstehen, glaub mir. Und außerdem wissen wir ja gar nicht, ob die beiden nicht einfach nur Freunde werden, weil der Grosjean ein netter Kerl ist. Vielleicht passt er ja auch gut zu uns, wer weiß?«

»Jaja, wer weiß«, grummelte Lorenz in einem Tonfall, der nahelegte, dass er dieses Thema nicht zu vertiefen gedachte. Dies erübrigte sich auch, denn es klopfte an der Tür, und als Benny öffnete, trat Gustav herein.

»Entschuldigt, ihr Lieben«, sagte er etwas atemlos, als habe er den Weg zu Lorenz' Zimmer sehr eilig zurückgelegt.

»Aber nicht doch«, sagte Lorenz, der sich vornahm, ein guter Freund und Gastgeber zu sein, und dies im nächsten Moment schon wieder vergessen hatte. »Ich vermute, schönere Menschen als wir haben dich aufgehalten. Also kein Grund, sich zu entschuldigen.«

Benny lachte. »Opa Bertold ist eifersüchtig, ganz klar!«

Gustav strich sich lächelnd über seine Glatze. »Mein holder Knabe, du weißt es vielleicht noch nicht, aber Eifersucht ist eine Leidenschaft, die mit Eifer sucht, was Leiden schafft. Und dieses Zitat passt auf unseren Lorenz in dem von dir angedeuteten Zusammenhang nicht, da dessen Leidenschaften sich auf Verbrechen und alte Geschichte beschränken.«

»Wie wahr«, stimmte Lorenz notgedrungen zu. Er hätte sich dafür ohrfeigen können, mit seiner dummen Bemerkung ein Thema angefangen zu haben, dem er nicht gewachsen war. Und so fing er schnell mit etwas anderem an. »Ihr ahnt ja nicht, was ich für eine seltsame Telefonorgie hinter mir habe wegen unserem Fund im Odenbachtal.«

»Meinst du jetzt die Leiche oder den antiken Metallfetzen?«, fragte Gustav dazwischen, was von Lorenz nur mit einem strafenden Blick über den Rand seiner Brille hinweg geahndet wurde. Dieser fuhr ungerührt fort: »Als der alte Naas vor seiner Ermordung zu mir kam, hat er was von dem Ärger erzählt, den wir mit unserem Fund verursacht hatten. Ich hatte es nicht richtig verstanden, wer da warum nun einen Baustopp verfügt haben soll. Also habe ich noch mal beim Römisch-Germanischen Museum in Köln angerufen. Die hatten sich ja zuerst für nicht zuständig erklärt, dann aber offenbar doch etwas in die Wege geleitet. Jedenfalls nahm ich das nach dem Besuch von Naas bei mir an. Am Telefon jedoch sagte man mir, dass sie gar nichts veranlasst, sondern die Information an den Landschaftsverband Rheinland in Bonn weitergegeben hätten. Da habe ich angerufen und beim vierten Referenten erfahren, dass er mir als Mitarbeiter des Amtes für Bodendenkmalpflege im Rheinland nur sagen kann, dass es eine Außenstelle in Nideggen gibt, die hier zuständig wäre. Bei dieser Außenstelle in Nideggen habe ich erfahren, dass es kein begründetes wissenschaftliches Interesse an einem solchen Grabungsprojekt an dieser Stelle gibt. Lorica Hamata hin oder her. Dann rief aber kurze Zeit später irgendein Professor zurück, der mir erklärte, dass er mit sehr bescheidenen Mitteln und ein paar Studenten eine Voruntersuchung durchführen werde. Wenn unsere Vorfahren zu Caesars Zeiten schon so bürokratisch gewesen wären, würden wir heute alle Latein sprechen.«

Benny grinste. »Genau, und Lazio Rom wär Deutscher Meister.«

»Das wäre mir lieber als Bayern München«, versetzte Gustav und fragte dann in die Runde: »So, ihr Lieben: Was habe ich verpasst? Wer ist der Mörder?«

15. Kapitel

Das Klopfen an der Tür störte ihn. Jetzt nicht, dachte er. Der Mann wandte sich wieder seiner Beschäftigung zu. Er klappte den kleinen Holzschrank auf und betrachtete die Fotos, die an der Innenwand befestigt waren. Auf dessen Boden lagen Stapel von weiteren Bildern, Zeitungsausschnitten und Notizzetteln. Vielleicht war es an der Zeit, das eine oder andere Foto an der Wand gegen eines aus dem Stapel zu tauschen.

Wieder das Klopfen.

»Ja, was denn?«

Die brüchige Stimme einer Frau meldete sich. »Brauchen Sie noch etwas? Ich würde dann sonst schlafen gehen.«

»Um Gottes willen, tun Sie das!«, rief der Mann und ärgerte sich darüber, dass er sich durch die Störung des alten Weibes aus der Ruhe hatte bringen lassen. Die zaghafte Stimme ließ noch ein leises »Gute Nacht« vernehmen, dann war es wieder still. Der Mann schloss die Augen, atmete tief durch und betrachtete dann den Inhalt des Schränkchens aufs Neue. Ärgerlich schüttelte er den Kopf. Es war nicht wie eben. Und jetzt kam auch wieder der Schmerz.

Lorenz löschte das Licht in seinem Zimmer und öffnete das Fenster. Endlich war es draußen ganz dunkel geworden. Über dem Burgfelsen leuchteten ein paar Sterne. Der übrige Himmel über dem Rurtal war wolkenverhangen. Die Luft, die in das Zimmer drang, war warm und roch nach dem Wald, der unterhalb der Seniorenresidenz in sommerlicher Fülle stand. Sehr still war es. Ein Vogel zwitscherte sich in den Schlaf. Von der weit entfernten Landstraße, die sich in

Serpentinen nach Abenden und Blens hinunterschlängelte, klang dumpf das Geräusch eines einsamen Fahrzeugs.

Die Freunde waren längst gegangen. Lorenz glaubte noch eine Ahnung von Bärbels unaufdringlichem Parfüm wahrzunehmen. Doch bald verlor sich diese süße Spur im hereinfließenden Luftstrom. Wie so vieles sich verliert, dachte der Alte. Das Leben, das er früher geführt hatte – es war versickert, verweht, nur in Teilen auf alten Fotos kleben geblieben. Die Bilder in seinem Kopf hatten angefangen zu verblassen. Das musste wohl so sein, wenn man alt wurde. Oder hatte er es zugelassen? Marias Gesicht, in ihren letzten gemeinsamen Jahren, fast war es verschwunden. Ganz scharf dagegen im Gedächtnis ihr buntes Kleid, ihre Bewegungen, ihre Stimme, als er sie kennengelernt hatte vor mehr als einem halben Jahrhundert. Und wie hatte Gerda ausgesehen, als sie sich zum letzten Mal von ihm verabschiedet hatte? Er ertappte sich dabei, ein kleines Mädchen von vielleicht zehn Jahren durch die Tür hüpfen zu sehen. Nicht die erwachsene junge Frau, die zum Studium nach Berlin fuhr. Trug sie eine enge Jeans und eines ihrer John-Wayne-Hemden, die Maria und er so unschicklich für ein Mädchen gehalten hatten?

Die lange Zeit der Ungewissheit, die quälenden Fragen, ob sie tatsächlich tot war und ob sie viel gelitten haben mochte – in Wahrheit war es nie vorbei gewesen. Das war ihm jetzt klar.

Lorenz sog die laue Nachtluft ein, so viel seine Lungen fassen konnten. Er hoffte, so die Enge in seiner Brust überwinden zu können. Es half nicht. Vielleicht wäre es gut, einen Spaziergang durch den Kurpark zu machen. Lorenz suchte nach seinen Schuhen. Als er den ersten anzog, spürte er den Schmerz in seinem Knie. Er ließ das Vorhaben wieder fallen und legte sich aufs Bett. Vielleicht würde er schlafen können. Aber er glaubte nicht daran.

Der Schmerz wurde beinahe unerträglich. Wie so oft in letzter Zeit. Es würde schlimmer werden, hatte der Arzt gesagt. Die Kopfschmerzen und der Verlust des Geschmackssinns waren erst der Anfang gewesen. Vielleicht würde das Sehzentrum als Nächstes betroffen sein. Der Mann nahm mit zitternden Händen die Packung mit den Tabletten und hielt sie eine Weile fest, als würde das Medikament auch so schon einen Teil seiner Wirkung entfalten können. Er gab sich einen Ruck und warf die Packung gegen die Wand. Nein, er würde den Schmerz aushalten. Er war stark, brauchte keine Betäubung. Seine Finger strichen über einen Zeitungsausschnitt, dessen Überschrift im Schein der flackernden Kerzen, die vor dem Schrank standen, so gerade lesbar war.

Opa Bertold löst Mordserie – Rüstiger Rentner deckt Nazizelle auf.

Der Mann lachte heiser auf. Leise murmelte er: »Wie gut bist du wirklich, mein guter alter Opa Bertold? Wir werden es sehen.«

Er blies die Kerzen aus und schloss den Schrank. Dann trat er ans Fenster und öffnete es. Ein leichter Wind trug frische Luft ins Zimmer. Der Mann atmete tief ein. Er wusste, dass er in dieser Nacht nicht würde schlafen können. Und er spürte, Lorenz Bertold würde es genauso gehen.

Noch jemand war in dieser Nacht von Unruhe gepackt und blieb schlaflos. Gustav Brenner hatte sich noch einen Kaffee gemacht und sehr langsam getrunken. Normalerweise beruhigte ihn das, und er konnte dann entspannt zu Bett gehen. Doch nun gelang ihm dies nicht. Was er eben von Lorenz und Bärbel erfahren hatte, war nicht dazu angetan, schnell Nachtruhe finden zu können. Gustav konnte kaum fassen, wie ruhig Lorenz bei alldem zu bleiben schien. Doch er kannte den Freund und wusste, dass es in dem alten Kauz ganz anders aussah, als er sich äußerlich den Anschein gab. Daher konnte Gustav auch problemlos darüber hinwegsehen, dass der Freund sich etwas seltsam verhielt, was ihn anging. Er wusste, dass Lorenz etwas unbeholfen in erotischen Dingen war und mit seiner Homosexualität erst recht nicht umgehen konnte. War Opa Bertold dennoch etwa eifersüchtig auf den Neuzugang in der Seniorenresidenz, Alexander Grosjean? Es war offensichtlich, dass er diesen nicht sonderlich mochte, obwohl Grosjean ihm dazu keinen Anlass gegeben hatte. Gustav seufzte. Er hatte einmal gedacht, jenseits der siebzig würde es einfacher werden. Doch so war es nicht. Es wurde eher komplizierter. Er wollte nach den Irrungen und Wirrungen der Jugend nun im Alter ein einfaches Leben führen, ohne Luxus und Ausschweifungen, ganz in sich gekehrt. Er war auf eine gewisse Weise immer einsam gewesen, selbst wenn er wie damals in Uruguay einen Partner hatte oder gute Freunde, so wie jetzt. Ein wenig wie ein entwurzelter Baum, der schon sehr früh zum Treibholz im Fluss des Lebens geworden war.

Lorenz' Tochter ging ihm nicht aus dem Kopf. Er selbst hatte nie die Chance auf Kinder gehabt, der Gedanke an eine eigene Familie war ihm auch niemals gekommen. Nicht ernsthaft zumindest. Gustav versuchte sich vorzustellen, wie es sich anfühlen würde, ein Kind zu verlieren. Er wusste, dass ihm das letztlich unmöglich sein würde, doch so fühlte er sich dem Freund ein wenig näher. Er beschloss, Lorenz nichts übelzunehmen, was immer dieser in der nächsten Zeit auch noch an Schrulligkeiten offenbaren würde.

Gustav spürte, wie ein leiser Schmerz hinter seinen Schläfen entstand. Er beschloss, die Enge seines Zimmers zu verlassen und einen Spaziergang durch die laue Nacht zu unternehmen. Leise trat er auf den Flur und schlich durch das Haus bis zu einem Seiteneingang, für den er seit Langem einen Schlüssel hatte. Als er unter freien Himmel stand, fühlte er sich gleich wohler. Allein der Kopfschmerz wurde dennoch stärker. Es entstand ein Druck hinter der Stirn, der sich auf die Augäpfel übertrug und ihm das Sehen erschwerte. Gustav wusste, was das bedeutete. Es wurde ihm schwarz vor Augen, dann plötzlich wurde alles in ein gleißendes weißes Licht getaucht. Gustav versuchte sich umzusehen, sich zu orientieren. Doch da war nichts, woran sein suchender Blick sich hätte festhalten können. Der Kopfschmerz war verschwunden. Doch auch alles andere war ebenso weg. Gustav überlegte, was da eben noch um ihn herum gewesen war. Er konnte sich nicht erinnern. Vermutlich hatte er sich das nur eingebildet. Da war niemals etwas gewesen – nichts außer ihm selbst. Ein leises, regelmäßiges Pochen drang an sein Ohr. Er brauchte einige Zeit, um zu merken, dass dies sein Herzschlag war. »Beweg dich«, sagte er zu sich selbst, und seine Stimme kam ihm vor wie die eines Fremden. Doch es gab keinen Fremden – er war allein in dieser endlosen milchig weißen Einöde. Dessen war er sich sicher. Und etwas sagte ihm, dass er nicht stehen bleiben und seinem trügerischen Herzschlag lauschen durfte. Vorsichtig setzte er einen Fuß vor den anderen. Es fühlte sich nicht so an, als ob er vorwärtsgehen würde, denn es gab kein Vorne und kein Hinten in dieser von allem verlassenen Welt.

Gustav spürte die Einsamkeit, aus der Verzweiflung erwuchs, und er hatte eine Ahnung, dass dieses Gefühl sein ganzes Leben bestimmt hatte. War da nicht einmal jemand gewesen, der seine Hand gehalten hatte, wenn er ängstlich und einsam war? Jemand, dem er voll und ganz vertraute, ohne dass dies eine Begründung gebraucht hätte? Gustav konnte nicht mehr weitergehen. Der Alte hockte sich hin, worauf auch immer seine Füße zu stehen schienen, und verharrte in dieser Haltung. Er hatte das dringende Bedürfnis, eine menschliche Stimme zu hören, und so sagte er laut zu sich selbst: »Da muss doch jemand sein. Wenn niemand da ist, der deine Hand hält, wozu dann eine Hand?«

Zu seinem Erstaunen vernahm er eine Antwort. Leise und undeutlich, aber es war eine menschliche Stimme, die ihm antwortete: »Dann nimm die meine.«

Gustav spürte, wie etwas Warmes seine Hand umschloss, dann einen sanften Druck an seinen Schultern. Weiche Lippen auf den seinen. Eine Ahnung von Sicherheit, ja, Geborgenheit breitete sich in ihm aus. Und so wie dieses Gefühl stärker und stärker wurde, sickerte die milchige Umgebung in eine angenehme Dunkelheit, aus der sich bald ein Bild abzuzeichnen begann. Zwei Augen, ein Mund, ganz nah bei ihm. Er spürte die Wärme, die von der Haut ausging.

»Gustav, geht es dir gut?«, fragte Alexander Grosjean und drückte ihn an sich. Gustav hielt den Atem an, wagte nicht zu antworten oder sich zu bewegen. Er wusste nur, es war schon wieder geschehen. Und offenbar hatte Alexander ihn draußen gefunden, wie er schlafwandelnd umherirrte. Eine ganze Weile hing er regungslos in den Armen des Mannes, den er kaum kannte und dem er sich doch in diesem Moment anvertrauen wollte. Oder war es nur die Verwirrung nach dem Anfall, die ihn so schwach machte? Gustav löste sich langsam aus seiner Starre und aus der Umarmung Alexanders. Er versuchte ein Grinsen. »Jetzt kennst du mein Lieblingshobby«, sagte er.

Alexander merkte, wie Gustav sich von ihm lösen wollte, und wich seinerseits ein wenig zurück. »Sieht so aus, als würdest du schlafwandeln. Machst du das oft?«

»Hin und wieder«, antwortete Gustav. »Es wird seltener, je älter ich werde, glaube ich.« Er erzählte nicht, dass es überhaupt nicht mehr geschehen war, seit er die Geschichte seiner Herkunft aufgedeckt hatte. Es erschien ihm nicht passend, nun von seinen Eltern zu erzählen, die von den Nazis deportiert wurden und es so gerade noch geschafft hatten, den kleinen Gustav in die Obhut der nicht-jüdischen Großeltern zu geben.

Die beiden Männer ließen sich los und rückten auseinander. Alexander Grosjeans Gesicht wirkte im Licht einer Straßenlaterne sehr schmal. Die dunklen Augen und das schwarze Haar gaben ihm etwas Geheimnisvolles. Gustav fühlte sich von diesem Gesicht angezogen, gleichzeitig aber war ihm selbst unwohl bei dem Gedanken, so schnell jemanden an sich heranzulassen, den er im Grunde noch gar nicht kannte. Er entschied, die Situation schnell und unverfänglich aufzulösen. »Ich bin sehr müde. Solche Anfälle strengen mich immer sehr an. Ich denke, ich mache mich auf den Weg in mein Zimmer.«

»Soll ich dich begleiten?«, fragte Alexander.

»Nein, ich komm schon klar, danke«, sagte Gustav und setzte sich in Bewegung. Nach ein paar Schritten drehte er sich noch einmal um. Alexander stand noch immer unbeweglich da und sah ihm nach. Beide hoben gleichzeitig eine Hand zum Gruß. Dann wandte Gustav sich endgültig ab und setzte seinen Weg zurück zur Seniorenresidenz fort. Dann erst kam ihm die Frage in den Sinn, was Alexander Grosjean in der Nacht nach draußen getrieben hatte. Er nahm sich vor, ihm diese Frage bei nächster Gelegenheit zu stellen.

16. Kapitel

Alte Leute und Studenten, und das alles in der Sackeifel!« Ella Kocks Stimme dröhnte über das Feld. Lorenz und seine Freunde beobachteten belustigt, wie die Kommissarin versuchte, die immer noch nicht abgeschlossenen Untersuchungen am Tatort im Griff zu behalten, während sich direkt daneben eine Gruppe von jungen Archäologen anschickte, den Boden nach römisch-keltischen Artefakten zu durchsuchen.

»Wer befehligt diesen Sauhaufen hier?«

Ein älterer Herr, hochgewachsen und hager, mit einem grauen Vollbart, der genauso kurz geschoren war wie sein Haupthaar, trat zu Ella Kock. »Professor Benno Gräbeldinger«, stellte er sich vor. »Und bei diesen jungen, intelligenten Menschen von einem Sauhaufen zu sprechen, empfinde ich als Affront gegen meine Lehrtätigkeit, wenn ich Ihnen das so unverblümt sagen darf.«

Die Polizistin erwiderte: »Moin Prof, Sie können mir oder jemand anderem verbal Blumen hintun, wohin Sie wollen, aber wenn eine dieser Intelligenzbestien meine Absperrung übertritt, komm ich über Sie!«

»Ich bin sicher, Sie sind eine Naturgewalt«, versetzte Gräbeldinger. »Aber meine Studenten sind durchaus in der Lage, eine Polizeiabsperrung als solche zu erkennen und zu beachten.« Mit diesen Worten wandte er sich ab und machte sich daran, einer Studentin Anweisungen zu geben, wo sie mit einem Spaten einen Anstich in der Baugrube des toten Wilhelm Naas vornehmen sollte.

Benny Bethge stupste Gustav an und wies dorthin. »Schau mal, Gustav. Ist das nicht ein herrliches Bild?«

Gustav beobachtete die Studentin mit einem leisen Lächeln. Die junge Frau war wirklich bildhübsch. Ihr blondes Haar war zu einem Pferdeschwanz zusammengebunden und mit einem Kopftuch gegen den Schmutz geschützt. Sie trug ein schulterfreies Sportunterhemd und eine kurze Hose, in der ihre schlanken, sonnengebräunten Beine apart zur Geltung kamen. »Nicht ganz meine Kompetenz, mein lieber Junge«, meinte Gustav. »Aber schöne Menschen voller Anmut und Grazie erkennt man unabhängig vom eigenen Interesse.«

»Da bin ich doch froh, dass ich mitgekommen bin«, grinste Benny. »Hat mich bei der Klinkenberg einen Sonntagsdienst gekostet.«

Er schickte sich an, zu der Studentin zu gehen. Gustav rief ihm hinterher: »Und was machst du, wenn sie sich mit dir für den Sonntag verabreden will?«

Benny lachte. »Immer hübsch eine Hürde nach der anderen.«

Gustav, Lorenz und Bärbel sahen dem jungen Pfleger nach, wie er in die Baugrube kletterte und spornstreichs ein Gespräch mit der Studentin begann.

»Mut hat er, das muss man dem Bengel lassen«, meinte Gustav.

Bärbel nickte. »Und dieses junge Ding ist aber auch hübsch.«

Lorenz schüttelte den Kopf. »Haben eigentlich alle außer mir immer nur Sex im Kopf? Und ich dachte, wir ermitteln hier in einem Mordfall und nehmen gleichzeitig noch an einer spannenden Ausgrabung teil. Konzentriert euch doch mal!«

Gustav lachte. »Mein lieber alter Freund, man kann doch das eine tun, ohne das andere zu lassen. Aber ich vergaß, das ist ja das Problem mit euch heterosexuellen Männern. Mehrere Dinge gleichzeitig gehen einfach nicht.«

»Oh doch«, widersprach Lorenz. »Ich kann dir zuhören und dich gleichzeitig doof finden.«

»Das gilt aber nicht«, mischte sich Bärbel ein. »Da muss ich als überwiegend heterosexuelle Frau mit der Erfahrung von vier Ehen und viel zu vielen weiteren Verhältnissen Gustav recht geben.«

»Dann bin ich verloren«, sagte Lorenz. Als er sah, wie die breitschultrige Ella Kock mit dunkler Miene auf ihn zutrat, fügte er noch schnell hinzu: »Und zwar ganz und gar, will ich meinen.«

»Sie kommen mir gerade recht«, sagte Kock zur Begrüßung.

»Das befürchte ich auch«, entgegnete Lorenz. »Und wenn ich Ihren Gesichtsausdruck richtig deute, kann ich froh sein, wenn Sie schon gefrühstückt haben.«

»Sie wollen witzig sein, gefällt mir«, sagte die Kommissarin, und es hörte sich so an, als betrachte sie Humor bei einem Mann als Zeichen der Unterwerfung. »Nützt Ihnen aber nichts. Sie haben mir immer noch nicht erklären können, warum der Mörder einen Zettel mit Ihrem Namen bei der Leiche hinterlassen hat und was dieser seltsame Spruch zu bedeuten hat.«

»Hallo Ella, wenn du meinen Opa zerlegt hast, setzt du ihn dann bitte auch wieder zusammen?« Rita Bertold trat hinzu.

Lorenz atmete erleichtert auf. Während er sich von seiner Enkeltochter umarmen und küssen ließ, murmelte er: »Der in Ehren ergraute Ermittler wusste, wann er Verstärkung brauchte. Und die war gerade rechtzeitig eingetroffen.«

Und laut sagte er zu Ella Kock: »So ein wenig werde ich Ihnen da durchaus helfen können, will ich meinen. Natürlich habe ich keine Ahnung, wer der Mörder sein könnte und warum er mich erwähnt hat. Aber bei dem Spruch handelt es sich mit ziemlicher Sicherheit um eine Anspielung auf Wilhelm den Vierten, Graf von Jülich, der zu Nideggen residierte und 1278 in Aachen von einem Schmied erschlagen wurde. Beim Eintreiben von Steuern, heißt es in manchen Quellen, bei dem Versuch, die Stadt zu erobern, sagen andere. Und der arme Naas hieß selbst auch Wilhelm, und nicht genug damit – er behauptete sogar, vom Grafen selbst abzustammen. Was natürlich Unsinn ist, diese Linie ist ausgestorben.«

»Wie gut, dass mein Vater das nicht mehr hören kann.« Ein junger Mann trat hinzu. »Rolf Naas«, stellte er sich vor.

»Was meinen Sie damit?«, dröhnte Ella Kock. »Finden Sie es gut, dass Ihr Vater tot ist?«

Rita verdrehte die Augen, was Kock nicht bemerkte, doch Rolf Naas blieb ruhig und lächelte sogar gezwungen. »Natürlich nicht, Frau Kommissarin. Ich kann es vielleicht nicht so zeigen, aber der Tod meines Vaters ist ein entsetzlicher Schlag für mich, auch wenn wir nicht viel gemeinsam hatten. Ich studiere Elektrotechnik in Aachen und hatte an dem landwirtschaftlichen Betrieb nie Interesse. Das war eine Enttäuschung für ihn, wie Sie sich denken können. Aber ich bin kein Schmied, auch nicht zum Zwecke des Vatermords.«

»Für einen Ingenieur können Sie sich aber gut ausdrücken«, meinte die Kock. »Aber sei es drum, Sie sind nicht verdächtig. Nicht im engeren Sinne zumindest. Bis jetzt.«

»Das nenne ich ein großes Glück für den jungen Mann«, kommentierte Lorenz. »Wenn der Mörder gewusst hätte, dass Sie den Fall übernehmen, hätte er bestimmt von dem düsteren Plan Abstand genommen.«

»Alterchen, das nehm ich mal als Kompliment«, bellte Kock zurück. Und dann wandte sie sich an Rita. »Was machst du eigentlich hier? War nicht Urlaub angesagt?«

»Ich habe nicht vor, in deine Ermittlungen einzugreifen«, erwiderte Rita. »Aber da mein Opa involviert ist, habe ich großes Interesse an dem Fall. Um meines Opa Bertold willen, nicht um dir ins Handwerk zu pfuschen.«

Ella Kock nickte zufrieden und fuhr sich durch ihren Bürstenschnitt. »Dann will ich mal wieder. Kann ja nicht lange dauern, bis dieser Kindergarten hier mit Schäufelchen über meinen Tatort rennt. Und danke für den Geschichtsunterricht.«

»Aber bitte, immer gerne«, sagte Lorenz, während die Polizistin ihm schon ihren breiten Rücken zugewandt hatte. »Junger Mann, machen Sie sich nix draus«, sagte er dann zu Rolf Naas gewandt. »Familienangehörige sind grundsätzlich immer verdächtig – das gilt ja schon im Allgemeinen, aber in der Verbrechensaufklärung im Speziellen.«

Naas lachte. »Sie sind schon ein komischer Kauz. Und ich dachte, mein Vater wäre schräg gewesen.«

»Das war er auch«, meinte Lorenz, der den Eindruck hatte, dass Naas Junior eigentlich gar nicht zum Lachen zumute war. »Ganz anders als ich zwar, aber ein schräger Eifelbauer, wie er im Buche steht. Schade um ihn.«

Der junge Mann schluckte mühsam, nickte Lorenz und Rita noch einmal zu und ließ sie dann stehen. Lorenz sah ihm nach. »Wenn er all das hier nicht übernehmen will, hat er doch irgendwie einen Vorteil aus dem Tod seines alten Herren«, meinte Lorenz.

»Das schon«, bestätigte Rita. »Aber weitere Schlussfolgerungen möchte ich eigentlich nicht von dir haben. Würdest du bitte einmal auf mich hören und das Kriminalisieren lassen? Immerhin bist du selbst involviert. Ich mache mir wirklich Sorgen um dich. Der Mörder kennt dich, und er hat irgendetwas mit dir vor. Warum sonst würde er sogar am Tatort eine Nachricht für dich hinterlassen?«

»Ach«, erwiderte Lorenz. »Du meinst, dieser Zettel ist für mich bestimmt? Ich dachte, für die Polizei oder sonst wen.«

Rita schüttelte den Kopf. »Opa, für wie blöde hältst du mich eigentlich? Ich weiß, dass du weißt, dass der Mörder dich quasi direkt angesprochen hat.« Sie zog ihren Notizblock hervor und las vor: »Warum der Alte sterben musst? Hat Opa Bertold es gewusst?« Sie hielt Lorenz die Notiz vor die Nase. »Opa, das ist eine Aufforderung an dich, ein Rätsel zu lösen. Und wenn ich dich jetzt zwingen würde, mir zu versprechen, dem nicht nachzugehen, würdest du mich anlügen. Da ich dich also nur zu gut kenne, möchte ich dich bitten, wenigstens mit mir und der leitenden Ermittlerin zusammenzuarbeiten und keine Extratouren zu unternehmen. Können wir uns darauf einigen?«

Lorenz kraulte sich nachdenklich den Bart. »Sicher, mein Engel.« Er sah sich nach Gustav und Bärbel um, die leise tuschelnd ein paar Schritte hinter ihnen standen. »Was habt ihr da zu plauschen?«, fragte er. Bärbel wies lächelnd in Richtung der Baugrube, wo Benny offensichtlich heftig mit der hübschen Studentin flirtete.

»Der agile Hänfling kommt gut an bei den jungen Damen«, meinte Lorenz. »Bärbel, hast du ihm etwa ein paar Tipps gegeben?«

Bärbel lachte. »Nein, die braucht der Junge nicht. Er ist ein Naturtalent. Charmant, interessiert, kein Selbstdarsteller, aber hübsch und selbstbewusst. So was mögen die Mädchen.«

Und tatsächlich interessierte sich die junge Frau offensichtlich auch für Benny. Sie hatte ihm erzählt, dass sie im dritten Semester Archäologie studierte und Vera Distel hieß. Und sie war sehr davon angetan, dass Benny in einer hochklassigen Seniorenresidenz arbeitete und dort alte Menschen pflegte.

Er beobachtete, wie Vera behutsam die Erde bearbeitete, und kommentierte grinsend: »Wir machen doch ganz ähnliche Sachen. Du willst alte Dinge an die Oberfläche bringen, ich sorge dafür, dass die Alten noch eine Weile an der Oberfläche bleiben.«

Vera Distel lachte, und Benny wusste, dass er sie für sich eingenommen hatte. Dann näherte sich der Professor und ging zielgerichtet auf Vera zu. Benny ahnte, dass seine Eroberung vertagt werden musste. Professor Gräbeldinger sagte: »Vera, würden Sie bitte die Leute hinten am Boden anleiten, dort die Erde sauber abzutragen? Da fehlt es noch an den Grundlagen der Grabungstechnik.«

»Gerne«, antwortete Vera. »Ich glaube allerdings nicht, dass das etwas bringt. Wie Sie sehen, weist diese Erdschicht kaum Umwälzungen durch Landwirtschaft oder sonstige Bearbeitung auf. Wenn man hier etwas finden sollte, müsste man nicht so tief graben, wie dieser Aushub bereits ist.«

»Na ja, mal nicht so pessimistisch«, meinte Gräbeldinger. »Machen Sie einfach weiter, und dann sehen wir, ob wir nicht doch was finden.« Damit ließ er die beiden stehen.

»Hey«, sagte Benny. »Das ist wirklich genau wie in meinem Job. Ich hab meine Heimleiterin, Frau Klinkenberg, und du hast diesen Professor.«

Vera strich sich eine Locke, die aus dem Kopftuch hervorgerutscht war, aus der verschwitzten Stirn. »Ach, ist schon okay. Der Alte ist der Chef, und er wird schon recht haben. Ich geh dann mal rüber. Sehen wir uns?«

»Klar«, sagte Benny und strahlte übers ganze Gesicht, nachdem Vera ihm noch einmal zugewunken hatte und dann zu den anderen gegangen war. Er kehrte zu Lorenz, Bärbel und Gustav zurück. »Ist die nicht der Hammer?«, fragte er übermütig.

»Wirklich ein sehr attraktives Mädchen«, antwortete Bärbel. »Und sie scheint dich zu mögen. Habt ihr euch verabredet?«

»Irgendwie schon«, meinte Benny. »Sie wird noch länger hier zu tun haben, und ich denke, ich werde auch noch das eine oder andere Mal dabei sein, wenn ihr hier nach Asterix und Obelix sucht.«

»Ambiorix, du Kretin«, brummte Lorenz.

»Wie auch immer«, lachte Benny. »Es war eine sehr gute Idee, hierherzukommen. Mörder jagen, Asterixe ausbuddeln, Studentinnen klarmachen. Was für ein Sommer!«

17. Kapitel

Schweigend saß Lorenz neben Rita auf dem Beifahrersitz. Während Rita von Paul und dessen Tochter Jessica erzählte, um die er sich jetzt während des kurzfristig umgeplanten Urlaubs mehr kümmern wollte, grübelte Lorenz über einen Anruf, den er soeben erhalten hatte. Stephan wollte ihn unbedingt sprechen und wartete bereits in der Seniorenresidenz auf ihn. Rita hatte sich sofort angeboten, Lorenz dorthin zu fahren, während Gustav und Bärbel mit Benny im Transporter unterwegs zum Einkaufen nach Kall waren. Aus irgendeinem überraschenden Grunde wollte Gustav dort in einem großen Möbelhaus nach Einrichtungsmöglichkeiten für sein Appartement suchen. Lorenz ahnte den Hintergrund für den Sinneswandel des spartanischen Freundes, aber momentan beschäftigte ihn etwas anderes viel mehr. Sein Sohn hatte angedeutet, wieder eine Nachricht erhalten zu haben, ohne am Telefon mehr darüber zu verraten. Und da nun Rita dabei war, würde es wohl unvermeidlich sein, sie einzuweihen. Wenn der Alte es recht bedachte, war dies wohl ohnehin überfällig. Aber er hätte gerne den Zeitpunkt selbst gewählt. Nun suchte er nach Worten, um Rita von den Nachrichten und dem gefälschten Lochner-Gemälde zu berichten, fand jedoch keine. Dann fiel ihm siedend heiß ein, dass er auch Stephan noch nicht von den neuesten Erkenntnissen zu dem Bild unter dem Bild mit Gerdas Signatur berichtet hatte. Wie immer in solchen Situationen überlegte er, wie Kommissar Wollbrand dies umschreiben würde. Doch der gewiefte Ermittler blieb stumm und ließ Lorenz mit seinem Problem allein. Vermutlich wollte er sich nicht in Familienangelegenheiten einmischen. Leise murmelte Lorenz: »Kommissar Wollbrand konnte manchmal auch ein ganz schöner Feigling sein.«

»Was meinst du?«, fragte Rita, die gerade auf den Parkplatz vor dem Zülpicher Tor in Nideggen einfuhr.

»Nichts, mein Schatz«, antwortete Lorenz. »Ich hab offenbar nur lauter gedacht, als ich wollte.«

Die Seniorenresidenz Burgblick war nur wenige Gehminuten vom Parkplatz entfernt. Stephan erwartete sie bereits am Eingang.

»Hallo Papa«, sagte Rita und umarmte ihren Vater. Der küsste sie und reichte dann Lorenz die Hand. »Hallo Papa«, sagte auch er.

Lorenz drückte Stephan fest die Hand und nickte. Dann ging er schweigend voraus zu seinem Zimmer. Hinter ihm unterhielten Rita und Stephan sich über alltägliche Belanglosigkeiten. Smalltalk zwischen Vater und Tochter. Bevor er die Tür öffnete, sagte er: »Ach, eins noch vorab: Wundere dich nicht, Rita, wenn du hier jetzt ein seltsames Bild siehst. Ich habe dir dazu einiges zu erklären.«

Dann gab er sich einen Ruck und trat ein. Er brauchte sich nicht umzudrehen und den beiden ins Gesicht zu sehen – er spürte die Spannung im Nacken, suchte fieberhaft, aber vergebens nach geeigneten Worten, die jetzt noch weniger gefunden werden wollten als eben, wo er noch etwas Zeit gehabt hatte.

Rita trat an ihm vorbei und auf die Staffelei zu, wo das auffällige Gemälde stand. »Das ist es wohl«, sagte sie und erstarrte dann. »Das bist ja du!« Noch bevor Lorenz etwas sagen konnte, fragte sie: »Wer hat das gemalt?« Der Alte holte tief Luft und nahm sich vor, mit diesem Atemzug eine Antwort zu geben, wie passend sie auch immer ausfallen mochte. Doch er kam nicht dazu, denn auch Stephan war an das Bild herangetreten und sagte: »Oh mein Gott. Du hattest recht!«

Lorenz ahnte, dass es nicht die Abbildung seines Konterfeis war, die seinen Sohn so aus der Fassung brachte, dass ihm schwindlig wurde und er sich auf den nächstgelegenen Stuhl fallen ließ. »Du erkennst sie auch, nicht wahr?«, fragte Lorenz leise.

Rita sah von einem zum anderen. »Könnt ihr mir bitte sagen, was da gerade an mir vorbeiläuft?«

Stephan nickte matt. »Auf diesem Bild siehst du deinen Opa knien, das hast du bemerkt. Wen du nicht kennen kannst, ist diese Frau.«

»Tante Gerda?«

Lorenz schluckte. Trotz seiner Befangenheit spürte er, wie stolz ihn der Scharfsinn seiner Enkeltochter machte. »Ja, mein Engel«, sagte er. »Diese Heiligenfigur trägt die Züge meiner Tochter Gerda, die vor rund fünfundzwanzig Jahren verschwand. Du kennst die Akte.«

»Aber diese Frau ist viel älter als Gerda war, als sie ...«

»Um Gottes willen«, stieß Stephan hervor. »Papa, du hast mir nicht gesagt, wie Gerda dargestellt ist. Als würde sie heute noch leben!«

»Wie, du wusstest bereits von dem Bild?«, fragte Rita. »Seid ihr denn beide bescheuert, mich nicht sofort zu informieren? Jetzt will ich alles wissen, jedes Detail, lückenlos!« Ihre Stimme duldete keinen Widerspruch.

Lorenz begann zu erzählen, was er über das Bild wusste, von den Emails, von Ambiorix, er erzählte auch von Gerdas Begeisterung für das Thema und ganz am Schluss auch von dem übermalten Bild unter dem Gemälde, welches Gerdas Signatur trug und vielleicht tatsächlich von ihr stammte. Als er seine Ausführungen schloss, sagte niemand etwas. Stephan weinte, und Rita nahm ihren Vater in den Arm. Lorenz betrachtete die beiden traurig. Er wünschte sich, er könnte seinem Sohn auch auf eine solche Weise nah sein, und war froh, dass Rita da war. Irgendwann sprach Rita ihn an, und Lorenz merkte ihrer Stimme an, wie wütend sie war: »Ich will gar nicht wissen, aus was für bescheuerten Gründen ihr mich nicht sofort eingeweiht habt. Die Nachrichten und das Bild müssen kriminaltechnisch untersucht werden, was vermutlich schon nicht mehr so wahnsinnig viel bringt. Und ich kümmere mich um die Herkunft dieser Email-Adresse. Bei GMX wird natürlich eine Fantasieadresse hinterlegt sein, aber über die IP-Adressen der Log-ins werden wir zumindest ein paar Anhaltspunkte gewinnen. Und was die Darstellung von Gerda angeht – da dürfte Bärbel doch wohl genügend Expertise mitbringen, um zu entscheiden, ob ein guter Maler, der Gerda früher kannte, ihr Gesicht in das heutige Alter transponieren könnte. Und dann werden wir Gerdas Fall wieder aufrollen, die Vernehmungsprotokolle screenen, alle damaligen Kontakte checken, insbesondere diejenigen, die über entsprechende künstlerische Fähigkeiten verfügen, und so weiter. Menschenskinder, ihr habt doch keine Ahnung, was für mich ermittlungstechnisch alles möglich ist. Ich könnte euch ohrfeigen, und ich werde es tun, wenn ihr mir nicht ab sofort alle weiteren Erkenntnisse umgehend mitteilt. Ist das klar, Papa und Opa?«

Stephan nickte stumm, und Lorenz antwortete: »Ganz klar, mein Engel. Du hast recht, ich habe einen großen Fehler gemacht, dich nicht sofort in alles einzuweihen. Aber da war dein Urlaub, und ich wollte erst einmal selber schauen, in welche Richtung das geht.«

»Auf jeden Fall in eine Richtung, die du nicht im Griff hast, Opa!«, schalt Rita weiter. »Ich weiß, wie clever du bist, aber alles hat Grenzen. Und die sind hier sicher längst überschritten.«

»Ich weiß«, sagte Lorenz kleinlaut. Doch Rita war noch nicht fertig mit ihm. »Da bin ich mir aber nicht so sicher. Wir haben es hier mit einem Mörder zu tun, der extrem brutal zur Sache geht, der vielleicht sogar Mehrfach- oder Serientäter ist. Wir haben Teile von Wilhelm Naas' Gehirn und Schädelknochensplitter auf einer Fläche von mehreren Quadratmetern gefunden, das meiste mit einem Vorschlaghammer in die Erde gestampft. Wer immer das getan hat, er hat eine Menge Wut und Hass aufgestaut.«

18. Kapitel

Lorenz hatte bereits seine dritte Tasse Kaffee getrunken, als Bärbel den Frühstücksraum betrat und sich zu ihm setzte. »Guten Morgen«, sagte sie lächelnd wie immer. »Habe dich gestern Abend nicht mehr gesehen, vermutlich hatte die Familie Bertold sich einiges zu erzählen?«

»Vor allem hat meine Enkeltochter mir den Hosenboden stramm gezogen«, antwortete Lorenz. »Ich habe ihr alles erzählt, und sie war ziemlich böse auf mich.«

»Das habe ich dir doch vorher gesagt – du hättest gleich offen mit ihr reden sollen. Diese Sache gehört in professionelle Hände.«

Lorenz brummte etwas vor sich hin, was sich wie ein Einspruch von Kommissar Wollbrand anhörte, dann sagte er: »Lass uns nun erst einmal etwas essen. Ich hatte eine schlechte Nacht, irgendwie schlafe ich so gut wie gar nicht mehr richtig. Ich sitze schon seit einer Stunde hier und trinke Kaffee.«

»Dann iss erst mal etwas Vernünftiges«, mahnte Bärbel. »Ein gutes Müsli und frisches Obst. Das macht munter.«

Lorenz hatte schon mit Croissant, Speck und Ei geliebäugelt, musste aber zugeben, dass Bärbels Vorschlag die vernünftigere Wahl war. Der Alte hatte eine unruhige Nacht verbracht. Vieles wirbelte in seinem Kopf durcheinander, zu vieles, um Ruhe finden zu können. Nachdem Rita ihm die Leviten gelesen hatte, war er mit Stephan übereingekommen, dass sie endlich ihren Frieden machen sollten, um diese Situation gemeinsam durchzustehen. Lorenz hatte nicht gesagt, dass er sich nicht mehr sicher war, ob er nicht vielleicht doch tatsächlich damals gesagt hatte, Gerda vom Bahnhof abholen zu wollen. Die ganze Nacht hatte er sich gefragt, warum es ihm so schwerfiel, zumindest die Möglichkeit offen einzuräumen. Und wieder einmal hatte er sich vorgenommen, es beim nächsten Mal besser zu machen.

»Schau mal, wer da kommt!« Bärbels Stimme holte Lorenz aus seinen Gedanken zurück in den Frühstücksraum der Seniorenresidenz Burgblick. »Wenn das nicht zwei Frischverliebte sind, weiß ich nicht, ob ich so etwas jemals sah.«

Lorenz blickte sich um. Er sah Gustav, der gerade mit Alexander Grosjean den Saal betrat und auf sie zusteuerte, aber von einem Liebespaar war weit und breit nichts zu sehen. Nur alte Leute, die an ihren Brötchen mümmelten. Im nächsten Augenblick schämte Lorenz sich, so begriffsstutzig zu sein, wenn es auch nur eine Sekunde gedauert hatte, bis er begriff, was Bärbel gemeint hatte. Gustav grinste, als er sich einen Stuhl zurechtrückte, und sagte: »Einen wunderschönen guten Morgen wünsche ich euch, ihr Lieben.« Grosjean schloss sich an. »Guten Morgen.«

»Wünsche eine gute Nacht gehabt zu haben«, brummte Lorenz. »Ihr strahlt ja über alle vier Backen. Und jetzt willst du die Brauteltern offiziell vorstellen, oder?«

Alexander Grosjean brach in schallendes Gelächter aus, noch bevor Gustav etwas dazu sagen konnte. Dann konnte auch Gustav sich eines Lächelns nicht erwehren, und Bärbel ließ die Schelte, die sie auf der Zunge hatte, unausgesprochen.

»Eins zu Null für Opa Bertold«, sagte Alexander. »Das gefällt mir.«

»Das ist gut«, meinte Gustav. »Denn etwas Freundlicheres wirst du von Lorenz niemals hören.«

»Lassen wir das mal so stehen«, meinte Lorenz. »Und bevor ich es mir wieder anders überlege, stelle ich mir jetzt ein gesundes Frühstück zusammen, und dann wollen wir doch mal sehen, was diese Archäologen zu finden imstande sind.«

Nicht einmal eine Stunde später standen alle zusammen am Ortsrand von Blens, bewunderten die Schönheit des Odenbachtales, dessen Wiesen sich steil in Richtung Schmidt den Berg hinaufzogen, und beobachteten die Gruppe junger Studenten, die neben der Polizeiabsperrung einen weiteren Graben gezogen hatten, der rechtwinklig zur Baugrube des Wilhelm Naas verlief. Benny hatte Lorenz, Bärbel, Gustav und Alexander Grosjean mit dem Transporter der Seniorenresidenz dorthin gefahren. Nicht ganz uneigennützig, denn kaum angekommen, sahen ihn die Alten mit Vera Distel flirten.

Gustav wies auf die Studenten, die mit Metalldetektoren ausgestattet waren. »Siehste, so macht man das«, sagte er zu Lorenz.

»Klar«, erwiderte der. »Du warst ja zu geizig, das eigene Team mit so etwas auszustatten. Apropos Ausstattung, hat jemand von euch meine Brille gesehen?«

»Ich meine, du hattest sie auf der Nase, als wir hergefahren sind«, antwortete Bärbel. »Hast du sie danach eingesteckt?«

Lorenz kramte in seinen Taschen herum. »Nö. Vielleicht hab ich sie hier verloren? Ich denke, es ist besser, ich geh sie mal suchen. Hoppla, da kommt der Chef.«

Professor Gräbeldinger kam auf die Senioren zu. »Da sind ja unsere Initiatoren. Es wird Sie sicher freuen zu erfahren, dass wir bereits die ersten Funde gemacht haben.«

»Ach, was denn?«, fragte Lorenz.

»Ein Pilum und etwas, was ich für den Knauf eines Gladius halte«, berichtete Gräbeldinger. »Sehen Sie selbst.« Er gab den Senioren einen Wink, ihm zu folgen, und führte sie zu einem Tisch, auf dem die genannten Artefakte lagen und von zwei Studenten vorsichtig gesäubert wurden. »Ja, das ist die Spitze eines römischen Wurfspeers«, sagte Lorenz begeistert.

»Bist du sicher?«, fragte Bärbel zweifelnd und betrachtete das rostzerfressene Ding, das wie eine in die Länge gezogene und dann vom Zahn der Zeit angefressene Pyramide aussah.

»Ganz sicher«, grinste Lorenz, der sich noch lebhaft an seine letzte Beschäftigung mit einem solchen alten Eisen erinnern konnte.

»Gutes Auge«, lobte Gräbeldinger. »Die meisten können aus einem so alten Klumpen keinen Gegenstand erkennen. Erst recht nicht bei einem Pilum, das doch etwas anders aussieht, als man sich heute gemeinhin eine Speerspitze vorstellt. Sie wissen das, Herr Bertold. Hier bei dem Schwert sieht es noch mal ein wenig anders aus. Die Klinge des Gladius ist natürlich nicht mehr erhalten nach zweitausend Jahren in der feuchten Erde, aber der massive Knauf ist gut zu identifizieren – vermutlich die Waffe eines Offiziers.«

»Das könnte aber auch einem Eburonen gehört haben«, meinte Lorenz. »Diese waren ja eigentlich so etwas wie Verbündete Roms, und nicht wenige haben unter römischem Feldzeichen gedient, ähnlich wie später Arminius.«

»Völlig richtig«, bestätigte der Professor. »Ich sehe, Sie sind mit Leib und Seele dabei. Ich bin froh, dieses Projekt hier übernommen zu haben. Wie Sie vermutlich mitbekommen haben, hat sich niemand darum gerissen. Man muss schon ein spezielles Interesse haben. Und mehr als ein paar unentgeltlich arbeitende Studenten aus dem Grundstudium habe ich nicht zur Verfügung.«

Gräbeldinger wies mit einem schiefen Grinsen auf seine Truppe. »Sie entschuldigen mich, ich muss zusehen, dass hier etwas geleistet wird«, sagte er dann und ließ Lorenz und die anderen stehen. Er steuerte auf Bennys Eroberung zu und sprach mit Vera Distel, worauf Benny sich artig zurückzog.

Auf dem Weg durch die Baugrube hob Benny etwas auf. Als er bei den Freunden ankam, meinte er: »Nee, diese Archäologie wär ja nix für mich. Wenn ich wen saubermachen muss, kommt er in die Wanne oder unter die Dusche und wird geschrubbt. Und hier nimmt man sich einen Pinsel und streichelt Krümel für Krümel ab, und am Ende bleibt doch nur ein uraltes Stück Irgendwas übrig.«

»Aber du scheinst dich doch sehr gut unterhalten zu haben«, grinste Gustav. Benny gab das Grinsen zurück. »Lag aber nicht am Thema. Mit diesem heißen Feger würde ich mich sogar über die französische Rentenpolitik unterhalten.«

»Es sei dir gegönnt«, meinte Bärbel. »Das Mädel ist wirklich sehr hübsch.«

»Und inspirierend«, fügte Benny schwärmerisch hinzu. »Vera hat mich auf eine neue Story gebracht, die ich gerne schreiben würde.«

»Du schreibst?«, fragte Alexander Grosjean interessiert.

Lorenz antwortete anstelle des jungen Pflegers: »Er erzählt uns immer von neuen Ideen, aber der Junge hat einfach nicht das Sitzfleisch, sie aufzuschreiben. Was vielleicht auch gut so ist.«

»Papperlapapp«, versetzte Benny. »Nee, ich schreibe demnächst wirklich mal. Vielleicht fange ich mit dieser Story an. Stellt euch vor, ein Archäologe leitet die Grabungen an einem dreitausend Jahre alten Tempel, wo damals so 'ne Sekte den Weltuntergang auf heute datiert und schon mal vorgefeiert hat. Bei der Arbeit verliert er einen persönlichen Gegenstand, so wie zum Beispiel diese Brille.« Er zeigte vor, was er eben auf seinem Weg durch die Baugrube gefunden hatte.

»He, das ist doch meine Brille!«, rief Lorenz aus.

»Dachte ich's mir doch«, grinste Benny, gab Lorenz dessen Sehhilfe zurück und fuhr fort. »Also, unser Archäologe ist genauso ein Schussel wie Opa Bertold und verliert, na ja, sagen wir eben seine Brille. Bei der Grabung, wo es ja darum geht, das Rätsel des Weltunterganges zu lösen, findet er seine Brille wieder, aber mittlerweile dreitausend Jahre alt. Und dann kommt einer seiner Studenten und gibt ihm seine Brille wieder, die er gerade auf dem Gelände gefunden hat, so wie ich jetzt deine. Aber nagelneu, so wie er sie am Tag vorher erst verloren hat. Da bekommt der Professor es mit der Angst zu tun, er denkt – huh, das ist spooky, die Brille darf es nicht zweimal geben, das ist so ein physikalisches Unding, was die Welt nicht verträgt, so 'n Paradoxon, was 'nen Riss im Raum-Zeit-Kontinuum verursacht und so weiter. Da versucht er krampfhaft, seine Brille flott wieder zu verlieren, damit alles seine Richtigkeit hat, das gelingt ihm aber nicht und: Big Bang! Die Welt geht unter wegen seiner blöden Brille. Er hat also selbst die Prophezeiung erfüllt, obwohl er sie doch nur erforschen wollte. Ist das nicht coolio?«

»Könnte man den Weltuntergangskram nicht weglassen, und stattdessen wird der Professor ermordet?«, fragte Lorenz. »Und der Täter ist ein einheimischer Grabungshelfer, der sich in die hübsche Assistentin des Professors verliebt hat.«

Benny lachte. »Klar, und Kommissar Wollbrand überführt den Mörder und adoptiert die Studentin. Nee, das Kriminelle ist dein Ding, so was schreib ich nicht.«

»So wie ich euch beide kenne, wird keiner von euch etwas davon zu Papier bringen«, frotzelte Gustav.

»Selbst wenn ich wollte, ich fürchte, dazu komme ich nicht mehr, wenn dieses Rollkommando da vorne mit mir fertig ist«, sagte Lorenz und wies in die Richtung, aus der die Kommissarin Ella Kock heranstiefelte, in Begleitung von Rita Bertold.

»Da haben wir ja Mister Marple und sein Ermittlerteam«, donnerte die Kommissarin los, noch einige Meter von Lorenz und den anderen entfernt. Als Ella Kock vor Lorenz stand und dieser sich sehr klein und schmächtig vorkam, fuhr sie mit unverminderter Lautstärke fort: »Wenn ich mich nicht irre, ist mein Vorgänger ums Leben gekommen, als er in einem Fall ermittelte, in dem Sie die Nase drin hatten. Hoffen Sie mal besser nicht drauf, dass mir dasselbe passiert.«

»Selbst wenn ich das hoffen würde, was ich natürlich nicht tue, hätte ich nicht den Mut, Ihnen das hier ins Gesicht zu sagen«, entgegnete Lorenz. »Aber was immer Sie von mir wollen, bitte versprechen Sie mir, mich in Gegenwart meiner Enkeltochter nicht zu schlagen, ja?«

Zum ersten Mal sah er in den Augen der Kommissarin so etwas wie ein Lächeln. »Keine Angst«, sagte sie in deutlich angepassterer Lautstärke. »Wenn ich einen Kerl schlage, dann … ach nee, das gehört nicht hierher. Ich denke, Rita kann Ihnen zuerst einmal ein kleines Detail unserer Ermittlungsarbeit offenbaren.«

Rita nickte und fuhr fort: »Opa, die Email-Adresse, mit der du angeschrieben worden bist, wurde auf deinen Namen und deine Adresse angelegt. Ich hoffe, nicht von dir.«

»Natürlich nicht!«, rief Lorenz aus. »Kann man das denn so einfach machen?«

»Klar«, antwortete Rita. »Eine solche kostenlose Email kannst du ohne jede Überprüfung deiner Angaben auf irgendeinen Namen anlegen. Da will dich jemand so richtig ärgern.«

»Oder aber unser Opa Bertold ist doch nicht so clever wie wir denken, und er schickt sich selbst Nachrichten, um uns zu täuschen«, fügte Ella Kock hinzu.

»Das glauben Sie doch selbst nicht«, sagte Alexander Grosjean.

»Wir sind nicht in der Bibelstunde, mein Schöner«, dröhnte die Kock. »Mein Glaube interessiert hier einen Scheiß!«

Lorenz konnte sich ein Lachen nicht verkneifen. Er war also offenbar nicht der Einzige, dem das überaus gepflegte Äußere von Gustavs Freund auffiel. Das rächte sich aber sofort, denn die Kommissarin fuhr fort: »Und Sie haben bald gar nix mehr zu lachen. Ich gehe mit Amateurermittlern unerbittlich um, das will ich nur mal gesagt haben!«

»Schon verstanden«, sagte Lorenz. »Aber Sie wollten doch sicherlich mehr, als nur etwas über diese elektronische Postgeschichte zu plaudern.«

»Ganz richtig. Ich will von Ihnen wissen, was genau der Inhalt des Streites war, den Sie am Vorabend des Mordes mit dem Opfer hatten. Wie kam es dazu? Das habe ich nämlich immer noch nicht so recht verstanden.«

»Naas kam zu mir, weil er die Mitteilung bekommen hatte, dass er nicht weiterbaggern dürfe, bis die Archäologen das Gelände gesichtet hätten. Und er machte mich dafür verantwortlich, wenn er seinen Riesenstall nicht weiterbauen dürfte. Denn ich hatte ja bei ihm zuerst gebuddelt und eine Meldung gemacht.«

»Und darüber gerieten Sie in Streit?«

»Eigentlich nicht. Ich habe ihm gesagt, dass er nicht ganz dicht ist, wenn er missachtet, welche Möglichkeiten sich durch die Entdeckung eines antiken Schlachtfeldes vor seiner Haustür ergeben würden. Oder so ähnlich. Er sagte mir, dass er mich gerne mit dem Bagger plattmachen würde. Das gilt unter alten Eiflern noch nicht als Streit.«

»Ach so.«

»Eben.«

Rita fragte: »Weißt du genau, dass der Naas hier einen Großstall bauen wollte? Sein Sohn und ein Nachbar behaupten das auch, aber es liegt kein Bauantrag vor.«

Lorenz zuckte mit den Achseln. »Ich weiß auch nur, was der Alte mir gesagt hat. Da war sein Sohn übrigens dabei.«

»Wie? An dem Abend vor dem Mord?«, fragte Ella Kock.

»Nein, am Tag vorher, als Gustav und ich hier waren.«

»Und – was sagte Naas Junior zu alldem?«

»Er schien auch nicht sehr begeistert vom Plan seines Vaters. Das Schlachtfeld schien ihm interessanter. Und er erwähnte, dass einige Leute im Ort es gar nicht gerne sehen würden, wenn er einen Stall für vierhundert Rindviecher baut, das würde nicht in die Landschaft passen.«

»Fünfhundert«, fügte Gustav hinzu.

»Was?«, fragte Ella Kock.

Gustav erklärte: »Ich war ja dabei. Rolf Naas sprach von einer Kapazität von fünfhundert Rindern. Und es stimmt, er erwähnte, dass die Leute im Ort davon nicht begeistert sind.«

»Wieso musst du bestätigen, dass das stimmt, was ich da eben gesagt habe?«, brummte Lorenz.

»Weil du dich mit der Viecherzahl vertan hast, da musste ich dich korrigieren, und da wollte ich nur ...«

»Stopp!«, dröhnte die Kock. »Ihr hört euch an wie ein altes Ehepaar. Ist ja nicht zum Aushalten!«

Bärbel lachte. »Das sag ich ja auch immer.«

Die Kommissarin wandte sich an Rita. »Sag mal, sind die immer so?«

Rita grinste. »Eigentlich schon. Du wolltest sie befragen.«

Ella Kock seufzte. »Manchmal ist dieser Job eine echte Knochenarbeit. Ich werd jetzt noch mal mit dem Naas Junior sprechen. Der hat kein Alibi, und ein Motiv hat er auch.

Immerhin erbt er den Hof, ohne dass sein Vater das ganze Geld für einen Betrieb ausgibt, den keiner will.«

Mit diesen Worten ließ sie die Gruppe stehen und eilte dem Naas'schen Wohnhaus entgegen.

Lorenz grinste Rita an: »Siehste, so ist die Polizeiarbeit richtig. Die Frau teilt mir wenigstens mit, was sie gerade so denkt.«

Rita schüttelte den Kopf. »Die Kock ist aber auch 'ne Marke.« Dann sah sie auf ihre Uhr. »So, ich muss mal wieder. Soll ich euch nach Nideggen fahren?«

»Das wär 'ne gute Idee«, meinte Benny. »Dann kann ich noch was bleiben. Ich hab ja heut Nachmittag meinen Freien, und es ist ja eigentlich schon Mittag, oder?«

Bärbel lachte. »Wir werden der Klinkenberg schon verklickern, dass dein Arbeitstag vorbei ist. Viel Spaß!«

Benny blinzelte Bärbel verschmitzt zu, dann ging er zu Vera Distel hinüber, die am gegenüberliegenden Rand der Baugrube stand und schon mehrmals in seine Richtung geschaut hatte.

Lorenz sagte leise: »Der in Ehren ergraute Ermittler hätte sich durchaus vorstellen können, dieses Mädchen zu adoptieren. Für alles andere war er zu alt, und ein wenig beneidete er den jungen Pfleger.« Dann sah er zu Gustav und Alexander hinüber und kraulte nachdenklich seinen weißen Bart.

19. Kapitel

Die Sonne war schon seit Stunden hinter dem Odenbleuel untergegangen. Doch Vera und Benny hatten das nicht beachtet. Längst war die Grabungsstätte verlassen und menschenleer. Die beiden waren zum nahe gelegenen Grillplatz spaziert und hatten sich dort auf einer Bank niedergelassen, von der aus sie einen schönen Blick in die blumenübersäten Wiesen des Odenbachtales hatten. Doch eigentlich hatten sie nur Augen füreinander. Obwohl Benny den Drang verspürte, dem hübschen Mädchen alles Mögliche zu erzählen, hielt er sich zurück und hörte lieber zu. Mit einer hellen, weichen Stimme ließ Vera ihn am Verlauf ihrer Kindheit teilhaben. Ein Mädchen im Kölner Stadtviertel Ehrenfeld, das hieß, neben der Schule hauptsächlich Tanzausbildung als Funkenmariechen, später, als sie mit Jungs abzuhängen begann, der Wechsel vom Karnevalstanz zum Capoeira. Vera begann, Benny diese tänzerische Kampfsportart zu erläutern. Der war sofort Feuer und Flamme und konterte mit seiner Kendo-Ausbildung. Und natürlich kannte er auch Capoeira, und dann hatten die beiden ein Thema gefunden, bei dem sie nicht merkten, wie es dunkel und langsam auch kühl wurde. Sie zeigte ihm, wie man während des Kampfes immer in Bewegung war und dabei stets lächelte. Er bewunderte ihre anmutigen Bewegungen und setzte dann, nachdem er sich einen kräftigen Ast aus dem Buschwerk gegriffen hatte, eine Kendo-Schrittfolge mit angetäuschten Stockhieben dagegen. Und dann dauerte es nicht lange, bis sie sich im Spiel berührten und sich dann nicht mehr voneinander lösen mochten. Sie küssten sich, fordernd und leidenschaftlich von der ersten Berührung ihrer Lippen an. Benny versuchte, seine Hände im Zaum zu halten, registrierte dann aber erstaunt, dass Vera intensivere Berührungen verlangte. Kurz durchzuckte ihn der Gedanke, ob ihm dies nicht vielleicht etwas zu schnell ging, doch dann überwältigten ihn die angenehmen Aspekte des Tempos, das sie vorlegte. Es fiel ihnen noch kurz auf, dass sie vom Obergeschoss des nahe gelegenen Forsthauses vielleicht beobachtet werden könnten, doch dies wurde ihnen schnell gleichgültig. Genauso wie alles andere um sie herum.

Es dauerte eine halbe Stunde, bis sie die Kühle der hereinbrechenden Eifelnacht zu spüren begannen. Vera sah Benny in die Augen und sagte leise: »Wow. So was mache ich normalerweise nicht.«

Benny lag die Antwort auf der Zunge, dass sie das alle sagen würden, doch entgegen seiner sonstigen Gewohnheit ließ er ausnahmsweise mal einen Scherz ungesagt und antwortete stattdessen: »Ich auch nicht. Vor allem nicht ohne Schutz.«

»Keine Angst, ich verhüte«, sagte sie. Benny grinste etwas schief. »Ehrlich gesagt, dachte ich jetzt auch eher an HIV oder so. Das ist mir ein bisschen peinlich.«

Sie küsste ihn und begann sich anzuziehen. »Da kommt der Pfleger durch, was? Wir sind doch keine Risikogruppe. Wenn du magst, gehen wir zusammen zum Blutspenden, da wird doch immer auch ein Test gemacht.«

»Ooch, das würde auch unsere Frau Doktor Zyankali machen. Aber mit dir zusammen Blut spenden gehen, fänd ich auch schön«, sagte Benny, um der etwas unromantischen Wendung, die das Gespräch genommen hatte, wieder etwas Positives zu geben.

»Du bist süß«, sagte Vera, und Benny musste einen Moment überlegen, bis er beschloss, dies gut zu finden.

»Morgen muss ich früh raus«, sagte Vera dann, und Benny wusste, dass sie damit das Ende ihres Beisammenseins einläutete. »Professor Gräbeldinger will mich immer als Erste an der Grabung sehen. Ich bin ja auch die Einzige, die schon Praxiserfahrung in der Feldforschung hat. Die anderen sind alle ganz frisch.«

»Ich find dich aber auch ziemlich frisch«, warf Benny ein. »Aber ist das denn üblich, mit einer Horde Erstsemester anzurücken?«

»Zweitsemester«, lächelte Vera. »Es ist Sommer. Aber du hast recht, üblich ist das nicht. Liegt wohl daran, dass der Prof kein erfahrenes Team bekommen hat, weil sich keiner so wirklich für dieses antike Schlachtfeld interessiert. Ich bin mir auch nicht sicher, ob das hier was bringt.«

»Warum?«

»Weiß nicht«, grübelte Vera. »Der Gräbeldinger ist ja optimistisch, aber die bisherigen Ergebnisse sehe ich nicht so. Die Funde, die Erdbeschaffenheit, ich weiß nicht. Aber es ist schon spannend, und es macht Spaß.«

»Find ich auch«, grinste Benny und zog sein Shirt über.

»Und meine Grabung war zumindest äußerst erfolgreich, wenn ich das so in aller Bescheidenheit sagen darf.«

»Du bist frech«, lachte sie und gab ihm mit der flachen Hand einen Klaps auf die Stirn. »Fährst du mich noch in die Pension?«

»Wo bist du untergebracht?«

»Ich habe ein Zimmer in der Blenser *Bauernstube.* Echt praktisch, so nah hier vor Ort. Hat mein Prof arrangiert, die haben da nur ganz wenige Zimmer, die anderen Studis haben direkt hier in Blens nix bekommen.«

»Da fahre ich sowieso vorbei«, meinte Benny und suchte seine restlichen Sachen zusammen, die um die Bank verstreut im Gras lagen und mittlerweile klamm geworden waren. »Was für ein Glück, dass die Nacht nicht so kalt ist«, meinte er und beschloss, die feuchte Hose gar nicht erst anzuziehen.

Der Transporter rollte um die Ecke. Vera Distel sah, wie Benny ihr zuwinkte. Sie warf ihm einen Kuss zu. Dann blieb sie noch einen Moment in der menschenleeren Gasse stehen, lauschte dem Motorengeräusch, hörte den Wagen über die Rurbrücke fahren, dann wurde es leiser und leiser. Oben auf der Landstraße glaubte sie, den beschleunigenden Bus nochmals zu hören, doch sicher war sie sich dessen nicht. Dann war es endgültig still. Tief atmete sie die frische Nachtluft ein. In der Tasche fühlte sie den kleinen Schlüssel, mit dem sie die Tür zum Gästehaus des Restaurants aufschließen konnte. Vera wollte aber noch nicht auf ihr Zimmer. Sie war ein wenig verwirrt wegen dem, was sie eben getan hatte, und genoss die nächtliche Stille auf der Dorfstraße. Benny musste sicherlich denken, dass sie ständig solche schnellen Abenteuer suchte. Dabei hatte sie schon seit ein paar Wochen überhaupt nichts in dieser Richtung unternommen. Nun ja, mehr als ein paar Wochen waren es tatsächlich nicht, aber das kannte sie von einigen ihrer Freundinnen auch anders. Sie wusste um ihre Attraktivität und hatte mehr Mühe, die dauernden Anmachversuche der Männerwelt abzuwehren, als umgekehrt einen Partner zu finden. Doch dieser Junge hatte ihr gleich gefallen. Humor hatte er, und sehr sportlich war er auch. Vera seufzte. Jetzt würde sie aufs Zimmer gehen, sich nur noch schnell den Staub vom Körper duschen und ins Bett gehen, um morgen früh frisch und ausgeruht zu sein. Wenn sie nicht den Schmutz aus der Baugrube an sich gehabt hätte, hätte sie gerne auf die Dusche verzichtet. Auf ihrer Haut lag eine Ahnung von Bennys Körper, die hätte sie gerne mit ins Bett genommen.

Sie seufzte nochmals und nahm den Schlüssel aus der Tasche. Die Tür zum Gästehaus lag im Dunkeln. So merkte sie erst, als sie den Schlüssel im Schloss drehte und etwas Druck auf die Tür ausübte, dass diese einen Spalt offen stand. Die Bewegung aus dem Dunkel des dahinterliegenden Ganges nahm sie viel zu spät wahr. Bevor sie etwas sehen oder gar richtig reagieren konnte, fühlte sie, wie ihr ein widerlich süß riechendes Tuch aufs Gesicht gedrückt wurde. Vera erinnerte sich an ihr Capoeira-Training und versuchte, eine Beinschere gegen den unsichtbaren Angreifer anzusetzen. Doch ihr schwanden bereits die Sinne, und aus der angedachten Bewegung wurde nur ein hilfloses Torkeln. Sie spürte noch, wie sie zu Boden fiel, ihr dieser stinkende Lappen noch heftiger gegen Mund und Nase gedrückt wurde, dann stürzte sie endgültig in den schwarzen Tunnel tiefer Bewusstlosigkeit.

Lange hatte er gewartet. Wusste genau, was sie tun würde. Er hatte Zeit. Nicht beliebig viel Zeit, aber deutlich mehr, als ihr noch bleiben würde. Doch das wusste nur er. Diese jungen Dinger. Waren nur stark in der Illusion ihrer Unsinkbarkeit, ihrer scheinbaren Unsterblichkeit. Er hatte es immer schon besser gewusst. Jetzt lag sie da, atmete flach und schnell im Halothan-Traum. Er packte sie unter den Armen und schleppte sie davon. Hier konnte er sie nicht bearbeiten. Die Kleine war schwerer als vermutet. Es dauerte eine Weile, bis er sie da hatte, wo er sie haben wollte. Er tränkte das Tuch erneut mit Halothan und drückte es ihr aufs Gesicht. Lange und sorgfältig. Dann entfernte er ihre Kleidung. Viel hat sie ja nicht an, die kleine Schlampe, dachte er. Als sie nackt vor ihm lag, hatte er den Impuls, sie zu berühren, ihren frischen, gerade der Jugendlichkeit entwachsenen, makellosen Körper zu streicheln. Doch dann schüttelte er sich unwillig. Sie hatte sich eben erst benutzen lassen. Er hatte es gesehen. Nein, er begehrte dieses Hürchen ohnehin nicht. Es war nun an ihm, sie zu bestrafen. Ein Grund mehr, sofort zu handeln.

Alles lag bereit. Er hatte improvisieren und schnell entscheiden müssen. Dass nun alles so perfekt passte, erfüllte ihn mit großer Befriedigung. Damit nun auch die Ausführung dem Plan zur Ehre gereichte, zwang er sich zu größtmöglicher Konzentration. Die Schmerzen meldeten sich wieder. Warum musste dieses kleine Biest auch so schwer sein? Doch das musste jetzt ignoriert werden. Er öffnete den großen Honigtopf und begann, ihren Körper einzuschmieren. Es fühlte sich seltsam an mit den Einweghandschuhen, glatt und ölig. Sorgfältig achtete er darauf, dass kein Fleckchen unbedeckt blieb. Die langen Haare benötigten besonders viel Honig. Zum Schluss füllte er Mund und Nase, klebte den vorbereiteten Zettel auf ihre Lippen und umwickelte dann den Kopf mit Frischhaltefolie.

Zufrieden betrachtete er sein Werk und atmete tief durch. Der schwierigere Teil lag noch vor ihm. Aber die Nacht war noch lang.

20. Kapitel

Lorenz fragte sich, die wievielte schlaflose Nacht dies nun in diesem verdammten Sommer war. Wenn es heiß, schwül und stickig gewesen wäre, hätte er sich sagen können, dass es an der Luft lag. Doch die war klar und angenehm kühl. Lorenz sah aus dem Fenster und murmelte: »Der Alte musste sich nichts vormachen. Die Geschehnisse zerrten an seinen Nerven.«

Er versuchte, sich auf die Frage zu konzentrieren, wer den alten Naas so brutal ermordet hatte, und was er selbst, Opa Bertold, damit zu tun hatte. Natürlich lag es nah, dass die Suche nach Ambiorix das verbindende Glied war. Aber welche Teile der Kette wurden damit verbunden? Warum musste Naas sterben? Und was war mit Gerda geschehen? Und letztlich war es diese Frage, die den Alten mehr als alles andere beschäftigte. Er musste sich eingestehen, dass er den Tod seiner Tochter nie wirklich akzeptiert hatte. Wie auch, da sie spurlos verschwunden geblieben war? Und nun? Lorenz spürte, dass Gerda nicht mehr am Leben war. Er konnte es nicht erklären, aber die Vorstellung, sie könnte heute so aussehen wie auf dem ominösen Bild, passte nicht. Es fühlte sich falsch an. Gelogen. Aber wenn er ehrlich war, gab es nichts, was dieses Gefühl rechtfertigte.

Stephan. Er musste ihn anrufen, sich ihm endlich öffnen. Doch das fiel ihm immer nur nachts um drei ein, niemals zu einer Zeit, in der er ihn tatsächlich ansprechen könnte. Gern wäre er jetzt zu Gustav gegangen und hätte sich von ihm einen frischen Kaffee aufbrühen lassen. Er wusste ja, dass der Alte auch selten eine Nacht durchschlief. Aber nun musste Lorenz damit rechnen, dass Alexander Grosjean dort sein würde. So fiel der Freund für ihn aus. Bärbel? Nein, auch wenn sie befreundet waren, man ging nicht mitten in der Nacht zu einer Frau auf ihr Zimmer. Sicher würde sie ohnehin friedlich schlafen. Natürlich würde sie ihm nicht böse sein, wenn er ihr eröffnen würde, dass er Zuspruch brauchte in dieser trostlosen Nacht. Ganz im Gegenteil. Aber davon war Lorenz dennoch weit entfernt. Das war nie seine Art gewesen und würde es auch nie sein.

Er wandte sich vom Fenster ab und setzte sich an den Schreibtisch. Der Rechner lief die ganze Zeit. Er hatte sich daran gewöhnt, immer wieder einmal, wenn er über etwas nachdachte, im Internet nach diesem oder jenem Stichwort zu suchen. Er tippte »Ambiorix« ein und sah sich die Trefferliste an. Die Suchergebnisse der ersten Seite kannte er alle schon. Die auf der zweiten Seite auch. Dann tippte er »Gerda Bertold« in das Suchfeld und ließ sich die gefundenen Bilder zu diesem Suchbegriff anzeigen. Natürlich sah er kein bekanntes Gesicht. Er schalt sich einen Narren, so etwas überhaupt einzugeben. Er wollte schon aufstehen und noch einmal versuchen, sich ins Bett zu legen, als ein heller Signalton ihm den Eingang einer Email anzeigte. Eine Sekunde später sah er diese dann auch schon auf dem Bildschirm. Er klickte die Meldung an und las die sich öffnende Nachricht:

Mein Volk hat einmal mich befreit. Ob Opa Bertold ebenso gescheit?

Lorenz las diesen Satz noch einmal und dann noch ein drittes Mal. Er hatte immer noch Gerda im Kopf und dachte unwillkürlich daran, dass sie irgendwo darauf wartete, befreit zu werden. Doch dann riss er sich von diesem irren Gedanken los und las den Absender der Email: *alveradisvonmolbach@gmx.de*

Er hatte Ambiorix erwartet. Nun musste er umdenken. Alveradis von Molbach. Diesen Namen kannte er, es war die Gattin des berühmten »Starken Wilhelm«. Erst schrieb ihm jemand Nachrichten unter dem Namen eines antiken Keltenführers, nun als mittelalterliche Gräfin. Molbach, das war der alte Name von Maubach, dem kleinen Ort am Rurstausee. Dort hatte man der Alveradis ein Denkmal gesetzt. Sie war beliebt gewesen beim Volk. Dieses hatte sie befreit. Und in welcher Weise sollte er gescheit sein? Ein Rätsel? War hier wieder der Mörder am Werk, der ihn auf die Probe stellen wollte? Lorenz schloss die brennenden Augen, spürte die Müdigkeit. Was hatte das zu bedeuten? Und warum schrieb der Unbekannte ihm diese Nachricht des Nachts? Wusste er etwa, dass Lorenz nicht schlafen konnte? Oder litt er selbst an Schlaflosigkeit? Der Alte schüttelte den Kopf. Das alles waren Fragen, auf die es keine Antwort geben konnte. Doch Antworten waren gefragt, mehr denn je. Denn diese neue Nachricht hatte sicherlich nichts Gutes zu bedeuten. Lorenz nahm sich nochmals die erste Nachricht vor, die er von Ambiorix erhalten hatte. *Ich war ein Großer meines Volkes, doch musst ich mich dem Größern beugen. So ging es deiner Tochter auch, so wird es bald auch dir ergehn. Ambiorix.*

Dies war keine Frage, kein Rätsel, sondern eher eine Drohung. Was hatte man beim toten Naas für eine Nachricht hinterlassen? *Zu viel hat er sich vorgenommen. Der Schmied ist ihm zuvorgekommen. Warum der Alte sterben musst? Hat Opa Bertold es gewusst?*

Das war eine offene Frage an ihn selbst, die der Mörder ihm gestellt hatte. Und nun? Lorenz las sich die Nachricht laut vor: *Mein Volk hat einmal mich befreit. Ob Opa Bertold ebenso gescheit?*

Etwas war wieder anders. Was, das konnte Lorenz nicht genau sagen. Er murmelte: »Der alte Ermittler wusste leider nur zu gut, dass Schlaflosigkeit nicht gleichbedeutend war mit Wachheit. Irgendetwas musste ihm dieser Satz sagen, aber er war verdammt müde.«

Er führte sich vor Augen, wer da zu ihm sprach. Natürlich war es ein Schurke, aber er schrieb diesen Satz aus der Sicht der Alveradis. Ihr Volk hatte sie befreit. Lorenz erinnerte sich an die Geschichte. Graf Wilhelm der Zweite ließ seine Gattin Alveradis, die er der Untreue bezichtigte, nackt in einem Schandkorb an die Burgwand hängen. Doch die Bürger von Molbach befreiten die arme Frau, als Wilhelm die Burg verlassen hatte.

Mein Volk hat einmal mich befreit. Ob Opa Bertold ebenso gescheit?

Er sollte ebenso gescheit sein, also wie das Volk von Molbach die Frau aus dem Schandkorb befreien. Lorenz spürte, wie ihm plötzlich heiß wurde. Hastig griff er zum Telefon und wählte per Kurzwahl Ritas Nummer. Er hoffte, dass sie ihr Handy empfangsbereit neben dem Bett liegen hatte, und seine Hoffnung hatte ihn nicht getrogen.

»Opa?«, kam die verschlafene Stimme von Rita Bertold aus dem Lautsprecher.

»Rita, mein Engel, du musst sofort zur Nideggener Burg!«, rief Lorenz erregt aus. »Mobilisiere die Polizei, es geht um Leben und Tod!«

Die Stimme der Kriminalkommissarin hörte sich mit einem Mal sehr wach an, als sie ruhig und bestimmt sagte: »Opa, jetzt erzähle mir bitte genau, was du meinst. Was ist bei der Burg?«

21. Kapitel

Die Nacht hatte ihr tiefstes Schwarz bereits verloren. Der Himmel schickte sich an, das erste Grau des nahenden Morgen zu zeigen. Lorenz ging, so schnell es seine Beine erlaubten, mit Rita und Paul den schmalen gepflasterten Weg zum Burghof hinauf. Sie eilten am alten Küchenturm vorbei durch einen düsteren Tunnel. Als sie diesen durchschritten hatten, sahen sie, dass von irgendwoher Lichtfetzen über das alte Gemäuer zuckten. Paul leuchtete mit einer großen Maglite voraus. Der Strahl der Lampe stach durch das Dunkel, traf auf den Burgfried, den mächtigen Jenseitsturm, den Brunnen in der Mitte des Burghofes, die leeren Fensterbögen des ehemaligen Palas, dann ganz am anderen Ende auf den hoch aufragenden Westturm.

»Ella!« Ritas lauter Ruf schallte durch die Burgruine.

»Leider ja!«, kam es prompt zurück. Dann sahen sie den Schein einer Taschenlampe auf sich gerichtet, und wenig später stand Ella Kock bei ihnen und knurrte die Neuankömmlinge an: »Rita und ihr großer Freund. Und da haben wir ja auch mal wieder den lieben Opa Bertold. Wehe, ihr habt keinen guten Grund, mich um diese nachtschlafene Zeit hier heraufzulotsen. Wisst ihr, was ich in meinem warmen Bett habe zurücklassen müssen?«

»Nee, und das wollen wir auch gar nicht wissen«, antwortete Rita. »Ich hoffe nur, niemanden in Handschellen.«

»Leck mich am Fuß, so hart bin noch nicht mal ich«, grinste die Kommissarin. »Aber wehe, hier ist nichts gebacken! Habe schon mal die Mauern abgesucht, bin selbst noch nicht so lange vor Ort. Nun noch mal ganz genau: Was suchen wir hier?«

Lorenz antwortete: »Ich habe wieder eine anonyme Mitteilung erhalten. Es geht um Alveradis von Molbach.«

»Was? Wer?«

»Das war im dreizehnten Jahrhundert die Hausherrin dieser Burg. Ihr Mann, der Graf Wilhelm, ließ sie nackt und mit Honig beschmiert in einen Eisenkorb an die Burgwand hängen.«

Ella Kock machte eine Handbewegung, die im Dunkeln nicht genau zu erkennen war. Lorenz glaubte jedoch, dass sie ihm einen Vogel zeigte. »Was interessiert mich eine mittelalterliche Else? Sagt mir, dass ich nicht zu einer Geschichtsstunde aus dem Bett gefallen bin.«

»Ella, du bist unmöglich«, sagte Rita. »Nun hör doch weiter zu.«

Lorenz fuhr fort. »Ich habe Anlass zu der Vermutung, dass der Mörder wieder nach altem Vorbild zugeschlagen hat. Sie erinnern sich, der Schmied erschlug den Wilhelm. Und jetzt habe ich Angst, dass wir hier eine Frau in einem Schandkorb finden. Vielleicht aber noch lebend, wenn wir sie schnell genug finden.«

»Scheibenkleister«, meinte die Kock. »Dann lasst uns schnell weitersuchen. Also eine Art Korb aus Eisen, ein Käfig, in den ein Mensch hineinpasst, richtig?«

»Richtig«, bestätigte Lorenz.

»Rita und ich nehmen uns zunächst die Außenmauern vor«, sagte Paul. »Einmal rundherum, das schaffen wir in zehn Minuten. Ella und Lorenz sehen sich hier im Innenbereich um. Lorenz, du kennst doch hier jeden Winkel.«

Lorenz nickte zustimmend, auch wenn ihm nicht ganz wohl bei dem Gedanken war, mit Ella Kock im Dunkeln allein zu sein. Jedoch sah er ein, dass er die beiden schnellen jungen Leute bei der Umrundung der Burg nur aufgehalten hätte. So trennte man sich. Lorenz konnte den Schein von Pauls Stablampe in den Bäumen sehen, als die beiden ihre Runde begonnen hatten. Die Kommissarin fragte: »So, mein lieber Opa Bertold. Wo suchen wir zwei Hübschen?«

»Ich denke, wir sollten die Türme absuchen«, meinte Lorenz. »Und in den Brunnen sehen wir hinein.« Da sie in der Mitte des Burghofes standen, war der zentral gelegene Brunnen nur wenige Schritte entfernt. »Der Brunnen ist etwa neunzig Meter tief und reicht über eine natürliche Felsspalte bis zur Rur herunter«, erklärte er der Kommissarin im Gehen. »Früher hat er die Burg versorgt, heute ist er trocken.« Ella Kock leuchtete durch das Sicherheitsgitter in den Brunnen hinein. Dort hing nichts. Das ärgerte Lorenz jedoch nicht im Mindesten. Eigentlich hoffte er ohnehin, nichts zu finden, auch wenn er sich damit den Zorn der Kock zuziehen würde. Er wies zum Küchenturm, wo eine schmale Treppe hinaufführte. Dort hatte er schon einmal ein Mordopfer gefunden. Jetzt war dort nichts zu entdecken. Die Innenseiten der Mauern rings umher waren ebenfalls nackt und boten den üblichen vertrauten Anblick. Die beiden gingen quer über den Platz zum anderen Eckturm, der nach Westen gewandt war. Oben angekommen, spürte Lorenz, wie kühl der Nachtwind war, wenn er über das alte Gemäuer hinwegging. Doch auch am Turm war nichts Auffälliges zu entdecken. Unten sahen sie Paul und Rita, die gerade um die Ecke bogen und an der hohen Mauer des ehemaligen Rittersaales entlang weitersuchten. In der Ferne, auf der anderen Seite des Rurtals, blinzelten matt die Lichter der Ortschaften, die noch im Nachtschlaf lagen. Bei Schmidt waren die Positionslichter der Windräder zu sehen.

Lorenz wandte sich von diesem Anblick ab, um schleunigst wieder die Treppen hinab in den Burghof zu steigen. Sie gingen die Reihe der glaslosen Kreuzfenster ab, die im Mittelalter einen der größten Festsäle in deutschen Landen geschmückt hatten. Auch dort war kein Eisenkorb befestigt worden. Als sie ihre Runde im Burghof beendet hatten, stießen auch Rita und Paul wieder zu ihnen. Etwas außer Atem, denn die zurückgelegte Strecke war nicht eben gering gewesen.

»Nichts«, keuchte Paul. »Gar nichts.«

»Habt ihr auch wirklich genau hingeschaut? Ihr wart so schnell«, fragte Lorenz.

»Klar haben wir genau hingeschaut«, meinte Rita. »Natürlich wäre es in der Dunkelheit noch einfacher gewesen, wenn wir genau wüssten, wie so ein Schandkorb aussieht.«

»Das könnte ich euch zeigen«, meinte Lorenz. »Hier vorne im Jenseitsturm befindet sich das Burgenmuseum, darin wird ein Schandkorb ...« Er stockte.

»Was?«, fragte Rita. »Hier befindet sich ein solcher Schandkorb? Warum bist du denn nicht früher darauf gekommen? Da hätten wir doch zuerst gesucht.«

Lorenz wusste nicht, was er antworten sollte, und wies stattdessen nur stumm auf den Treppenaufgang, wo ein Schild den Eingang des Museums kennzeichnete. Ella Kock schaltete als Erste und lief los. Oben angekommen, rief sie den anderen zu: »Diese Tür ist offen!«

Rita und Paul eilten zu ihr, Lorenz folgte, so schnell er konnte. Sie traten ins Museum, die Lichtkegel der Taschenlampen leuchteten den engen, steilen Gang aus. »Nichts anfassen«, mahnte Rita. »Opa, wo genau finden wir diesen Käfig?«

»Einfach weiter durchgehen, hinter der Kasse rechts halten«, antwortete Lorenz. Sie gingen weiter in den Turm hinein. Das Gemäuer war kühl, es roch etwas staubig und nach altem Stein. Lorenz hatte das ungute Gefühl, hoffen zu müssen, hier nichts Grässliches zu entdecken. Dann traten sie in den Raum, wo er den Schandkorb wusste. Er wies auf die Stelle, die jedoch leer war. »Hier müsste er stehen, soweit ich weiß«, sagte er. »Ich war länger nicht mehr hier drin. Vielleicht hat man ihn woanders platziert.«

»Aber nicht sehr weit weg«, sagte Ella Kock und wies mit dem Lichtstrahl ihrer Taschenlampe auf die gegenüberliegende Wand, wo sich der Korb befand. Ob etwas in dem Korb war, war auf den ersten Blick nicht zu erkennen. Jedoch leuchtete im Lichtkegel etwas weiß auf, das aus dem metallenen Geflecht herausragte. Alle vier hatten die gleiche Ahnung, um was es sich da handeln könnte, und als sie nähertraten, wurde es zur Gewissheit. Eine menschliche Hand hing schlaff und regungslos aus dem Metallkorb heraus. Die Hand gehörte zu einem nackten Arm und dieser zu dem ebenfalls nackten Körper einer Frau. Lorenz spürte, wie das Grauen von ihm Besitz ergriff, als er erkennen konnte, dass der Kopf der Frau mit Folie umwickelt war. Die weichen Gesichtspartien waren dadurch zusammengepresst worden, sodass die Gesichtszüge bis zur Unkenntlichkeit verzerrt erschienen. Rita wies Lorenz mit einer bestimmenden Geste an, zurückzubleiben, und ging dann selbst nah an den Käfig heran. Paul und Ella traten neben sie, sodass Lorenz nichts mehr sehen konnte. Diesmal war er darüber sehr froh. Bange Sekunden vergingen.

»Und?«, fragte er ängstlich. »Lebt sie noch?«

»Keine Chance«, sagte Ella Kock mit bemüht eiskalter Stimme. »Das arme Mädchen ist tot.«

22. Kapitel

Die Stimmung am Frühstückstisch war gedrückt, nachdem Lorenz von dem nächtlichen Fund erzählt hatte. Bärbel, Gustav und Alexander lauschten schweigend der Schilderung des Alten. Lorenz erwartete die Kommissarin Ella Kock, die sich über Rita am frühen Morgen für weitere Fragen angemeldet hatte.

»Wer macht denn so etwas Schreckliches?«, meinte Bärbel.

»Wenn der Maler des Bildes und der Absender dieser Nachrichten derjenige ist, der den Bauern erschlagen und jetzt auch diese Frau ermordet hat, dann bist doch auch du in größter Gefahr, oder nicht?«

»Das kann man nicht sagen«, grübelte Lorenz. »Aber warten wir doch mal ab, was die Kommissarin gleich zu sagen hat.«

»Kommt schon wieder die Polizei zu uns?«, fragte Benny, der an den Tisch getreten war. »Ich hatte gehofft, wir könnten zusammen zu der Grabungsstätte fahren, habe mir eben den heutigen Tag freigetauscht gegen Spät- und Nachtdienst ab heute Abend.«

»Warum nicht«, meinte Lorenz. »Allzu lange dürfte das auch vermutlich nicht dauern. Aber du weißt es ja noch gar nicht: In der Nacht haben wir ein weiteres Mordopfer in der Burg gefunden. Ziemlich gruselig, ich habe so gut wie nichts gesehen. Aber was ich gesehen habe, hat mir eigentlich auch schon gereicht.«

»Was?«, fragte der junge Pfleger. »Opa Bertold hat nicht alles gesehen, und es hat ihm gereicht? Das ist mal was ganz Neues!«

»Allerdings«, bestätigte Gustav. »Und weitere Neuigkeiten sind im Anmarsch. Die Kavallerie reitet ein.« Er wies auf den

Eingang des Speisesaales, wo in diesem Moment Rita Bertold und Ella Kock auftauchten. Die beiden durchmaßen den Raum mit schnellen Schritten.

Lorenz stand auf und ließ sich von Rita umarmen. »Moin Opa«, sagte sie. »Wir haben eine lange Nacht hinter uns. Du musst uns alles erzählen, jede Kleinigkeit, egal wie unwichtig sie dir erscheinen mag.«

Ella Kock fügte hinzu: »Wir haben die Tote identifizieren können. Es handelt sich um eine Studentin der Archäologie namens Vera Distel. Vielleicht haben Sie das Mädchen schon bei dieser Buddelei auf dem Grundstück des ermordeten Naas gesehen.«

»Nein!«, schrie Benny auf. Er schlug die Hände vors Gesicht und schüttelte den Kopf. »Nein, nein«, stammelte er.

Bärbel stand auf und legte den Arm um den Jungen, der in diesem Moment in einem lautlosen Weinkrampf zu zucken begann.

Rita sagte: »Es handelt sich um die junge Frau, mit der Benny sich zuletzt auf der Grabungsstätte offenbar rasch angefreundet hat. Wir haben das alle gesehen, glaube ich. Sie war ein sehr attraktives Mädel, das ist gar keine Frage.«

»Und offensichtlich hatten die beiden sich schon sehr angefreundet, will ich meinen«, fügte Gustav hinzu, der ebenfalls um den jungen Mann besorgt aufstand.

Alexander Grosjean blieb noch einen Moment unschlüssig sitzen. Doch da er der Einzige war, der noch nicht aufgestanden war, tat er es den anderen nach und erhob sich ebenfalls.

Benny versuchte sich zu fassen und sah Rita an. »Ich war gestern Abend mit Vera zusammen. Hab sie nach Hause gebracht.«

»Nach Hause?«, fragte Ella Kock.

Benny schüttelte den Kopf. »Nein, ich meine ins Hotel. In Blens.«

»Verstehe«, sagte Ella. Dann fügte sie hinzu: »Oder vielleicht doch noch nicht so ganz. Sie sagten gerade, Sie beide waren zusammen. Meinen Sie damit – zusammen?«

»Ja«, antwortete Benny und schlug sich wieder die Hände vors Gesicht, um die erneut hervorschießenden Tränen zu verdecken. Lorenz hatte einen dicken Kloß im Hals. Er hatte den so fröhlichen jungen Mann noch niemals weinen sehen. Der Alte war froh, dass Bärbel dabei war und Benny im Arm hielt. Es schien den Jungen heftig erwischt zu haben, und wenn er dies nun – sicherlich einmal mehr als Letzter in der Runde bei solchen Dingen – richtig interpretiert hatte, waren sich die beiden jungen Leute nach dem ersten Kennenlernen sehr rasch nähergekommen. Lorenz beschloss, sich erst einmal zurückzuhalten, doch Ella Kock machte diesen Vorsatz sofort zunichte: »Opa Bertold, Sie und den jungen Mann müssen wir dringend sprechen. Die anderen werden uns entschuldigen müssen.«

Rita nickte Bärbel zu. Die verstand und ließ Benny los. Der junge Pfleger ließ sich wie willenlos von Rita wegführen. Ella Kock bedeutete Lorenz, den beiden zu folgen. Bärbel, Gustav und Alexander blieben ratlos und stumm zurück. Rita wählte den Weg in den Verwaltungstrakt, den sie aus etlichen Gesprächen mit der Heimleiterin Sybille Klinkenberg über ihren Opa mittlerweile gut kannte. Sie traten ins Vorzimmer der Leiterin. Silke Bauer, die Assistentin der Klinkenberg, blickte überrascht auf. »Frau Klinkenberg ist momentan nicht im Haus«, sagte sie reflexartig anstelle einer Begrüßung.

»Guten Morgen«, antwortete Rita. »Das ist okay, wir benutzen dann ihr Büro für eine Befragung.« Sie ging mit Benny am Schreibtisch der Frau vorbei in das dahinterliegende Büro. Ella Kock zeigte der Sekretärin im Vorbeigehen ihren Ausweis, dann folgte Lorenz. Der schloss die Tür hinter sich.

»Setz dich erst mal hin«, sagte Rita zu Benny, der stumm auf dem von ihr dargebotenen Stuhl Platz nahm. »Können wir uns kurz unterhalten?«, fragte sie leise.

Benny nickte. »Klar. Geht schon wieder.«

Rita ahnte, dass dem nicht so war, sagte aber dazu nichts weiter. »Ihr wart also gestern Abend zusammen, du und Vera. Wo?«

»In Blens, bei der Baustelle«, antwortete Benny. »Wir gingen zu dem Grillplatz am Waldrand, nicht weit entfernt.«

»Weißt du, wie lange ihr da geblieben seid?«

»Nicht genau. Es war aber schon dunkel. Ich hab sie danach noch ins Dorf gefahren. Sie hatte ein Zimmer in der *Bauernstube*. Was ist denn passiert?«

»Alles hübsch nacheinander«, mischte sich Ella ein. »Sie sind intim geworden, vermute ich?«

Benny sah Rita und dann Lorenz an. Rita nickte ihm zu. »Wir erzählen dir gleich, was geschehen ist, aber du musst uns zuerst unsere Fragen beantworten. Umgekehrt geht leider nicht.«

»Wir hatten Sex, das ist wahr«, antwortete Benny.

»Mit oder ohne Kondom?«, wollte Ella wissen.

Benny wurde rot und ließ sich mit der Antwort etwas Zeit. »Leider ohne. Fiel mir später auch ein, wie blöd das war. Ist mir echt peinlich, aber ...« Er stockte wieder und musste erneut mit den Tränen kämpfen. Wie allen anderen Anwesenden fiel auch ihm auf, dass dies unter anderen Umständen extrem peinlich gewesen wäre, nun jedoch eher ein Detail war, das angesichts der Ungeheuerlichkeit des gewaltsamen Todes des Mädchens völlig unterging.

Rita meinte: »Stimmt schon, das war ziemlich dumm. Aber wir kennen alle solche Situationen, in denen man Dinge tut, die man eigentlich so nicht tun möchte. Aber es erklärt die Ergebnisse der ersten Untersuchung.«

»Sieht demnach so aus, als müssten wir nicht lange nach dem Urheber des Spermas suchen«, fügte Ella hinzu und handelte sich dafür einen bösen Blick von Rita ein.

»Was ist denn nun passiert?«, fragte Benny wieder.

»Moment noch«, antwortete Rita. »Du sagst, du hast sie zur Pension gebracht. Seid ihr noch zusammen rein?«

Benny schüttelte den Kopf. »Es war schon spät, und sie wollte früh raus wegen der Grabung, bei der sie immer als Erste da sein sollte, weil die anderen Studenten ohne sie wohl nix auf die Reihe kriegen. Ich bin gar nicht ausgestiegen, weil ...« Wieder stockte er.

»Weil?«, fragte Ella.

»Ich hatte meine Hose nicht an, weil die im Gras gelegen hatte und nass geworden war. Und Vera meinte, ich sollte so besser gar nicht erst auf die Straße treten.«

»Haben Sie das Mädchen ins Haus gehen sehen?«

Benny schüttelte den Kopf. »Nein. Als ich losfuhr, stand sie vor dem Eingang. Habe ihr noch zugewunken. Als ich auf der Landstraße war, hab ich ihr noch 'ne SMS geschrieben.«

»Sie hatten ihre Handynummer?«

»Die hatte sie mir gegeben, bevor sie ausgestiegen ist. Ich wusste ja nicht, ob ich sie heute wiedersehen würde. Habe mir ja eben erst den Tag freigetauscht.« Wieder begann er zu schluchzen, als er merkte, dass er sie nicht wiedersehen würde.

Rita ließ ihm ein wenig Zeit, bevor sie fragte: »Hat sie auf die SMS noch geantwortet?«

»Nein. Hat mich ein bisschen traurig gemacht. Ich wusste ja nicht, was ihr der Abend bedeutet hatte. Hab mein Handy angelassen, aber es kam keine Antwort. Hab gedacht, sie hätte ihres vielleicht aus und gar nicht mehr angemacht.«

»Sie wissen also nicht, ob sie dann auch tatsächlich auf ihr Hotelzimmer gegangen ist?«, fragte Ella. Benny schüttelte stumm den Kopf. Es entstand eine Pause, in die hinein Lorenz dann sagte: »So, jetzt ist es aber an der Zeit, dass ihr uns sagt, was passiert ist. Ihr habt den armen Jungen genug ausgefragt.«

»In Ordnung«, meinte Rita, den Einspruch signalisierenden Blick von Ella Kock ignorierend. »Ich erspare euch die Details. Das Mädchen wurde betäubt und erstickt. Sie war nackt, ihr ganzer Körper war mit Honig eingeschmiert. Auf ihrem Mund klebte ein Zettel mit einem Text. Moment, ich lese ihn euch vor.« Sie kramte ihren Notizblock hervor und las: »Mein Volk hat einmal mich befreit. Ob Opa Bertold ebenso gescheit?«

Lorenz schüttelte entsetzt den Kopf. »Das ist exakt die Nachricht, die ich in der Nacht per Computer bekommen habe.«

»Was bedeutet dieser Mist?«, fragte Ella.

Lorenz erklärte: »Das ist eine Anspielung auf Alveradis von Molbach, die Gattin des Grafen Wilhelm von Jülich, der zu Nideggen residierte. Es wird berichtet, dass Wilhelm seine Frau wegen angeblicher Untreue bestrafen wollte, indem er sie nackt und mit Honig beschmiert in einen Schandkorb an die Burgwand hängen ließ, damit sie von Insekten zerstochen werden sollte. Die Bürger von Molbach jedoch, die ihre Herrin liebten, befreiten die arme Frau aus dem Korb, als Wilhelm nach Köln in den Puff geritten war. Sie überlebte also.«

»Anders als Vera«, meinte Rita.

Lorenz nickte bekümmert. »Allerdings. Wenn ich schneller geschaltet hätte, könnte das arme Ding vielleicht noch leben.

Das war ja offenbar ein Rätsel, eine Aufgabe für mich. Und ich alter Depp habe offensichtlich auf ganzer Linie versagt.«

»Nein«, antwortete Ella Kock entschieden. »Der Mörder musste wissen, dass eine Rettung unmöglich war. Vermutlich war sie bereits tot, als er diese Email geschrieben hat. Sie hätten gar nichts für sie tun können.«

»Aber vielleicht will er dich quälen«, vermutete Rita. »Du sollst glauben, dass du das Mädel hättest retten können.«

»Ich verstehe das alles nicht«, sagte Benny. »Vera hat doch niemandem etwas getan. Und sie kennt Opa Bertold gar nicht.«

»Aber der Mörder kennt ihn«, meinte Rita. »Die arme Vera Distel war vermutlich einfach nur ein passendes Opfer für einen perfiden Plan, den wir noch nicht kennen.«

»Vera Distel?«, wiederholte Lorenz.

»Ja, so hieß das Mädchen. Das sagten wir eingangs schon.«

»Vera Distel«, sinnierte Lorenz. »Da habe ich eben wohl noch nicht geschaltet. Alveradis – Vera Distel. Merkt ihr das nicht? In dem Namen des Mädchens steckt der Name Alveradis.«

»Das ist kein Zufall!«, stieß Ella hervor. »Kann keiner sein!«

»Sehe ich auch so«, bestätigte Rita. »Und das bedeutet, dass es einen Zusammenhang gibt. Wurde das Mädchen wegen des Namens ausgesucht? Dann muss der Mord von langer Hand geplant worden sein. Die Namensgleichheit, die Sache mit dem Schandkorb, die Behandlung ihres Körpers. Das war geplant.«

»Damit fällt mein Theorie wohl weg«, murmelte Lorenz vor sich hin.

»Welche Theorie?«, fragte Rita.

»Nun, Alveradis wurde von ihrem Gatten so bizarr bestraft wegen angeblicher Untreue. Und wenn das Mädchen einen

Freund gehabt hätte, der sie gestern mit Benny zusammen gesehen hat ...«

»Nicht schlecht kombiniert«, meinte Ella. »Aber es ist völlig unmöglich, in einer Stunde diesen Plan zu fassen und umzusetzen.«

Lorenz nickte. »Es sieht also so aus, als wenn hier jemand nach alter Mörder Sitte unterwegs wäre. Der Wilhelm Naas wurde mit einem Hammer erschlagen wie Wilhelm der Vierte, und die arme Vera Distel wurde nach dem Vorbild der Alveradis von Molbach gerichtet. Dies muss geplant gewesen sein. Dafür sprechen auch die Nachrichten, die an mich gehen.«

»Und wieso an dich?«, fragte Benny.

»Das ist eine gute Frage, mein lieber Junge. Einerseits muss der Mörder wissen, dass ich mich in der Geschichte der Eifel auskenne. Die historischen Hintergründe dieser Untaten sind mir wohlbekannt. Zudem ist davon auszugehen, dass mich mit dem Mörder etwas Persönliches verbindet.«

»Was mit Gerda zusammenhängt«, ergänzte Rita.

Lorenz nickte. »Gerda. Wenn wir wüssten, was ihr damals zugestoßen ist, wären wir der Lösung sicherlich ein gutes Stück näher. Hast du dir den Fall noch einmal angeschaut?«

»Ja«, sagte Rita. »Aber auf die Schnelle hab ich nichts Griffiges entdeckt. Paul hat sich dieser Sache angenommen.«

»Gut«, meinte Lorenz. »Dein großer Freund ist ein guter Bulle. Wenn da in den Akten noch etwas drin ist, was bisher übersehen worden ist, dann könnte er es finden – oder du.«

Rita legte ihrem Großvater eine Hand auf die seine und drückte sie. »Wenn es da etwas gibt, wird Paul es finden.«

23. Kapitel

Lorenz sah Benny hinterher, der gedankenverloren und mit gesenktem Kopf der Grabungsstätte den Rücken kehrte und langsam in Richtung Waldrand ging, wo sich der Grillplatz befand.

»Lass ihn gehen«, sagte Bärbel und legte Lorenz eine Hand auf die Schulter. »Er braucht jetzt ein bisschen Zeit für sich und seine Gefühle und Erinnerungen.«

»Ja, das ist hart«, meinte Gustav. »Gerade frisch verliebt und so brutal getrennt. Das kann ein junges Herz zum Weinen bringen.«

»Ich will es mir gar nicht vorstellen«, pflichtete Alexander ihm bei und sah Gustav tief in die Augen. »Du lernst jemanden kennen, verliebst dich, hoffst auf mehr, und dann – zack, alles vorbei, bevor es überhaupt angefangen hat. Der Junge tut mir leid.«

»Aber eben das«, grummelte Lorenz. »Es hat doch noch gar nicht angefangen. Er kannte das Mädchen doch überhaupt nicht.«

»Aber die beiden waren schon sehr intim geworden.«

»Das verstehe ich sowieso nicht.« Lorenz schüttelte den Kopf. »Der Junge ist ein wunderbarer Prachtkerl, aber ich kapier nicht, was er sich dabei gedacht hat.«

»Ach Lorenz«, sagte Bärbel sanft und lächelte nachsichtig. »Du hast so etwas vielleicht nie gemacht, aber so ungewöhnlich ist es nicht, dass zwei Menschen sich gerade kennenlernen und sofort zur Sache kommen. Ich finde das in Ordnung.«

»Hast du denn so etwas auch gemacht?«, fragte Lorenz zweifelnd. Bärbels Lächeln wurde tiefgründiger. »Mein Lieber, du solltest vielleicht besser keine Fragen stellen, deren Antwort du möglicherweise nicht gerne hören möchtest.«

»Nun gut, dann ziehe ich die Frage zurück«, knurrte der Alte.

»Ich unterbreche euch ja ungern, aber schaut euch das mal an«, sagte Gustav und wies in die Richtung, in der sie Professor Gräbeldinger, den Leiter der Grabung, mit Rolf Naas, den Sohn des ermordeten Wilhelm Naas, miteinander streiten sehen konnten.

»Ei, die haben ein Problem«, meinte Lorenz. »Da wüsste ich gerne, worum es geht. Lasst uns mal etwas näher herangehen.«

»Ist doch klar, worum es da geht«, entgegnete Alexander Grosjean. »Der Sohn will bestimmt jetzt über das Anwesen verfügen, und diese Grabung stört ihn gewaltig.«

»Glaub ich nicht«, meinte Gustav. »Der junge Naas hat eher kein Interesse an dem Megastall, den sein Vater errichten wollte, überhaupt hängt er nicht an der Landwirtschaft.«

»Aber irgendeinen Konflikt wird es geben«, sagte Lorenz und setzte sich in Bewegung. Er schlenderte wie ziellos über das Gelände und kam dabei den beiden Männern näher. So konnte er hören, wie Rolf Naas sagte: »Irgend jemand hat meinen Vater auf dem Gewissen, und ich will das geklärt haben.«

Professor Gräbeldinger antwortete: »Ich habe Ihnen bereits gesagt, was ich davon halte. Machen Sie damit, was Sie wollen.« Dann sahen die beiden Lorenz näherkommen und verstummten. Der junge Naas ging wortlos an Lorenz vorbei und sah ihn dabei mit grimmiger Miene an. Gräbeldinger grinste freudlos. »Da ist ja unser Opa Bertold. Ich habe gehört, Sie haben meine beste Studentin gefunden?«

»Leider«, antwortete Lorenz. »Kannten Sie das Mädel näher?«

»Nicht wirklich«, sagte der Professor. »Wie man halt seine Studenten kennt. Ist eine schlimme Sache, nicht wahr?«

»Sicher. Wie geht es jetzt hier weiter?«

»Nun ja. Ich habe hier ein Team von Anfängern. Nun hat sich eine Archäologin angemeldet, die diese Region für den Landschaftsverband Rheinland betreut. Mal sehen, was sie will.«

»Das kann ich Ihnen sagen.« Eine hochgewachsene, schlanke Frau trat zu den beiden. »Katharina Erkens«, stellte sie sich vor.

»Ich grüße Sie, Frau Doktor Erkens«, sagte Gräbeldinger und reichte ihr die Hand. »Darf ich Ihnen Lorenz Bertold vorstellen? Er hat die Grabung hier angeregt und erste Funde gemacht.«

Lorenz gab der Wissenschaftlerin ebenfalls die Hand. Diese musterte ihn streng. »Nun ja, löblich. Heimatkundler, nehme ich an.«

»So kann man es nennen«, bestätigte Lorenz.

Dann wandte sich Katharina Erkens wieder Gräbeldinger zu. »Wir müssen uns mal unterhalten. Abgesehen von dem schrecklichen Vorfall, der sich hier anscheinend ereignet hat, würde es mich interessieren, auf welcher Grundlage Sie hier archäologische Arbeiten durchführen. Aus meiner Sicht hat es da einige bedauerliche Missverständnisse gegeben.«

»Welche Art von Missverständnissen meinen Sie?«, fragte der Professor und lud die Archäologin mit einer Handbewegung ein, mit ihm ein Stück zu gehen. Mit der anderen Hand gab er Lorenz einen Wink, den dieser als Verabschiedung interpretieren musste.

Der Alte sah sich um. In einiger Entfernung sah er Bärbel, Gustav und Alexander, die in einer angeregten Diskussion vertieft schienen. Dann sah er, wie Alexander sich von den anderen verabschiedete und das Areal verließ. Lorenz ließ seinen Blick weiterschweifen bis zu dem Grillplatz, wo er Benny vermutete, jedoch nicht entdecken konnte. Er murmelte leise: »Der alte Kommissar schien gerade von niemandem vermisst zu werden. Das deutete er als ein Zeichen, einmal allein seines Weges zu gehen.«

Langsam schlenderte er vom Gelände, schlug den Weg in Richtung Waldrand ein. Am Grillplatz angelangt, suchte er nach Benny, fand ihn jedoch nicht, und wandte sich dann nach rechts, wo ein steiler Weg in den Wald hineinführte. Lorenz wusste, dass dieser Pfad ihn bis auf die Höhe des Odenbleuel führen würde, sofern er ihm lange genug folgen würde. Die starke Steigung zu Beginn wurde bald sanfter. Lorenz musste sich nicht auf den ihm altbekannten Weg konzentrieren und ließ seine Gedanken schweifen. Das satte Grün der Bäume ließ die Sonne nicht unter ihre dichten Wipfel dringen. Es war angenehm schattig und kühl. Er spazierte in gemütlichen, kleinen Schritten, die ihm wenig Kraft abverlangten. Es war nicht wichtig, welche Strecke er zurücklegen konnte, bis irgendetwas ihn zur Umkehr bewegen würde. Von unten drangen noch vereinzelte Rufe an sein Ohr. Doch bald wurden diese Geräusche geschluckt von der seltsamen Stille des Waldes, die eigentlich keine war. Als seine Ohren sich an die Umgebung gewöhnt hatten, vernahm er das Rascheln von Mäusen im Laub, manchmal auch das lautere Geraschel, wenn eine Amsel durchs Unterholz hüpfte, das Summen der Insekten, das Rauschen der Baumwipfel im Wind. Dann wieder ein Rascheln am Boden, sehr viel lauter als eben noch und ein Sirren in der Luft, als würde irgendetwas sehr schnell auf seinen Kopf zukommen. Dann krachte es an seinen Schädel. Bevor er sich darüber wundern konnte, knickten seine Beine ein, und er verlor das Bewusstsein.

Benny betrachtete die satten Wiesen, die sich oberhalb des Odenbaches weithin erstreckten. Der Ort wirkte nun, im hellen Sonnenlicht, ganz anders als am Abend zuvor. Da hatte er aber dies alles nur als undeutlichen Hintergrund wahrgenommen. Vera hatte seine Sinne ganz und gar ausgefüllt, alles andere war nur Kulisse gewesen. Nun kam er sich selbst ein wenig wie der undankbare Teil einer Kulisse vor. Eine Randfigur in einem Mordfall, den er nicht verstand. Bislang hatte er das Verbrechen als spannendes Ereignis wahrgenommen, auch komisch manchmal, wenn Opa Bertold die Ermittlungen aufnahm. Nun war er so sehr mitten darin, dass es schmerzte. Benny wusste, dass ihn die Tatsache, dass er mit Vera kurz vor ihrem gewaltsamen Ende geschlafen hatte, auch in den Kreis der Verdächtigen hineinzog. Doch dies machte ihm keine Angst. Die Wahrheit würde schon ans Licht kommen. Jedoch bereitete ihm die Möglichkeit, der Mörder könnte sie gestern hier beobachtet haben, großes Unbehagen. Und er spürte einen schrecklichen Verlust, obwohl er das Mädchen noch gar nicht wirklich kennengelernt hatte. Vermutlich bildete er sich nur ein, dass sie eine wunderbare gemeinsame Zukunft gehabt hätten. Dass sie sich ernsthaft ineinander verliebt hätten, ihr Leben gemeinsam gestaltet und vielleicht sogar eine Familie gegründet hätten. Wahrscheinlich wäre es eher ein kurzer, heißer Sommer geworden, dann wäre sie an die Uni und zu ihren sonstigen Freunden und Lebensgewohnheiten zurückgekehrt. Aber dann wäre es eben so gewesen, sie hätten es in der Hand gehabt. Es wäre der normale Verlauf gewesen, aus den verschiedenen Möglichkeiten hätte sich eine realisiert. Nun hatte jemand anderes entschieden, dass es nicht weitergehen sollte. Nicht in diese Richtung und nicht in jene. Dieser Jemand hatte Veras Leben genommen und alle Möglichkeiten zunichtegemacht. Benny empfand dies als Störung des Weltenlaufs, ein gewaltsamer Einbruch in seinen eigenen persönlichen Ablauf der Dinge. So hatte es nicht sein sollen. Es stieg eine Wut in ihm auf, die sich bis zu diesem Moment noch irgendwo in seinem Innern versteckt hatte. Er hatte Lust, laut zu schreien, einfach alle Kraft seiner Lungen zusammenzunehmen und diese Wut herauszuschreien. Doch diese blumenübersäte Sommerwiese bat ihn um Stille. Und er blieb still. Und in diese Ruhe, die sich in ihm und um ihn herum ausbreitete, schien sich jetzt ein seltsames Geräusch einzuschleichen. Etwas, das er nicht bewusst wahrnehmen und erst recht nicht zuordnen konnte, aber es war ihm, als sei etwas geschehen.

Benny ging am Waldrand endlang bis zu der Wegbiegung, an der der Grillplatz lag. Von hier konnte er auch in die Richtung des Waldes sehen, aus dem das Geräusch vermutlich gekommen war. Wenn er die Straße herab und auf die Grabungsstätte sah, konnte er die Stimmen der Studenten identifizieren, die dort arbeiteten. Benny wandte sich um und sah in den Waldweg hinein, der in das Dunkel des Waldes führte. War das Geräusch von dort gekommen? Leichtfüßig lief er den Pfad hinauf. Die Steilheit des Weges spürte er nicht, seine jungen Beine waren gut trainiert. Der Weg machte eine Biegung, war nun über vierzig oder fünfzig Meter weit einsehbar. Da war nichts. Benny suchte den linker Hand in einem steilen Hang ansteigenden Waldboden mit den Augen ab. Außer einer achtlos weggeworfenen Getränkedose sah er nichts, was dort nicht hingehörte. Benny wandte sich um und ging zurück. Auf der anderen Seite des Weges fiel der Hang weiter in Richtung einer darunterliegenden Kuhweide ab. Dort lag wesentlich mehr Müll, den vermutlich Spaziergänger dort hinterlassen hatten. Offenbar warfen die Leute ihren Müll beim Spazierengehen lieber irgendwo herunter als herauf. Er wollte seinen Blick kopfschüttelnd wieder auf den Weg richten, als ihm etwas auffiel, was er dort nicht erwartet hätte. Er trat näher und hob den Gehstock auf, der dort im Unterholz gelegen hatte. Schrecken durchzuckte den jungen Mann. Dann rief er, so laut er konnte: »Opa Bertold! Lorenz! Bist du hier irgendwo?«

Niemand antwortete.

24. Kapitel

Lorenz war es seit Jahren gewohnt, dass das Aufwachen ein nicht immer schmerzfreier Vorgang war. Doch diesmal war es wirklich mehr als schlimm. Sein Hirn produzierte einen pochenden Schmerz im Rhythmus seines Herzschlages. Dennoch ließ er es sich nicht nehmen, die unschöne Situation durch Kommissar Wollbrand kommentieren zu lassen: »Der in Ehren ergraute Ermittler hatte in dem schmerzhaften Moment des Aufwachens nur einen einzigen klaren Gedanken in seinem übel lädierten Schädel: Er war zu alt für diesen Scheiß.«

Der Kopfschmerz war so stark, dass Lorenz nicht spürte, ob seine Augen auf oder geschlossen waren. Sehen konnte er jedenfalls nichts. Er riss die Lider bewusst ganz weit auf, auch wenn dies besonders wehtat. Dann wurde ihm klar, dass entweder der Schlag auf den Kopf seinen Sehnerv außer Gefecht gesetzt hatte oder er sich in absoluter Dunkelheit befand. Der Alte beschloss, Letzteres anzunehmen. Neben dem Kopfschmerz spürte er ein seltsames Schwindelgefühl und eine auf dem Magen lastende Übelkeit. Vermutlich hatte er eine Gehirnerschütterung davongetragen. Ein seltsamer Geruch in der Nase und ein entsprechend ekliger Geschmack im Mund wiesen allerdings auch daraufhin, dass die Übelkeit vermutlich nicht nur von einem Schlag auf den Kopf herrührte. Leise brummte er: »Kommissar Wollbrand kannte solche Situationen. Er wusste, nun war es von entscheidender Wichtigkeit, seine Aufmerksamkeit nicht etwa sich selbst, sondern seiner Umgebung zu widmen.«

Er lauschte angestrengt auf Geräusche, die an sein Ohr drangen. Es war absolut nichts zu hören. Kein Straßenverkehr, keine Tierstimmen aus dem Wald, keinerlei Geräte, die brummen oder knarren würden, gar nichts. Fieberhaft überlegte er, welche Art von Räumlichkeit jedes Quäntchen Licht und jedes Geräusch fernhalten könnte. Ein massiver Keller? Ein unterirdischer Bunker vielleicht? Lorenz überlegte, ob es in der Gegend um Blens solche Bunker gab. Dann fiel ihm ein, dass er keine Vorstellung davon besaß, wie lange er bewusstlos gewesen war. Im Grunde genommen hätte er überall sein können. Aber Lorenz beschloss anzunehmen, dass er nicht weit fortgeschafft worden war. Ein Schlag auf den Kopf nebst Gehirnerschütterung hielt sicher nicht so lange vor, dass man ihn ohne zusätzliche Betäubung hätte weit weg transportieren können. Da er in der direkten Umgebung keine intakten Bunker kannte, beschloss er, in einem Kellerraum zu sitzen. Das führte ihn zu der nächsten Überlegung. Er saß. Und er war nicht gefesselt. Lorenz versuchte aufzustehen. Dies ließ zwar den Schmerz in seinem Hirn explodieren, war aber unumgänglich. Langsam und wackelig erhob er sich. An seinem Rücken spürte er eine Wand, die sich rau und grob anfühlte. Stein. Er hob seine Hände und stieß knapp über seinem Kopf auf eine Decke. Er fasste in etwas hinein, das sich wie Staubfäden oder Spinnweben anfühlte. Dann krabbelte etwas an seinen Fingerspitzen herum, und er zuckte zurück. Also Spinnweben. Das bedeutete aber auch, dass dieser Raum nicht immer komplett abgedunkelt sein konnte. Langsam tastete er sich vorwärts, bis er an die gegenüberliegende Wand stieß. Er hatte vergessen, die Trippelschritte zu zählen, schätzte aber, dass der Raum nicht mehr als vier Meter in dieser Richtung maß. Dann wandte er sich zur Seite, um die nächste Wand zu erreichen. Auf diese stieß er sofort. Kein Regal, keine Bilder, keine Tapete. Er machte kehrt und durchmaß den Raum in der anderen Richtung. Lorenz stellte fest, dass er sich in einem völlig nackten, etwa quadratischen Raum befand. Als Nächstes musste er herausfinden, wo die Tür war. Er hockte sich einen Moment auf den Boden, weil die Kopfschmerzen wieder zu stark wurden. In diesem Moment ging das Licht an.

Bärbel und Gustav schauten fassungslos auf den Gehstock, den Benny in seiner Hand hielt.

»Um Gottes willen!«, rief Bärbel. »Was ist mit Lorenz geschehen?«

»Keine Ahnung«, antwortete Benny. »Ich ging den Waldweg hoch, weil ich mir eingebildet hatte, dort etwas Seltsames gehört zu haben. Da war niemand, nichts zu sehen oder zu hören, und Opa Bertolds Stock lag allein am Wegesrand.«

»Was hattest du denn Verdächtiges gehört?«, fragte Gustav.

Benny schüttelte den Kopf. »Ich kann es nicht sagen. Ich war so in Gedanken, und dann hatte ich das Gefühl, dass da etwas gewesen wäre. Ich kann es nicht beschreiben. Irgendetwas habe ich vielleicht unbewusst gehört, aber was das war – ich weiß es wirklich nicht. Keinen Schimmer.«

»Wie dumm, dass die Polizei nicht mehr vor Ort ist«, meinte Gustav.

Bärbel zog ihr Telefon hervor. »Ich habe Rita Bertolds Nummer gespeichert. Rufen wir sie an.«

»Gute Idee«, stimmte Benny zu. »Sie wird wissen, was zu tun ist.«

Das Licht schmerzte in seinen Augen. Lorenz schloss die Lider und schirmte sie mit einer Hand ab. »Muss das denn sein?«, fragte er.

Die Antwort kam prompt in Form einer seltsam anmutenden Lautsprecherstimme: »Ich denke, das muss sein. Offensichtlich war der Schlag auf den Kopf nicht zu heftig. Ich wusste nicht genau, wie fest man bei einem so alten Sack zuschlagen darf.«

Die Stimme kam aus einem Gerät, das Lorenz nicht lokalisieren konnte, und war auf extrem verfremdet. Es war nicht einmal möglich, das Geschlecht des Sprechers zu bestimmen, jedoch ging Lorenz aufgrund der Wortwahl von einem Mann aus.

Der Alte knurrte: »Was heißt hier zu heftig? Es war nicht hart genug, um mich zu töten, aber auch nicht leicht genug, dass ich jetzt nicht einen bitterbösen Brummschädel hätte. Was soll das?«

Die Antwort ließ auf sich warten. Das gab Lorenz die Gelegenheit, seine Augen an die Helligkeit zu gewöhnen und sein Gefängnis zu betrachten. Der Raum war tatsächlich völlig kahl. Auffällig war das Fehlen sowohl von Fenstern als auch einer Tür. Doch da er irgendwie hier hereingekommen war, musste es auch eine Öffnung geben. Alles, was er sehen konnte, war eine nackte, mit weißer Farbe bekleckerte Glühbirne, so wie sie vielleicht Handwerker in Rohbauten benutzten. Dann entdeckte er endlich doch einen Lautsprecher und auch ein Gerät, das wie eine winzige Kamera aussah. Das bestätigte dann auch die Stimme: »Da glotzen Sie aber blöd. Richtig, Sie sehen in eine Webcam.«

»Da haste jetzt Spaß dran, oder?«, brummte Lorenz.

»Nicht wirklich«, plärrte die Antwort aus dem Lautsprecher. »Aber wenn ich will, stelle ich eine Live-Übertragung von Opa Bertold ins Internet. Mal schauen, wer das witzig findet.«

»Was soll das?«, fragte Lorenz wieder. »Warum bin ich hier?«

»Später«, sagte die Stimme und verstummte. Nichts weiter. Dann erlosch das Licht. Lorenz stand wieder im Dunkeln. Er ärgerte sich, dass er seinen Kidnapper nicht danach gefragt hatte, was er ihm gegeben hatte. Der widerliche Geschmack in seinem Mund wäre einfacher zu ertragen gewesen. Nach ein paar Sekunden merkte er, dass seine Beine zitterten. Er ließ sich auf dem Boden nieder, der sich sehr kalt anfühlte. Daher schob er sich auf die Hacken hoch, wie ein Kind, das im Sandkasten spielt, und hoffte, dass seine Beine diese Stellung eine Zeit lang aushalten würden. Das Zittern übertrug sich auf seinen ganzen Körper. Lorenz fragte sich, ob dies die Auswirkung der Gewalt war, die man ihm angetan hatte, die Kälte oder aber vielleicht auch einfach Angst. Er horchte in sich hinein und glaubte festzustellen, dass er keine Angst verspürte. War er jetzt in der Hand des Mörders? Und vor allem, war es derselbe Täter, der auch Gerda auf dem Gewissen hatte? Wenn das so war, und Lorenz zweifelte nicht daran, dann stand er kurz davor, die schmerzhafteste Lücke seines Lebens zu schließen. Wenn er dabei selbst sterben sollte – davor grauste es ihn nicht. Er hatte sein Leben gelebt, was konnte jetzt noch Großartiges kommen? Er hatte eine erwachsene Enkelin, seine Frau Maria war schon zwei Jahre tot, er selbst – nun ja. Jeder Tag war wertvoll, aber andererseits … Das Rätsel um Gerdas Verschwinden wollte er noch lösen, dann sollte es ruhig mit ihm zu Ende gehen. Bärbel kam ihm in den Sinn. Würde sie sehr traurig sein? Vermutlich. Aber wäre es dieselbe Trauer, die ihn gepackt hatte, als Gerda verschwand? Oder als Maria starb? Wohl kaum. War nicht alles, was er nun noch erleben konnte, kaum mehr als eine schwächere Variation des eigentlichen Lebens, das lange hinter ihm lag? Blasse Kopien der Originalbilder, die in seine Seele eingebrannt waren?

Lorenz beschloss, sich mit diesen Fragen nun besser nicht mehr zu beschäftigen. Er hatte alles Wesentliche bereits für sich durchdacht, was das anging. Nun kam es darauf an, sich auf diese Situation hier und jetzt zu konzentrieren. Und wenn es das Letzte sein würde, was er tat.

»Hier war's.« Benny wies auf die Stelle, wo er Lorenz' Gehstock gefunden hatte.

»Gut«, sagte Rita. »Dann mal bitte diesen Bereich räumen. Jungs, ihr seid dran!«

Sie hatte ihr Spurensicherungsteam aus Köln anrücken lassen. Nun machten sich ein halbes Dutzend Spezialisten daran, den Boden nach Zeichen abzusuchen, die das Verschwinden Opa Bertolds erhellen konnten.

Rita trat mit Benny, Bärbel und Gustav beiseite. »Hier können wir jetzt erst einmal nichts tun. Sein Handy ist ausgeschaltet. Das würde er, denke ich, nicht tun, abgesehen davon, dass er seinen Stock nicht freiwillig liegen lässt. Wer von euch hat ihn denn weggehen sehen?«

Die vier sahen sich fragend an. Bärbel antwortete: »Wir standen noch zusammen und beobachteten den Professor und den Sohn des ermordeten Bauern, die miteinander sprachen.«

»Sie stritten sich«, warf Gustav ein.

»Meinetwegen«, sagte Bärbel. »Jedenfalls ging Lorenz näher, um etwas von dem Streitgespräch mitzubekommen. Wir blieben etwas zurück. Dann sah ich noch, wie Lorenz mit dem Professor und einer anderen Frau sprach, und beim nächsten Hingucken sah ich keinen der drei mehr da stehen.«

»Stimmt, mehr weiß ich auch nicht«, ergänzte Gustav. »Und Benny, du warst gar nicht da, oder?«

»Ich war am Grillplatz, da, wo ich gestern mit Vera gewesen bin.«

»Das ist wenig«, grübelte Rita. »Ihr habt nicht gesehen, ob er das Gelände allein oder in Begleitung verlassen hat?«

Die anderen schüttelten den Kopf. Ein Mann aus dem Spurensicherungsteam kam auf sie zu. »Frau Bertold, wir haben etwas gefunden.« Er hielt eine Plastiktüte in der Hand, in dem ein Tuch enthalten war. »Das ist ein Tuch, welches mit einer Flüssigkeit getränkt ist. Ich tippe auf Halothan, wie es auch im Falle der Studentin verwendet wurde. Wir werden versuchen, DNA von Opfer und Täter zu isolieren. Weitere augenscheinliche Spuren haben wir noch nicht gefunden. Ich empfehle den Einsatz eines Mantrailers.«

Rita nickte. »Sehr gut – ich habe das schon angeleiert, es steht ein Team auf Abruf bereit. Ich kümmere mich darum.«

»Was ist das?«, fragte Benny. »Mantrailer?«

»Ein Personenspürhund«, antwortete Rita. »Ich habe schon vorab einen angefragt, weil ich befürchtete, dass wir hier ganz schnell sein müssen und ohne einen solchen Spezialisten nicht weiterkommen werden. Benny, neben Opas Stock hätte ich gerne noch weitere Sachen von ihm. Am besten getragene Kleidung, an denen sein Geruch haftet. Kümmerst du dich darum? Und bitte nicht direkt anfassen, wenn's geht. Ich will hier jetzt nicht weg, gebe dir aber einen Kollegen mit. Okay?«

»Aye, Sir Mam«, antwortete Benny.

Bärbel fasste Rita an einer Hand und sagte mit zitternder Stimme: »Jetzt ist es ernst, nicht wahr? Ich habe solche Angst.«

Rita drückte Bärbels Hand. »Ich auch, Bärbel. Ich auch. Aber meine Intuition sagt mir, dass Opa noch am Leben ist. Der Täter hat etwas Besonderes vor. Das gibt uns etwas Zeit. Zeit, die wir nutzen werden, verlass dich drauf.«

Seine Hände zitterten, als er die Kerzen entzündete. Waren es der Schmerz, die Nebenwirkungen der Medikamente oder doch die Erregung, die er nicht mehr ganz unter Kontrolle bekam, seit die Dinge ins Rollen gekommen waren?

»Brennen sollst du, brennen vor Schmerz«, flüsterte er und nahm einen Zeitungsausschnitt. Langsam führte er das vergilbte Papier an die Kerzenflamme. Es fing Feuer, noch bevor es die Flamme selbst berührt hatte. Das Foto darauf verschwand. Der Mann starrte das sich auflösende Bild an und presste die Finger zusammen, als die Glut sie erreichte. Er ließ nicht los, bis nur noch Asche übrig war.

Lorenz wusste nicht, wie lange er so gehockt hatte. Als das Licht wieder anging, waren seine Beine jedenfalls so steif, dass er beim Versuch aufzustehen zur Seite kippte und erst einmal liegen blieb. Er hatte einen unflätigen Fluch auf der Zunge, behielt diesen aber für sich. Immerhin wurde er ja von einer Kamera überwacht. Jetzt wurde ihm bewusst, dass er tatsächlich eingeschlafen war. Wirre Traumfetzen hafteten noch im Gedächtnis, nichts davon sagte ihm etwas, außer das eine: Er hatte Angst. Lorenz musste sich eingestehen, womit er nie gerechnet hätte. Er hing an seinem Leben, er hatte Freude daran und wollte es gerne noch eine Weile genießen. Und er war nicht bereit, jetzt aufzugeben, obschon seine Chancen eher schlecht zu stehen schienen.

»Warum knipst du das Licht noch an, bevor du es mir ausknipst?«

Es dauerte eine ganze Weile, bis die seltsam verzerrte Stimme aus dem Lautsprecher antwortete: »So einfach kommst du mir nicht davon, du Schwein!«

Lorenz grummelte leise: »Kommissar Wollbrand hatte das Gefühl, einen Nerv getroffen zu haben. Und er hoffte noch zu erleben, was das war.« Und laut sagte er: »Ich will vielleicht davonkommen. Aber in erster Linie will ich ein Bett, einen vernünftigen Kaffee und ein Klo. Wenn ich das nicht bekomme, passieren hier schlimme Dinge.«

Er wunderte sich selbst, wie lässig er diesen Unsinn von sich geben konnte. Und wieder dauerte es eine ganze Weile, bis die Entgegnung kam: »Wie jetzt? So was gibt's nicht.«

Lorenz wunderte sich, warum der Mörder für diesen dummen Satz so lange gebraucht hatte. Das traute er sich jedoch nicht zu äußern, und so wartete er einfach stumm ab, was weiter geschehen würde.

Dann meldete sich die Stimme wieder: »Bevor ich entscheide, was mit dir passiert, will ich eins wissen: Wie kann ein alter Mann, der so nett daherkommt, so böse sein?«

Lorenz antwortete: »Böse? Man nennt mich kauzig, schräg, starrköpfig und stur, anstrengend, seltsam, ja sogar unmöglich. Aber böse? Das ist mir neu. Gefällt mir aber.«

»Das ist kein Witz hier!«, schrie es aus dem Lautsprecher. »Du glaubst wohl, wir machen hier nur ein kurzes nettes Interview?«

Lorenz sah in die Kamera und schüttelte langsam den Kopf. »Nein, das glaube ich nicht. Aber was willst du denn von mir? Diese seltsamen Sprüche, die Rätsel, für deren Lösung ich nicht einmal annähernd genug Zeit bekam, das ergibt doch alles keinen wirklichen Sinn. Ist dir das bewusst oder fehlen mir noch ein paar Bausteine? Bin ich hier, damit du mich kurz vor meinem Ende noch aufklärst? So machen das doch die Bösewichte im Film.«

»Was soll das heißen?« Die Stimmverzerrung konnte den verwirrten Unterton nicht verbergen. Lorenz hatte das Gefühl, die Situation langsam in den Griff zu bekommen. Er wusste nicht, wie empfindlich das Mikrofon war, das ihn belauschte, deshalb verbot er Kommissar Wollbrand einen passenden Kommentar. »Soll heißen, dass du mir keine

Angst machen kannst. Bring mich um, wenn du dem natürlichen Lauf der Dinge ein paar Tage vorgreifen willst, aber erleichtere dein Gewissen vorher, indem du mir sagst, was mit Gerda geschehen ist. Du hast sie doch auf dem Gewissen, nicht wahr? Was hat es mit dem Bild auf sich, das du übermalt hast? Wie ist sie gestorben? Das bist du mir schuldig, dann mach mit mir, was du willst. Es wird dich erleichtern, glaub mir. Und im Übrigen muss ich mich jetzt auch ganz dringend erleichtern, sonst passieren hier in diesem engen Raum Dinge, die du wirklich nicht sehen willst.«

Es blieb lange Zeit still. Lorenz bildete sich ein, aus dem Lautsprecher so etwas wie hektisches Atmen zu hören. Dann meldete sein Entführer sich wieder. »Du kannst aufs Klo gehen. Aber erst wenn ich weiß, warum du das alles getan hast.«

»Was getan?«

»Diese Morde natürlich. Der alte Naas, die Studentin, das ergibt doch alles keinen Sinn!«

Lorenz schüttelte verwirrt den Kopf. »Ja, bist du denn des Teufels? Hast du etwa in den Spiegel geschaut und darin mein Frätzchen gesehen? Verwechselst du da nicht etwas?«

Erneut waren hektische Atemzüge zu vernehmen, dann knackte es im Lautsprecher, und das Licht erlosch. Lorenz saß wieder im Dunkeln, noch verwirrter als vorhin. Selbst Kommissar Wollbrand war verdutzt und bot keinerlei Kommentare an.

Der Golden Retriever gab kurz Laut und setzte sich in Bewegung, als wüsste er genau, wohin er zu gehen hatte. Die Kommissarinnen Rita Bertold und Ella Kock folgten dem Hund und seinem Führer in einigen Metern Abstand. Es ging flott den Waldweg hinab und auf die Straße, die zu der Grabungsstätte und zum Haus des alten Naas führte.

»Den Weg ist Opa hochgegangen«, rief Rita. »Das bringt nichts.«

»Lassen Sie mal«, entgegnete der Hundeführer. »Frodo soll ruhig dieser Spur folgen. Wenn diese nachvollziehbar ist und nicht zum Zielobjekt führt, gehen wir halt an den Ausgangspunkt zurück.«

Bald blieb der Hund an dem umgegrabenen Grundstück des Wilhelm Naas stehen und schlug an. Ella meinte: »Kluger Köter. Hierher hätte selbst ich es geschafft. Können wir jetzt richtig anfangen?«

Nachdem Frodo sich auf eine Weise, die weder Ella noch Rita verstanden, mit seinem Partner ausgetauscht hatte, kehrten sie zu der Stelle zurück, an der Opa Bertold seinen Stock unfreiwillig hatte liegen lassen. Zu ihrer Überraschung ging der Hund nun ohne zu zögern in einer anderen Richtung weiter. Sie stiegen eine Zeit lang bergan, bis ein kleiner Trampelpfad, kaum als ein solcher zu erkennen, rechts durchs Unterholz abwärtsführte. Der Hund folgte diesem Pfad, und bald hatten sie den Wald verlassen und standen auf einer offenen Wiese. Linker Hand, noch ziemlich weit entfernt, kam eine Kläranlage in Sicht. Frodo wandte sich nach rechts, strebte wieder dem Ort zu. Sie erreichten Blens an der Rückseite des Friedhofs. Von dort waren es nur wenige Schritte bis zum Naas'schen Grundstück. Dorthin zog es den Personenspürhund wiederum mit Macht. Er sprang an der Wand einer alten Scheune hoch und gab Laut. Dann wandte er sich plötzlich ab, zog die Ermittler hinter sich her und führte sie zum Eingang des Wohnhauses, an dessen Eingangsbereich der Name *Naas* in hölzernen Lettern prangte.

»Ach geh«, dröhnte Ella. »Kennt der Wuff denn nix anderes? Hier hat er den Opa doch schon wieder gerochen, das gilt nicht.«

Der Hundeführer meinte: »Rita, kannste der Kollegin mal sagen, sie soll hier keine negativen Schwingungen verbreiten? Frodo ist ein sensibler Spezialist, so was macht ihn kirre.«

»Bin ja schon still«, sagte Ella in einer Lautstärke, die ihre Aussage nicht sonderlich glaubhaft erscheinen ließ.

»Was machen wir jetzt?«, fragte Rita. »Kann es sein, dass der Hund die Spur verloren hat und wieder zu den präsenten Gerüchen hier zurückgekehrt ist, weil es so nah liegt?«

Der Kollege schüttelte den Kopf. »Schwer zu sagen, aber das halte ich für unwahrscheinlich. Diese Spur ist für Frodo eine leichte Übung. Er kann eine Person auch noch verfolgen, wenn sie im Auto durch die Stadt transportiert wird. Ein Fußweg durch Wald und Wiesen ist dagegen ein Kinderspiel. Ich bin überzeugt davon, dass der Opa Bertold hier wieder vorbeigekommen ist.«

»Und dann?«

»Kann ich nicht sagen. Wir könnten jetzt versuchen, Kreise um dieses Grundstück zu ziehen und schauen, ob Frodo noch einen weiteren Trail ausmachen kann, der von hier in einer anderen Richtung wegführt.« Er kraulte seinen Hund, der sich in diesem Moment sichtlich anspannte. Im nächsten Moment öffnete sich die Tür, und Rolf Naas trat heraus. »Hallo zusammen«, sagte er.

»Hallo, Herr Naas«, antwortete Ella. »Sind Sie mit dem Nachlass Ihres Vaters beschäftigt?«

Der junge Mann lächelte unsicher. »Weiß nicht, wie Sie das meinen. Ich sagte Ihnen ja, von dem landwirtschaftlichen Betrieb habe ich keine Ahnung, und die privaten Sachen meines alten Herrn sind nicht sonderlich interessant für mich. Aber ich muss ja dennoch nach dem Haus sehen.« Er trat näher und streckte eine Hand aus, um den Hund zu streicheln. Der Polizist sagte schnell: »Bitte nicht. Der Hund ist im Einsatz. Nicht berühren!«

Naas zog seine Hand wieder fort, doch Frodo schlug kurz an und folgte ihm. »Sehen Sie, er mag mich aber«, meinte Naas. Der Golden Retriever machte einen Satz nach vorne, jedoch an dem Mann vorbei in die offene Haustür. Dort blieb er bellend stehen.

Ella sah den Hund an, dann Rolf Naas und dann Rita. »Denkst du auch, was ich denke?«, sagte sie. Rita nickte kurz, worauf Ella mit wenigen schnellen Schritten bei dem jungen Mann war und ihn recht unsanft packte. »Liebelein, ich wette, du kannst mir sagen, wo wir Lorenz Bertold finden, nicht wahr?«

»Was?«

»Du hast mich verstanden, Schnucki. Der Hund hat etwas gewittert, und einem gut ausgebildeten Köter traue ich mehr als jedem Kerl. Also, wo ist Opa Bertold?«

»Scheiße«, sagte Rolf Naas und dann, als Ella Kock noch etwas kräftiger zupackte: »Aua!«

Lorenz ging im engen Dunkel seines Gefängnisses unruhig auf und ab. Still sitzen oder stehen konnte er längst nicht mehr. Leise raunte er: »Der in Ehren ergraute Ermittler hatte tapfer versucht, seine Körperöffnungen weiterhin zu kontrollieren. Er war überzeugt davon, dies besser zu beherrschen als die meisten seiner Altersgenossen. Aber genug war genug.«

Er blieb stehen und öffnete seine Hose. Er war gerade dabei, sich die Unterhose vom Gesäß zu pellen, als sich über ihm die Decke mit einem knarrenden Geräusch öffnete. Tageslicht fiel durch die geöffnete Klappe, und schemenhaft konnte Lorenz die Köpfe mehrerer Personen erkennen.

»Opa!«, rief Rita.

»Hallo, mein Engel«, sagte Lorenz und bemühte sich, die Hosen schnell wieder in ihre Ausgangsposition zu bringen. »Wurde auch höchste Zeit, dass du kommst. Hast du auf dem Weg hierher vielleicht ein Klo gesehen?«

25. Kapitel

So, Hase«, sagte Ella Kock und sah Rolf Naas grimmig über den Tisch des Verhörraumes hinweg an. »Jetzt noch mal für Mädchen, also ganz langsam und verständlich: Was hast du dir dabei gedacht, den Opa Bertold zu entführen? Ist der alte Wirrkopf dir etwa auf die Schliche gekommen?«

»Wieso denn auf die Schliche gekommen?« Naas knetete nervös an einem Taschentuch, in das er schon einige Male geschnäuzt hatte. »Ich wollte doch ihm auf die Schliche kommen.«

»Liebelein, hab ich dir schon mal gesagt, dass mir Kerle dann ganz besonders auf den Sack gehen, wenn sie mich anlügen?«, dröhnte Ella. »Du hast deinen Vater erschlagen, weil du Angst hattest, er könnte mit diesem Bauprojekt dein Erbe verdaddeln. Und dann hast du dich in diese süße Studentin verguckt, die sich dann aber von einem anderen hat vögeln lassen. Und da wir uns ja einmal ans Töten gewöhnt haben, machen wir doch gleich weiter, weil's so schön war, oder nicht?«

»Um Gottes willen, nein, so war das doch gar nicht!«, rief Naas erregt aus. Erneut schossen ihm ein paar Tränen aus den geröteten Augen, die er mit dem längst überfälligen Taschentuch im Gesicht verteilte.

Die Kommissarin reichte ihm ein neues Tuch. »Ich kann Jungs nicht weinen sehen, da werd ich immer ganz weich«, knurrte sie. »Jetzt wisch dir mal den Rotz vom Näschen, und dann erzählst du Tante Ella alles, was sie wissen will.«

Naas schnäuzte sich mit dem frischen Tuch und nickte zustimmend. »Ich will ja alles erzählen. Ich bin kein Mörder. Meinen Vater habe ich geliebt, auch wenn er ein schräger alter Sturkopf war. Mit dem Hof habe ich doch gar nix am

Hut, nächstes Jahr bin ich mit dem Studium fertig und gehe als Ingenieur ins Ausland. Und für Mädchen interessiere ich mich gar nicht, wenn Sie wissen, was ich meine. Mord aus Eifersucht, das ist totaler Blödsinn. Mit den Morden habe ich nichts zu tun.«

»Dann sag mir, warum hast du den Alten gekidnappt?«

Naas senkte den Blick und starrte auf den Kaffeebecher, der halb geleert vor ihm stand. »Ich hatte so einiges gehört. Auf der Baustelle erzählte man sich, er sei in kriminelle Machenschaften verstrickt. Und er hatte sich mit meinem Vater gestritten, das wusste ich. Papa war stinksauer auf den Bertold, keine Ahnung warum, aber es war so. Und dann hab ich gesehen, dass der Alte bei der Polizei einen Stein im Brett hat. Die eine Kommissarin ist mit ihm verwandt, und kein Mensch verdächtigt ihn, und er kann herumspazieren und selbst so tun, als wäre er Bulle. Da war mir klar, dass ich die Wahrheit aus ihm herausholen musste.«

Ella Kock schüttelte ungläubig den Kopf. »Und da hast du ihn am helllichten Tage betäubt und ins Haus geschafft? Wie das?«

Naas winkte ab. »Och, das war gar nicht so schwer. Dieses Betäubungsmittel steht immer bei uns herum für die Viecher. Und ich musste nur den Moment abpassen, wo der Alte mal allein war. Er hat's mir echt leicht gemacht. Erst hab ich ihm eins mit 'nem Stock übergezogen, dann ein Tuch mit dem Zeug vor die Nase gehalten, bis er ganz weg war. Der Weg am Waldrand entlang ist einsam, und er stößt an die Rückwand unserer Scheune, von der aus man direkt ins Wohnhaus kommt. Ohne euren blöden Köter hättet ihr das doch nie bemerkt.«

»Jaja, der gute Frodo«, grinste Ella. »Und das mit dem Keller und der ganzen Elektronik? Den hat doch wohl nicht dein alter Herr eingerichtet?«

»Papa?« Rolf Naas lachte kurz, dann wurde er sich seiner Lage wieder bewusst und stockte errötend. »Nein, der alte Vorratsraum wurde schon lange nicht mehr genutzt. Aber die Elektronik war kein Problem, ich bin doch E-Techniker, und das bisschen Equipment kann man bei Conrad für unter hundert Piepen bestellen und in zehn Minuten installieren. Webcam, Mikro und Lautsprecher, direkt ans MacBook via Thunderbolt angeschlossen, alles easy.«

»Soso, alles easy«, knurrte Ella. »Darüber muss ich mit unseren Technikern aber mal sprechen.« Dann besann sie sich und fuhr fort: »Also, entweder bist du total matschig in der Birne oder aber der gerissenste Killer, den ich je gesehen habe. In beiden Fällen gehört dein Arsch mir, mein Bubilein. Ist dir das klar?«

»Nein«, antwortete Naas wahrheitsgemäß und sehr leise. »Was haben Sie denn jetzt mit mir vor?«

Ella griff an ihren Gürtel und legte ein Paar Handschellen auf den Tisch. »Da würde mir so einiges einfallen, wenn ich nicht eher auf – aber lassen wir das. Deine Geschichte überzeugt mich nicht. Du bleibst also dabei, dass du nichts über die Morde an deinem Vater und dem Mädchen weißt und den Opa Bertold entführt hast, weil du ihn für den Täter hieltest und dies aus ihm herauspressen wolltest?«

»Ja, Frau Kock«, murmelte Naas verschämt.

»Du weißt schon, wie bescheuert sich das anhört?«

»Ja, Frau Kock.«

Die Kommissarin schüttelte den Kopf, spielte mit den Handschellen herum und grinste dabei wölfisch. »Ich glaube, das wird den Haftrichter auch nicht überzeugen. Das Dumme ist nur, wir haben hier in Düren nur begrenzte Kapazitäten für die Untersuchungshaft. Da hab ich noch einen Platz in einer Zweierzelle frei, da sitzt ein einsamer schwuler

Zuhälter aus der Nordstadt, der seinem besten Jungen letzte Nacht im Streit was abgebissen hat. Ich glaube aber nicht, dass der auch für Leute gefährlich ist, mit denen er keinen Streit hat. Du wirst dich gut mit ihm verstehen.«

»Das ist doch nur ein blöder Scherz, oder?« Die Stimme des jungen Mannes zitterte ein wenig, und das auch schon nicht mehr frische Taschentuch wurde wieder heftig geknotet.

»Stimmt«, lenkte Ella ein. »Ich glaube nicht, dass ihr euch verstehen werdet. Er ist Türke und hasst deutsche Klugscheißer.«

»Bitte, Frau Kock«, flehte Naas. »Sie müssen mir glauben, ich habe mit den Morden nichts zu tun. Ich weiß auch, dass es dämlich war, den Alten zu entführen, aber manchmal tut man eben Dinge, die sich im Nachhinein als nicht so klug herausstellen. Bitte, glauben Sie mir, ich habe nichts getan.«

Ella grinste. »Sag mal, heute kann wohl alles studieren, was klüger als ein Knäckebrot ist, oder? Du bist mindestens wegen Entführung mit schwerer Körperverletzung dran, ist dir das eigentlich klar? Da kannste mal locker mit fünf Jahren Knast rechnen.«

»Um Gottes willen«, stieß Rolf Naas hervor. »Das kann doch nicht wahr sein, ich tue alles, was Sie wollen, aber bitte, das nicht!«

Ella grinste. »Liebelein, sei froh, dass du das falsche Geschlecht hast, sonst würde mir schon eine Ersatzstrafe einfallen. Jetzt schiebste erst mal ab in die Zelle und denkst drüber nach, ob du mir noch irgendwas erzählen willst, was ich noch nicht gehört habe. Ich muss jetzt was essen, sonst fall ich vom Fleisch. Und dann muss ich mal kurz nach Hause, denn da wartet, wenn ich Glück habe, noch jemand auf mich. Deine Nacht wird unangenehmer werden als meine, das hoffe ich für uns beide.«

26. Kapitel

Ich bin so froh, dass wir dich wiederhaben!«
Bärbel sah sehr glücklich aus und wollte Lorenz' Hand gar nicht mehr loslassen, was diesem etwas peinlich war. Stephan Bertold, Benny, Gustav und Alexander hatten sich ebenfalls in seinem Zimmer eingefunden. Rita hatte Ella Kock alles überlassen und hatte Lorenz sobald wie möglich zurück in die Seniorenresidenz gebracht.

Der Alte grinste. »Kinder, was wollt ihr denn? Ich war doch noch nicht mal einen ganzen Tag weg. Es ist gerade mal dunkel geworden.«

Sein Sohn Stephan schüttelte nur schief grinsend den Kopf.

Benny lachte. »Opa Bertold, das haste aber nur deiner schnellen Kommissarin und der Nase eines Hundes zu verdanken!«

Lorenz nahm erfreut wahr, dass der Junge trotz der schrecklichen Ereignisse seinen Humor nicht verloren hatte. Rita bestätigte: »In der Tat, ohne den Mantrailer hätten wir dich nicht gefunden. In diesem Haus hätten wir dich nie vermutet. Den jungen Naas hatte keiner so richtig auf der Rechnung. Ella Kock nimmt ihn gerade tüchtig in die Mangel.«

»Na, dann kann er sich ja auf eine wunderschöne Nacht freuen«, brummte Lorenz. »Mit Feldwebel Kock in einem Verhörraum – da kann der arme Junge froh sein, wenn jemand zusieht.«

»Armer Junge?«, fragte Stephan ungläubig. »Der Kerl hat mehrere Menschen auf dem Gewissen, und beinahe wäre es einer mehr gewesen.«

Rita fügte hinzu: »Er hat dich mit Halothan betäubt – wie bei Vera Distel. Das Zeug wird in der Veterinärmedizin vielfach verwendet, auch Landwirte können das ohne Probleme bekommen. Im alten Stall neben dem Wohnhaus vom Naas haben wir größere Mengen davon gefunden. Und als Student der Elektrotechnik hatte er keine Mühe, den alten Vorratsraum im Keller mit Kamera und Mikrofon auszustatten. Der elektronische Stimmenverzerrer sollte ihn unkenntlich machen. Warum er seinen Vater so brutal erschlagen hat, werden wir noch erfahren – diese Art von emotional motivierten Gewaltverbrechen passiert meistens innerhalb der Familie. Und Vera Distel – ich vermute, er hat sie bei der Grabung gesehen und sich in sie verguckt. Dann hat er sie mit Benny beobachtet, und da er durch den Mord an seinem Vater schon enthemmt war, hat er auch sie getötet. Aus Eifersucht.«

Lorenz sagte nichts dazu. Er blieb stumm und starrte auf seine Hand, die Bärbel immer noch drückte.

Gustav meinte: »Und, sagt denn Kommissar Wollbrand gar nichts dazu? Oder ist er erst einmal nur froh, dass wir nicht dabei waren, als er eben so gerade nicht mehr rechtzeitig eine Toilette erreicht hat?«

»Erinnere mich nicht daran«, knurrte Lorenz und beeilte sich dann, möglichst schnell auf ein anderes Thema zu kommen. »Aber wieso seid ihr euch so sicher, dass der Junge auch der gesuchte Mörder ist? Wenn er mich hätte umbringen wollen, warum dann diese Stimmenverzerrung? Und wie sollen wir diesen jungen Kerl mit Gerda in Verbindung bringen? Und er kann doch wohl kaum dieses Bild gemalt haben, auf dem Gerda und ich dargestellt sind, oder? Das stinkt doch alles irgendwie. Rita, ich kann nicht glauben, dass das für dich alles so eindeutig ist. Wo bleibt dein Instinkt?«

Rita seufzte. »Ach Opa, du bist doch unverbesserlich. Ich hatte gehofft, du würdest einfach mal ein paar Tage Ruhe geben, damit wir ungestört und ohne dass ich mich um dich sorgen muss, ermitteln können. Natürlich passt das alles nicht zusammen, das weiß ich selbst.«

Lorenz klatschte laut in die Hände. »Hab ich's mir doch gedacht! Der junge Naas ist nicht ganz koscher, aber er ist nicht der Hauptfeind. Das wäre auch zu einfach gewesen. Und er hat so seltsames Zeug gebrabbelt, ich glaube, der hielt sogar mich für den Mörder seines Vaters. So kam es mir jedenfalls vor.«

Bärbel griff wieder nach Lorenz' Hand, die er ihr eben entzogen hatte, und sagte: »Aha, dann hat er dich gekidnappt, um seinen Vater zu rächen. Auch nicht schlecht.«

»Aber wieso kam er darauf, dass Opa Bertold der Mörder vom alten Naas sein könnte?«, fragte Benny.

Gustav meinte: »Immerhin wusste er, dass die beiden sich am Vorabend des Mordes gestritten haben.«

»Und Ella Kock hat in seinem Beisein Bemerkungen gemacht, die in Richtung von Opa gingen«, ergänzte Rita. »Kann sein, dass der Junge sich daraus was zusammengereimt hat. Ist aber alles sehr schräg. Diese Eifeler haben doch letztlich alle einen Hau weg.«

Lorenz grinste. »Du sprichst ein wahres Wort gelassen aus.«

»Wie? Und was passiert jetzt?« Stephans Gesicht ähnelte einem Fragezeichen. »Ich habe nach dem Schrecken heute gehofft, es wäre nun endlich vorbei?«

»Leider nein«, sagte Lorenz. »In diesem Krimi sind noch ein paar Seiten offen.«

Das heiße Wasser plätscherte auf seinen schmerzenden Rücken. Lorenz stand mit geschlossenen Augen unter dem Strahl und ließ sich berieseln. Er duschte selten am Abend vor dem Zubettgehen, doch heute brauchte er das. Stephan, Rita und die Freunde waren nicht mehr lange geblieben, hatten gemerkt, wie zerschlagen er war. Zumindest in etwa. Er hatte sich nicht anmerken lassen, wie sehr er in der kurzen Haft gelitten hatte. Das unbequeme Hocken auf dem kalten Boden des Kellerraumes, dazu die innere Anspannung, das alles hatte ihm arg zugesetzt. Nun freute er sich auf sein weiches warmes Bett. Wie immer drehte er am Schluss noch kurz das warme Wasser ab, duschte einige Sekunden eiskalt. Dann trocknete er sich ab. Kritischer als sonst betrachtete er dabei seinen Körper im Spiegel. Abgenutzt und verbraucht kam er sich vor. Er fand, dass Kommissar Wollbrand dazu einen passenden Kommentar auf Lager hatte. »Der in Ehren ergraute Ermittler sah sich an und wusste: Der Lack war ab. Er sah ungefähr so alt aus, wie er sich fühlte. Verdammt alt.«

Er löschte das Licht und trat ans Bett. Dort lag bereits der Pyjama bereit, den er sich umständlich überstreifte. Dann saß er eine Zeit lang unbeweglich auf der Bettkante. Es war ganz still im Haus. Auch durch das gekippte Fenster drang kein Laut. Vielleicht, wenn er seine alten Ohren sehr angestrengt hätte, wären von fern vereinzelte Straßengeräusche vernehmbar gewesen. Alles fühlte sich seltsam leer an. Innen wie außen. Vielleicht war es nur die Anspannung im dunklen Kellerverlies gewesen, die nun von ihm abfiel. Die Anstrengung. Und er hatte Angst gehabt. Man klebt immer gleich viel am Leben, dachte Lorenz. Bist du jung, hast du noch viel vor dir und willst nichts davon versäumen. Bist du alt, bleibt dir nur noch wenig, aber dieses Wenige ist dir dafür umso wertvoller. Und wer wusste schon, was das Leben noch für einen Mann Mitte siebzig bereithielt? Auch wenn der Lack ab war, auch wenn es jeden Tag woanders schmerzte und die Zeit der großen Entscheidungen und der Kraftakte vergangen schien, es konnte dennoch immer etwas geschehen, was das Leben lebenswert machte. Bärbel, wie sie seine Hand gehalten hatte. Gustav und sein neuer Freund Alexander. Auch wenn er diese Art der Verbindung zweier Männer nicht verstand, es schien die beiden doch immerhin glücklich zu machen. Und warum auch nicht?

Ächzend stand er auf und ging zum Schreibtisch, wo ein Bild seiner Frau stand. »Maria, was würdest du tun?«, fragte er leise. »Würdest du noch mal jemanden haben wollen, wenn ich es gewesen wäre, der dich allein zurückgelassen hätte?«

Es war ihm, als höre er ihr herzliches Lachen, beinahe wie das Bärbels. Ihre klare Stimme, ihre Art zu sprechen, mit der sie die kompliziertesten Dinge immer so einfach ausdrücken konnte. Lorenz, du alter Jeck. Lebe doch einfach, was grübelst du denn? Deine Zeit vergeht, egal ob du sie nutzt oder nur darüber nachdenkst. Und wenn der Lack auch ab ist: Alte Möbel haben auch ihren Wert.

»Du hast ja recht, altes Mädchen«, sagte er und strich liebevoll über das Bild. »Wäre ich zuerst gestorben, du hättest mehr draus gemacht als ich. Der Opa Bertold denkt zu viel und tut zu wenig.«

Er betrachtete Marias Gesicht noch eine Weile, dann gab er sich einen Ruck und löste sich davon. Der Computer brummte noch und wartete darauf, ausgeschaltet zu werden. Lorenz bewegte die Maus, um den Bildschirm zu aktivieren und so zu sehen, ob er noch eine Anwendung offen hatte. Das Eingangsfach seines Email-Programms zeigte eine neue Nachricht. Der Name des Absenders elektrisierte ihn. Ambiorix hatte sich wieder gemeldet. Mit zitternder Hand öffnete Lorenz die Nachricht und las:

Die Heilige wird zweimal sterben
das Rad wird diesmal nicht zerbrechen
der Alte hat noch viele Erben
wie konnt der Junge sich erfrechen?
Ob Opa Bertold wiederfind
sein lang verschollnes Lieblingskind?
Denn gibt er seine Ohnmacht zu
Vielleicht findet das Kind dann Ruh?

Lorenz atmete tief durch und griff zum Telefon. Er drückte die Kurzwahltaste für Ritas Handy. Als seine Enkelin sich meldete, sagte er: »Mein Engel, wir haben ein Problem.«

27. Kapitel

Ein unkontrolliertes Zucken ging durch den Körper der Frau. Er wusste genau, sie war ohne Bewusstsein. Mit dieser Dosis Halothan war sie sicher für Stunden weg. Gut für die Schlampe, dachte er. Sie würde schon genug mitbekommen, wenn sie wieder aufwachen sollte. Falls sie noch einmal aufwachen sollte.

Und was glaubten diese Idioten denn? Dass dieser dumme Eifeler Junge in der Lage gewesen wäre, seinen Weg zu gehen?

Der Mann packte das große hölzerne Rad, das an der Wand lehnte, und rollte es zu dem am Boden liegen Körper. Die Anstrengung ließ Wellen brutalen Schmerzes durch sein Hirn fluten. Er krümmte sich, zwang sich dann wieder zu einer aufrechten Haltung. Es musste gehen, jetzt durfte er sich keine Schwäche erlauben. Er legte das Rad neben der Frau ab, verglich die Länge ihrer Glieder mit den Speichen. Das würde schon passen, wenn er mit ihr fertig war. Er ging zum Eingang und lauschte in die Nacht. Alles war still. Dann zog er die Tür zu und griff zu der schweren Eisenstange. Noch einmal tief durchatmen. Noch einmal den Schmerz kontrollieren. Er war bereit für sie.

Lorenz schreckte auf. Einen Moment war er verwirrt, als er das helle Tageslicht sah. Dann erinnerte er sich, wie er die ganze Nacht wach geblieben und erst gegen Morgen vor Erschöpfung weggenickt war. Dabei hätte er einen langen, tiefen Schlaf unbedingt nötig gehabt. Doch wie wäre das möglich gewesen nach der beunruhigenden Nachricht des Mörders?

Wieder klopfte es an der Tür. Stimmt, dachte Lorenz, das hat mich geweckt. Er erhob sich, merkte, dass er vollständig bekleidet war, und ging zur Tür, um zu öffnen. Rita und Ella Kock warteten dort.

»Habt ihr schon was?«

»Noch nicht«, antwortete Rita und küsste ihren Opa flüchtig. »Wir lassen durch die örtliche Polizei alle Bauern und sonstigen Haushalte in der Gegend informieren, die über Ställe, Scheunen oder ähnliches mit großen alten Wagenrädern verfügen. Die sollen schauen, ob da vielleicht eines entwendet wurde. Wie du gesagt hast. Parallel prüfen wir, ob in letzter Zeit ein solches Rad erworben wurde bei entsprechenden Händlern.«

»Denkt auch an die großen Antiquitätenbasare in Belgien und Holland«, meinte Lorenz. »Da würde ich so etwas kaufen.« Nach kurzem Überlegen besann er sich: »Aber nein, dem Mörder wäre das zu billig. Er wird ein altes authentisches Rad aus der hiesigen Gegend benutzen, da bin ich sicher.«

»Wieso sind Sie eigentlich wegen dem Rad so verdammt sicher?«, wollte Ella Kock wissen.

»Er ließ mich wissen, dass die Heilige zweimal sterben und das Rad diesmal nicht zerbrechen würde. Es kann nur die heilige Katharina gemeint sein, die wegen ihres Glaubens gerädert wurde. Nicht zu vergessen, dass er meine Tochter Gerda als Katharina gemalt hat. Das Rädern ist eine fürchterliche Hinrichtungsart, aber der Mörder hat gezeigt, dass er brutal genug dafür ist. Und wir müssen schnell sein, denn man kann dies unter Umständen überleben. Vielleicht gibt er uns diesmal sogar die Chance, das Opfer zu retten.«

»Darauf würde ich nicht hoffen«, meinte Rita. »Natürlich tun wir, was wir können, aber wo sollen wir zuerst suchen? Es gibt so viele Dörfer hier. Blens, Hausen, Abenden, sollen wir bis Heimbach suchen oder noch weiter? Und was ist in Richtung Embken, Muldenau, Wollersheim? Nideggen selbst? Und dann haben wir Boich, Drove, Thum, Leversbach, Üdingen.«

»Ich weiß, mein Engel«, sagte Lorenz müde. »Der Möglichkeiten sind viele. Aber vielleicht haben wir ja auch Glück.«

Die Stimmung unter den Freunden war so gedrückt wie lange nicht mehr. Benny und Bärbel, die sonst immer zu Scherzen aufgelegt waren, schwiegen mit zusammengepressten Lippen. Gustav sah irgendwie verloren aus, als wäre er ohne Alexander Grosjean, der heute in der Runde fehlte, nicht mehr vollständig. Lorenz war froh, dass Rita und auch Stephan dabei waren. Er hatte sich mit seinem Sohn immer noch nicht ganz ausgesprochen, aber es schien so, als wären sie auf dem richtigen Weg. Er gab sich einen Ruck und packte eine Hand Stephans, drückte sie und hielt sie fest. Dankbar erwiderte dieser den Druck und lächelte unsicher.

Rita durchbrach das Schweigen. »Opa, lass uns noch mal diese letzte Nachricht durchgehen. Was könnte sie in Bezug auf Gerda bedeuten?«

Lorenz schüttelte müde den Kopf. »Ich weiß es nicht. Einerseits bestätigt er ihren Tod, denn er sagt, die Heilige würde zweimal sterben. Gerda sah er als Katharina, und jetzt soll es zum zweiten Mal geschehen. Andererseits legt er nahe, dass ich sie vielleicht wiederfinde.«

Bärbels Augen weiteten sich von dem Schrecken, den ein böser Gedanke in ihr auslöste: »Was ist, wenn sie tatsächlich noch lebt und er sie erst jetzt töten will?«

Stephan meinte: »Aber es hieß doch, dass sie vielleicht Ruhe findet. Das sagt man doch nur, wenn sie bereits tot ist. Oder?«

»Das quält uns doch nur«, sagte Lorenz mit fester Stimme, obschon er selbst nicht ganz überzeugt war. »Wer immer dieses eklige Spiel veranstaltet, er will, dass wir leiden. Wenn Gerda noch leben würde all die Jahre, hätte ich es gewusst – irgendwie.«

»Das glaube ich dir«, sagte Bärbel. »Man kann so etwas spüren.«

»Aber wer kann denn dahinterstecken?«, fragte Gustav. »Wir müssten den Mörder doch eigentlich kennen, denn er kennt doch zumindest dich sehr gut.«

»Stimmt«, antwortete Lorenz. »Wo ist denn eigentlich dein neuer Freund?«

»Was willst du damit sagen?«

»Nix. Ich frag nur, wo er ist. Ihr seid doch seit Tagen unzertrennlich. Aber wenn du schon so fragst: Ist es nicht ein toller Zufall, dass da plötzlich so ein Beau hier in Nideggen auftaucht? Gerade dann, als alles losging? Das Bild in der Kirche, die Nachrichten, die Morde? Er hat das richtige Alter, um Gerda kennengelernt zu haben, und sagte er nicht, er sei im Kunstgewerbe tätig? Wo ist er denn heute?«

Gustav stand der Ärger deutlich ins Gesicht geschrieben, dennoch antwortete er bereitwillig: »Er ist für ein paar Tage weg, um seine Geschäfte zu regeln. Hamburg und Berlin, soweit ich weiß.«

»Hat Gerda nicht in Berlin Kunst studiert?«, grübelte Rita.

Gustav stand auf. »Jetzt reicht es aber! Ihr glaubt doch nicht im Ernst, dass sich ein verrückter Mörder an mich herangemacht hat, um an Lorenz heranzukommen!«

»Nicht doch«, versuchte Bärbel zu beschwichtigen. »Das kann niemand behaupten. Ich finde Alexander sehr nett.«

Gustav schien noch etwas sagen zu wollen, aber dann winkte er ab und verließ raschen Schrittes das Zimmer. Bärbel sah Lorenz mit glühenden Augen an: »Das wäre doch wirklich nicht nötig gewesen, oder? Wir sind alle nervös und du besonders, Lorenz, das verstehe ich. Aber der arme Gustav – wie soll er mit so einer dummen Verdächtigung umgehen? Ich werde ihm mal hinterher.«

»Nee, lass mich mal«, sagte Benny und stand auf. »Die Klinkenberg sucht mich sowieso schon, und hier findet sie mich am ehesten. Ich rede mal mit dem Gustav, der wird sich schon wieder einkriegen.«

»Danke«, sagte Lorenz, der sich auch ein wenig schämte. Aber andererseits war es nicht logisch, Alexander Grosjean schlichtweg auszuschließen. Er atmete tief durch und seufzte. Dieser Fall war eindeutig zu viel für ihn.

Werner Prüm hatte eigentlich an diesem Vormittag eine Menge anderer Dinge zu tun. Der Mähdrescher musste gewartet werden, da waren bestimmt noch Teile zu ersetzen, das wollte er vor der Erntezeit erledigen. Die schlachtreifen Mastschweine mussten für den Transport aussortiert werden, und er hatte für heute den Tierarzt bestellt, weil eine trächtige Kuh Probleme machte. Stattdessen machte er den Kontrollgang zu seinem entlegenen Schuppen im Odenbachtal, wie er es eben dem Polizisten Willi Hurtz versprochen hatte. Die Sonne stand schon hoch am Himmel, und es war warm, wie sich das für einen Sommer gehörte. Vielleicht könnte es mal wieder etwas mehr regnen, dachte Werner. Fast ein bisschen zu trocken, dieser Sommer. Als er endlich vor dem Schuppen stand, wusste er sofort, dass etwas nicht so war, wie es sein sollte. Die Tür hätte fest verschlossen sein sollen, stand aber einen Spalt offen. Neugierig stiefelte Werner zum Eingang und zog die Tür ganz auf. Die Sonne schien in den Verschlag und ließ den Bauern etwas sehen, was er nie mehr aus seinem Hirn würde verbannen können. Das alte Wagenrad, das sein Großvater eigenhändig gezimmert hatte, lag aufgebockt zwischen Pflug und Egge. Darauf, oder vielleicht auch darin, Werner konnte es nicht sagen, befand sich ein nackter Körper. Arme und Beine waren widerlich verrenkt und in die Speichen des Rades geflochten. Der Blenser Bauer war nicht unbedingt das, was man ein zartes Gemüt nannte, aber bei diesem Anblick stellten sich ihm die Nackenhaare auf. Und als von diesem Körper ein leises Wimmern ausging, das Werner Prüm durch Mark und Bein fuhr, wurde ihm übel.

»Gustav, nun warte doch mal!« Benny eilte dem Alten hinterher, der schneller als sonst durch den Gang schritt.

»Was denn?«

Der Pfleger hatte Gustav eingeholt und ging nun neben ihm her. »Sei doch nicht gleich eingeschnappt. Wir machen das doch immer so. Alle Möglichkeiten auf den Tisch. Dein Alex wird sicher unschuldig sein, und niemand will dich kränken.«

»Das verstehst du nicht, Junge«, knurrte Gustav düster.

»Doch, natürlich«, widersprach Benny. »Ist doch klar, dass du nichts auf deinen Freund kommen lassen möchtest.«

»Das ist es ja«, entgegnete Gustav. »Natürlich war ich zuerst sauer, weil die anderen Alexander in Betracht ziehen. Aber die Wahrheit ist – ich muss zugeben, dass der Verdacht nicht abwegig ist. Das gefällt mir ganz und gar nicht.«

Benny schaute den Alten mit großen Augen an. »Hältst du es denn grundsätzlich für möglich, dass Alexander ...«

»Mein Gefühl sagt Nein, aber mein Kopf sagt, selbstverständlich ist es möglich. Und warum sollte ausgerechnet ich alter Sack noch einmal so ein Glück haben? Da muss doch eigentlich ein großer Haken dran sein, oder etwa nicht?«

»Und was willst du jetzt machen? Ihn anrufen und einfach fragen?«

»Gott bewahre«, sagte Gustav. »Wenn er der Mörder ist, wäre das grundfalsch. Und wenn er unschuldig ist, was ich sehr hoffe, dann wäre er natürlich stinksauer.«

»Also was tun?«

Gustav blieb stehen und sah Benny an. »Du hast doch einen Generalschlüssel für alle Zimmer hier, nicht wahr?«

»Klar. Ach so, du meinst, wir sollten ...«

»Warum nicht?«, meinte Gustav. »Mir ist zwar nicht ganz wohl dabei, aber andererseits – wem schadet es? Mein Gewissen hat mit ganz anderen Brocken zu kämpfen, das kannst du einem Kerl Mitte siebzig ruhig glauben. Ein bisschen Schnüffeln macht das Konto nicht mehr fett.«

Benny grinste. »Okay, dann lass uns keine Zeit verlieren.«

Als Ritas Handy klingelte, schreckten alle wie elektrisiert auf. Lorenz, Stephan und Bärbel hingen gebannt an den Lippen der Kommissarin, als sie das Gespräch annahm. »Okay«, sagte sie. Dann noch mal: »Okay.« Schließlich sprach sie: »Danke dir, Ella. Ich fahre sofort nach Lendersdorf. Wir treffen uns da. Bis gleich!«

Als Rita das Gespräch beendet hatte, warteten alle gespannt auf ihre Erklärung. Sie steckte das Handy weg, stand auf und sagte: »Eine Frau namens Katharina Erkens wurde soeben in die Notaufnahme des Krankenhauses in Düren-Lendersdorf gebracht. Sie wurde in einer Scheune nahe Blens gefunden, in ein Wagenrad geflochten. Zig Knochenbrüche, schwere innere Verletzungen. Aber – sie lebt. Noch.«

Benny drehte den Schlüssel im Schloss und stieß die Tür auf. »Bitte einzutreten«, sagte er.

Gustav schob sich eilig an ihm vorbei. Der junge Pfleger folgte ihm und schloss die Tür von innen ab. »So, wir haben Ruhe«, sagte er.

Gustav ging zielgerichtet auf den Schreibtisch zu. »Wollen mal sehen«, murmelte er. Alexander Grosjean war offensichtlich ein ordentlicher Mensch. Auf den Tisch waren diverse Papiere sauber gestapelt. Gustav achtete darauf, sich die Lage eines Stapels genau zu merken, bevor er die einzelnen Blätter durchzusehen begann. Der erste Packen enthielt Rechnungen, Geschäftsbriefe, Notizen. Beim zweiten Stapel hielt Gustav inne. »Verdammt.«

»Was ist?« Benny trat neben den Alten. »Was haste gefunden?«

Gustav blätterte sich durch Ausdrucke, die vermutlich von Internetseiten stammten. Bilder von Stephan Lochner, Artikel über den gallischen Häuptling Ambiorix, auch Artikel der Lokalpresse über den kriminellen Opa Bertold. Ein alter Zeitungsausschnitt aus dem Jahre 1987, das spurlose Verschwinden einer jungen Frau namens Gerda B. betreffend. Daneben fanden sich weitere Artikel aus verschiedenen Zeitungen, die über andere verschwundene junge Menschen berichteten. Gustav sank für einen Moment in sich zusammen. Dann fasste er sich und legte alle Papiere wieder ordentlich hin, so wie er sie vorgefunden hatte.

»Das beweist noch gar nichts, oder?«, meinte Benny zögerlich.

»Nein, natürlich nicht«, sagte Gustav mit starrer Miene.

Die Schmerzen waren in den letzten Stunden unerträglich geworden. Er nahm gleich ein paar Tabletten aus der Packung. Jetzt war es auch egal. Er schluckte alle auf einmal, spülte mit Wasser aus der Leitung nach.

Schlaf. Es fehlte der Schlaf. Die Nacht war anstrengend gewesen. Viel kräftezehrender als bei der Kleinen. Er hoffte nur, dass es sich gelohnt hatte. Spaß hatte es nicht bereitet, aber zum Spaß war er auch nicht hier. Es musste ein Schlusspunkt gesetzt werden.

Unschlüssig stand Lorenz vor der Tür. Er sah sich zu beiden Seiten um. Der Gang war leer. Leise flüsterte er: »Kommissar Wollbrand wusste, er bewegte sich auf unbekanntem Terrain. Doch er wusste auch, dass er nichts zu verlieren hatte. Was also könnte ihn abhalten?«

Sowohl der Kommissar als auch Lorenz selbst kannten die Antwort. Doch bevor einer der beiden diese aussprechen konnte, klopfte er an. Er wartete einen Moment, dann hatte er kurz die Idee, sich abzuwenden und schnell den Gang hinunterzulaufen, bevor die Tür geöffnet wurde. Er zuckte sogar kurz, um sich in Bewegung zu setzen, doch dann stand plötzlich Bärbel in der offenen Tür und lächelte ihn an.

»Lorenz«, sagte sie und schien sich über seinen Besuch zu freuen. »Komm rein.«

Er sah auf ihren mit Farben bekleckerten Malkittel und auf die Staffelei mit dem begonnenen Bild. »Stör ich?«

»Aber nein. Setz dich doch. Stört es dich, wenn ich noch ein wenig weitermale? Ich möchte diese eine Figur noch bearbeiten, solange die Farbe noch ganz feucht und frisch ist.«

»Mach nur, ich schau dir gerne beim Malen zu«, sagte Lorenz und nahm auf einem Stuhl Platz. Er meinte dies auch genau so, wie er es gesagt hatte. Bärbel wirkte, während sie mit Pinsel und Spachtel an der Leinwand arbeitete, konzentriert und entspannt zugleich. Er betrachtete ihr Gesicht von der Seite und wunderte sich, wie wandelbar es war. Mädchenhaft oder fraulich, jeden Moment konnte es wechseln.

Sicher, sie war siebzig Jahr alt und machte sich keine Mühe, dies zu verstecken. Das hatte sie aber auch nicht nötig, denn obwohl sie offensichtlich keine junge Frau mehr war, hatte sie dennoch eine Geschmeidigkeit und Anmut in ihren Bewegungen, die sie genauso bestimmt auch mit zwanzig oder dreißig gehabt hatte. Und ihre Lippen, die sie bei der konzentrierten Arbeit immer wieder unbewusst mit der Zunge befeuchtete, waren nicht die einer alten Frau. Lorenz kam sich neben Bärbel tatsächlich alt vor. Zu alt, um – ja, was eigentlich? Er schalt sich einen Narren, hierhergekommen zu sein. Angestrengt suchte er nach einem geeigneten Gesprächsthema. Doch wieder einmal zeigte sich, dass es für ihn in Bärbels Gegenwart keiner Anstrengung bedurfte, denn sie begann wie selbstverständlich das Gespräch: »Wie geht es dir denn jetzt, mein Lieber? Du musst doch völlig ausgelaugt sein nach alldem.«

»Ja, das bin ich«, antwortete Lorenz wahrheitsgemäß, und es machte ihm nichts aus. »Diese schrecklichen Dinge, die jetzt passieren. Ich ertrage das nicht mehr.«

Bärbel legte Pinsel und Farbpalette beiseite und trat zu ihm. Sie beugte sich zu ihm herunter, umarmte ihn und sagte: »Ich weiß. Das hat zu viel mit dir selbst zu tun, um es wie ein kriminelles Abenteuer behandeln zu können. Es ist diesmal alles anders, und das Verbrechen macht keinen Spaß, wenn man selbst betroffen ist, stimmt's?«

Lorenz schloss die Augen und genoss ihre vertrauliche Berührung. Er nickte stumm. Bärbel streichelte ihm über sein kurz geschorenes graues Haar und bettete seinen Kopf an ihre Brust. So hätte er selbst in der letzten grauenvollen Nacht gut einschlafen können, dachte er. In diesem Moment kam ihm jede zukünftige Minute seines Lebens, die er nicht so mit Bärbel verbringen würde, wie verschwendet vor.

Einen kurzen Augenblick hatte er das Bedürfnis, ihr das auch zu sagen. Aber dann entschied er, dass dies irgendwie verfrüht und unpassend wäre. Es war eine Sache, eine solche Gefühlsregung zu haben, und eine ganz andere, sie zu offenbaren. Also begnügte er sich damit, ihre Hand, die nun an seiner Stirn lag, mit der seinen zu berühren und sie festzuhalten. So verharrten sie beide still eine Weile, bis ihm einfiel, dass er auf dem Stuhl saß, während Bärbels Haltung eher unbequem sein musste. Sie spürte, dass er sich lösen wollte, und richtete sich auf. »Was können wir jetzt tun?«, fragte sie, und er war ihr dankbar dafür.

Er antwortete: »Ich denke, wir warten erst einmal ab und lassen die Polizei arbeiten. Ja, ich weiß, aber ich bin auch noch lernfähig. Ich hoffe, die arme Frau überlebt. Und vielleicht kann sie sogar den Täter identifizieren, wer weiß? Dann hat der Spuk ein Ende.«

»Das wäre gut«, meinte Bärbel. »Meinst du, er hat diese Frau nur ausgesucht, weil sie Katharina heißt?«

»Ein grauenvoller Gedanke. Überhaupt ist es widerwärtig, so etwas einem Menschen anzutun, aber wie krank müsste der Mörder sein, wenn er zu der Person keinerlei Beziehung hätte, nur weil ihm ihr Name gerade in den Kram passt?«

Bärbel schüttelte sich. »Ich mag gar nicht daran denken. Und es ist immer noch unklar, was der Täter mit deiner Tochter zu tun hat und was er für eine Beziehung zu dir hat. Mir macht das wirklich Angst. Dir nicht auch?«

»Doch«, sagte Lorenz und zwang sich, Bärbel dabei in die Augen zu sehen. »Ich habe sogar große Angst.«

»Und wie können wir uns diese Angst nehmen?«

Lorenz überlegte, wie sie diese Frage gemeint haben könnte. Er kam zu keinem wirklichen Ergebnis und antwortete: »Wahrscheinlich würde es mich beruhigen, noch mal alle Details, alle bekannten Fakten durchzugehen. Mein Schreibtisch und mein Computer sind voll von Notizen. Hilfst du mir?«

»Gerne«, sagte Bärbel und legte ihren Kittel ab. »Ich wasche nur schnell die Pinsel aus.«

»Aber ich wollte dich wirklich nicht beim Malen stören.«

»Alter Quatschkopf«, sagte sie und lächelte. Lorenz beobachtete sie, wie sie die Farbtuben schloss, die Pinsel in Leinöl auswusch und in die dafür vorgesehenen Halterungen zurückstellte. Sicher hatte sie dies schon viele tausend Male gemacht, und Lorenz war dankbar, ihr jetzt dabei zusehen zu dürfen. Das frische Öl und die Farben verbreiteten einen angenehmen Duft im Zimmer, der eigentlich immer dort war, aber nun noch viel intensiver wurde. Jetzt erst fiel Lorenz auf, dass dieser Duft auch immer in ganz schwacher Form an Bärbel haftete, und er liebte diesen Geruch an ihr.

Nachdem Bärbel sich die Hände gewaschen hatte, gingen sie hinüber in sein Appartement. Das gefälschte Lochner-Bild stand verhüllt mit einem Leinentuch in der Ecke. Bärbel vermutete, dass Lorenz es einfach nicht mehr ansehen mochte, sagte aber nichts dazu. Auf dem Schreibtisch stapelten sich Papiere, Ausdrucke, alte wie neue Notizen und Zeitungsausschnitte über- und nebeneinander. Der Computer brummte leise.

»So, wo fangen wir an?«, fragte Lorenz. »Bei Gerda? Ambiorix? Beim toten Naas oder seinem verrückten Sohn? Die tote Studentin im Schandkorb oder die geräderte Katharina?«

Bärbel schüttelte den Kopf. »Das ist alles so schrecklich. Vielleicht sollten wir doch einfach die Polizei ihre Arbeit machen lassen und mal ausspannen. Wieso nicht einfach ein wenig im Wald spazieren gehen? Vielleicht der Felsenrundgang? Zum Hindenburger Tor? Einmal zum Effels und zurück?«

»Vielleicht hast du recht.« Lorenz war unschlüssig. »Ich habe nur ständig das Gefühl, die Lösung liegt hier vor mir auf dem Tisch, und ich sehe sie einfach nicht. Wo ist die Verbindung zwischen all diesen Dingen? Da muss es doch jemanden geben, der zu allem eine Beziehung hat.«

»Und wenn es gar nicht nur ein Mörder ist? Wenn es mehrere Personen sind?«, fragte Bärbel. »Kann das nicht sein?«

»Natürlich kann auch das sein. Alles ist möglich, solange wir nichts wirklich sicher ausschließen können.«

Der Computer gab ein Klingelzeichen von sich und deutete damit den Eingang einer Email an. Lorenz griff sofort zur Maus und klickte den Eingangskorb an. »Da!«, rief er erregt aus.

Sie starrten beide auf den Text der Nachricht, die auf dem Bildschirm angezeigt wurde:

Der Narr – er bleibet doch genarrt
Zerschmettert wird des letzten Heiligen Gebein
Des Vaters Herz zu Fels erstarrt
Das soll es dann auch für mich gewesen sein.

Bärbel wurde blass und suchte nach Lorenz' Hand. »Was ist das jetzt schon wieder für eine Grausamkeit?«

»Ich weiß nicht«, antwortete Lorenz, während sein Verstand bereits fieberhaft den Sinn in diesen Zeilen zu greifen versuchte. Dann murmelte er leise: »Der alte Ermittler wusste, er war niemals so sehr in einen Fall verstrickt gewesen wie diesmal, und er war auch noch niemals so hilflos gewesen. Aber eines war ihm klar: Es würde sehr bald schon wieder einen entsetzlichen Mord geben, wenn er es nicht verhindern konnte. Der Alte musste sofort alle Freunde zusammenrufen.«

28. Kapitel

Er hatte gehofft, Zuversicht und Stärke zu gewinnen, wenn alle in seinem Zimmer versammelt sein würden. Doch er hatte sich getäuscht. Lorenz wusste auch nicht, was genau er von den anderen erwartet hatte. Aber er war froh, dass neben Bärbel und Benny auch Gustav gekommen war. Er hoffte, der Freund würde das Gespräch beginnen. Doch diesen Gefallen schien er ihm nicht tun zu wollen. Erst als Rita und Paul eintrafen, wurde die Runde lebendiger, so als wenn die Hobbyermittler auf den Beistand der Profis gewartet hätten. Rita berichtete: »Ich habe eben noch mit Ella Kock im Krankenhaus gesprochen. Die Frau ist wegen ihrer vielen schweren Verletzungen ins Koma versetzt worden, aber stabil. Sie wird es wohl schaffen. Aber für eine Aussage steht sie leider noch für einige Zeit nicht zur Verfügung. Und wenn ich dich richtig verstanden habe, ist Zeit etwas, das wir nicht haben.«

»Leider«, erwiderte Lorenz. »Der Mörder hat mir eine weitere Nachricht zukommen lassen.« Er reichte Rita einen Zettel, auf dem er die Email ausgedruckt hatte. Rita las den Text und gab ihn an Paul weiter.

»Das sieht so aus, als eskaliere das Ganze jetzt. Der Täter hat psychisch das Ende der Fahnenstange erreicht, wie mir scheint. Nach Katharina jetzt ein weiterer Heiliger als Vorbild für eine Tat.«

»Wer ist denn diese geräderte Frau?«, fragte Bärbel. »Wurde sie nur wegen ihres Namens so zugerichtet? Das mag ich mir nicht vorstellen, ebenso wenig wie bei der armen Vera Distel.«

Rita erklärte: »Die Frau ist Dr. Katharina Erkens, sie arbeitet als Archäologin für den Landschaftsverband Rheinland,

Amt für Bodendenkmäler. Sie ist Ausgrabungsspezialistin und war gerade aus dem Urlaub zurück. Sie war einmal auf dem Grundstück des Wilhelm Naas und hat sich die Grabung zur Ambiorix-Schlacht angeschaut. Leider hat sie mit niemandem darüber gesprochen, keine Notizen hinterlassen, wir haben keinen Anhaltspunkt, in welcher Weise dies mit der Tat zusammenhängen könnte.«

»Aber ein Zusammenhang ist doch sicher da«, meinte Gustav. »Es ist doch kein Zufall, dass die Opfer alle mit dieser verfluchten Ausgrabung zu tun haben.«

»Sicher nicht«, bestätigte Rita. »Es fehlt uns nur das verbindende Element. Ich hatte gehofft, dieses vielleicht in Gerdas damaligem Verschwinden zu finden. Der Täter verweist ja ständig auf sie. Darum hat sich Paul gekümmert.«

Der riesenhafte Kommissar räusperte sich. »Ich habe mir die Akte genau angesehen. Im Großen und Ganzen ein typischer ungeklärter Fall. Keine Zeugen, keine weiterführenden Hinweise, keine verwertbaren Spuren, vor allem kein Opfer und kein Tatort. Aber dann wurde ich fündig. Ich habe die Falldatenbank nach ähnlichen Delikten durchforstet und bin zunächst auf drei verschwundene junge Männer gestoßen, die alle etwas gemeinsam hatten: Sie haben Kunst in Berlin studiert. Die Fälle erstrecken sich über einen Zeitraum von über zehn Jahren, Gerda war die Letzte. Ich bin die damaligen Verdächtigen in allen Fällen noch mal durchgegangen. Hochschulangestellte, Kommilitonen, Verwandte. Keine Namen, die hier und heute aufgetaucht wären. Bis auf einen: Grosjean.«

»Nein!«, stieß Gustav aus.

»Doch«, versetzte Paul. »Alexander Grosjean wurde damals verdächtigt, mit gefälschten Bildern gehandelt zu haben, jedoch konnte ihm keine Schuld nachgewiesen werden. Sein Geschäftspartner schien der Drahtzieher gewesen zu sein. Allerdings lief gegen Alexander Grosjean eine Vaterschaftsklage in Bezug auf einen der verschwundenen Jungen, die dann aber von der Mutter fallen gelassen wurde. Das war insofern pikant, da er in einer homosexuellen Beziehung mit seinem Freund und Geschäftspartner lebte. Aber Grosjean hatte ein hieb- und stichfestes Alibi für alle infrage kommenden Zeitpunkte. Alle Studenten hatten in ihren persönlichen Aufzeichnungen einen Meister erwähnt, aber keinen Namen, nichts, was eine verwertbare Spur abgegeben hätte, schon gar nicht zu Grosjean.«

Benny stieß Gustav an. »Los, sag ihnen, was wir gefunden haben.«

Alle sahen nun Gustav an. Der wurde rot und knetete unschlüssig seine Hände, begann aber dann doch zu berichten: »Ich habe mir Zutritt zu Alexanders Zimmer verschafft. Er ist momentan in Berlin, wie er mir gesagt hat, um geschäftliche Dinge zu regeln. Auf seinem Schreibtisch liegen eine Menge Artikel und Notizen zu den geschilderten Fällen, auch zu Gerda, aber auch zu Ambiorix, zu Stephan Lochner, von dem dieses Bild da stammt, und auch Artikel über Lorenz. Die ganze Mosaiksteinsammlung, vor der wir gerade sitzen.«

»Das tut mir so leid«, sagte Bärbel und legte dem Alten eine Hand auf dessen Arm.

»Hab ich was verpasst?«, fragte Paul.

»Nun ja«, antwortete Gustav zögerlich. »Alexander und ich sind uns in den letzten Tagen – nun, wir sind uns nähergekommen.«

»Verstehe«, grübelte Paul.

Rita bemerkte: »Das kann alles und nichts bedeuten. Er muss nicht schuldig sein. Er wurde damals unter die Lupe genommen und aus dem Kreis der Verdächtigen gestrichen. Vielleicht wurde er hier zufällig wieder mit den Geschehnissen der Vergangenheit konfrontiert und hat daraufhin begonnen, selbst weitere Nachforschungen anzustellen. Vielleicht wurde er mit dem kriminellen Opa-Bertold-Virus infiziert.«

»Jetzt bin ich es wieder schuld«, maulte Lorenz.

Paul winkte ab. »Eher weniger. Ich bin aber noch nicht fertig. Ich sagte ja, ich habe zunächst vier Fälle gefunden, Gerda mitgerechnet. Dann habe ich weitergeforscht und habe weitere Fälle nach ähnlichem Muster gefunden. Alle Opfer hatten Bezug zur Kunstszene, einer im Raum Hamburg, einer in Düsseldorf, einer in Berlin. Drei junge Männer. Zwischen dem ältesten dieser Fälle und Gerdas Verschwinden liegen ein paar Jahre, deshalb ist das nicht so auffällig. Der Zusammenhang ist aber auch eher vage.«

Rita meinte: »Das macht Alexander Grosjean natürlich noch verdächtiger. Aber wir wissen immer noch viel zu wenig. Jedenfalls ergibt sich, nicht zuletzt durch Opas Initiative, ein Bild. Übrigens fügt sich das übermalte Kunstwerk, welches Gerdas Signatur trägt, hier auch nahtlos ein. Die Fingerabdrücke auf dem Bild haben keine Spur ergeben. Habe ich aber auch nicht erwartet. Es scheint so, als hätten sich die verschwundenen Kunststudenten an Bilderfälschungen beteiligt. Und nun ist etwas geschehen, was die alte Geschichte wieder aufgebrochen hat. Leider können wir nun mit an Sicherheit grenzender Wahrscheinlichkeit davon ausgehen, dass Gerda damals wirklich ermordet wurde.«

Lorenz nickte betrübt. »Ich habe das immer schon gewusst. Auch Stephan hat nie daran geglaubt, dass sie noch leben könnte.«

»Wo bleibt Papa überhaupt?«, fragte Rita. »Hat er nicht gesagt, er wolle auch kommen?«

»Das hat er«, bestätigte Lorenz. »Ihn hab ich allerdings auch als Letzten angerufen. Weiß nicht, warum er so lange braucht. So weit weg von hier wohnt er nun wirklich nicht.«

»Er ist bestimmt schon unterwegs«, meinte Paul. »Lass uns doch noch mal auf die letzte Nachricht schauen. Es scheint offenbar, dass der Mörder die Sache mit einer letzten Gewalttat beenden will. Bei den vorherigen Morden gab es immer einen – wenn auch vagen – Hinweis auf das Opfer. Meist viel zu spät oder erst mit der Tat, nun aber definitiv als Voraussage. Hier ist die Rede von einem letzten Heiligen, der zerschmettert werden wird. Sagt dies einem von euch irgendetwas? Ich bin in Heiligen nicht so firm.«

»Bärbelchen, das ist dein Ding«, sagte Lorenz. »Du kennst doch alle diese Heiligendarstellungen. Wer wird zerschmettert? Sicherlich ist ein Märtyrer gemeint.«

»Denke ich auch«, bestätigte Bärbel. »Allerdings ist das wirklich nicht mein Spezialgebiet. Das lässt sich sicherlich im Internet recherchieren.«

»Schon dabei«, sagte Benny. »Hab ein neues Smartphone. Mit Festnetz-, Handy- und Internet-Flat.«

»Was immer das auch bedeuten soll, frag das Ding mal, welcher Heilige zerschmettert wurde«, knurrte Lorenz.

Benny grinste. »Ich suche nach – Momentchen – was soll ich angeben? Heiliger, Märtyrer, zerschmettert?«

Niemand widersprach, und Benny tippte etwas herum. Lorenz stand auf und ging an seinen Rechner, um ebenfalls das Internet zu durchsuchen.

Bald sagte Benny: »Ach du dickes Ei, ist ja widerlich. Hier gibt's ne Menge Links, also dem heiligen Florian wurden die Schulterblätter zerschmettert, der heilige Stephanus wurde von Steinen zerschmettert, dem heiligen Adrianus wurden mit einer Eisenstange die Knochen zerschmettert, igitt sag ich nur, wer will das so genau wissen, einem gewissen Agapitus wurde die Kinnlade zerschmettert, gut, dass ich den nicht kenne.« Benny sah auf. »Ich glaub, ich hab genug vom Zerschmettern.«

Bärbel meinte: »Ja, das ist schrecklich. Viele Heiligengeschichten münden in grausige Marterbeschreibungen.«

Lorenz drehte sich vom Bildschirm seines Rechners weg und sagte mit tonloser Stimme zu Rita: »Mein Engel, rufe doch bitte deinen Vater an und frag ihn, wo er bleibt. Bitte schnell.«

Rita fragte reflexartig: »Wieso? Was ist denn mit dir?«

»Mach's einfach«, sagte Lorenz, und Rita stellte keine weiteren Fragen, als sie seinen Gesichtsausdruck bemerkte. Sie nahm ihr Mobiltelefon. Alle warteten schweigend ab, was sie sagen würde. »Zurzeit nicht erreichbar. Ich versuch's auf dem Festnetzanschluss.« Wieder wählte sie und wartete ab. »Nix. Da geht keiner ran«, vermeldete sie. »Was ist denn?«

»Der heilige Stephanus, nicht wahr?«, fragte Bärbel. »Du befürchtest, Stephan ist das nächste Opfer?«

Lorenz nickte langsam. »Stephanus wurde vor den Toren der Stadt gesteinigt. Sein Gebein wurde von Steinen zerschmettert. Und der Mörder sprach davon, dass das Herz des Vaters zu Fels erstarren würde. Ich bezog das auf mich und Gerda. Aber ich bin auch Stephans Vater. Und ich bin der Narr, der genarrt wird. Mein Gott.«

»Nun mal langsam«, meinte Paul. »Das mag passen, aber sicher ist das nicht. Wo war Stephan, als du ihn gesprochen hast? Noch zu Hause? Wir müssen ihn erreichen oder herausbekommen, wie und wann er das Haus verlassen hat. Damit du beruhigt bist.«

»Ich rufe Ella an, damit sie eine Streife zu Papa schickt«, sagte Rita und nahm wieder ihr Handy zur Hand. »Sicher ist sicher.«

Lorenz ging zum Fenster und sah hinaus. Das letzte Licht des Tages war bereits aus dem engen Tal geschwunden. Schwarz stand der Burgfelsen vor einem Himmel, der in einem Rest von Abendrot glomm wie ein Holzfeuer, das zu lange nicht mehr geschürt wurde.

»Stephan«, murmelte er. »Will er mir jetzt dieses Kind auch noch nehmen?« Dann fiel ihm auf, wie seltsam sich das für ihn anhörte, und so musste Kommissar Wollbrand für den Kommentar herhalten: »Der in Ehren ergraute Ermittler hatte lange nicht mehr so deutlich gespürt, dass sein Sohn eben auch sein Kind war.«

Gustav war neben ihn getreten. »Alter Junge, mach dich nicht verrückt. Stephan taucht bestimmt gleich auf.«

Lorenz sah den Freund über dessen Spiegelbild im Fenster an und schüttelte den Kopf. »Nein, ich spüre etwas. Sehr ungut.«

Bange Minuten vergingen. Niemand wusste, womit er das Schweigen sinnvoll hätte durchbrechen können. So blieben sie stumm, bis Ritas Telefon klingelte. Die Kommissarin meldete sich, hörte konzentriert zu und sagte dann, bevor sie das Gespräch mit einem Tastendruck beendete, nur knapp: »In Ordnung, mach das. Wir überlegen, was weiter zu tun ist. Ich melde mich.« Sie atmete tief durch und erklärte: »Papas Auto wurde mit offen stehender Tür vor seinem Haus gefunden. Von ihm keine Spur. Es hat niemand was gesehen. Ella leitet die Fahndung ein.«

Lorenz war sich sicher gewesen, eine solche Nachricht zu erhalten, und dennoch traf es ihn nun wie ein Tritt in den Magen. »Was machen wir denn jetzt?«, fragte er.

Rita ließ sich nicht anmerken, was sie empfand angesichts der Tatsache, dass ihr Vater vermutlich gerade von einem brutalen Mörder entführt worden war. »Die Dürener Polizei setzt jetzt alle Mittel in Bewegung, um Papa zu finden. Ich schicke Ella schnell noch ein paar Bilder von ihm.« Sie tippte eine Weile auf ihrem Handy herum.

Paul legte einen Arm um sie und hielt sie fest. »Wir sollten jetzt ganz genau überlegen, wo wir gezielt suchen könnten«, sagte der riesenhafte Kommissar dann. »Komm, Lorenz, bei der Katharina hattest du doch auch den richtigen Tipp.«

Lorenz nickte stumm und versuchte nachzudenken, spürte aber, dass er für den Moment völlig blockiert war. Hilfe suchend sah er Bärbel an. Sie verstand und begann, laut zu denken: »Also, ich kenne die eine oder andere Darstellung des heiligen Stephan als Märtyrer. Er wurde meistens abgebildet mit Steinen auf seinem Kopf, weil er eben gesteinigt wurde. Lorenz, wie hast du eben gesagt, wo wurde er gesteinigt?«

Lorenz ging an den Computer zurück und betrachtete die Ergebnisse seiner letzten Suche. »Vor den Toren der Stadt.«

»Was bedeutet das für uns?«, fragte Gustav. »Wenn wir auf dem richtigen Weg sind, wo würde der Mörder Stephan hinbringen?«

»Ein Steinbruch?«, meinte Benny.

»Gute Idee, aber so was haben wir hier nicht«, antwortete Lorenz. »Die Nideggener Burg hat früher lange Zeit als Steinbruch gedient. Nideggen hat zwei erhaltene Stadttore, das Dürener und das Zülpicher Tor. Dann gibt es noch das Nyckstor vor der Burg. Aber davor eine Steinigung zu inszenieren, ist unmöglich. Außerdem gehen wir doch von einem einzelnen Täter aus, oder? Alleine jemanden zu steinigen, wie soll man sich das vorstellen?«

»Und wenn man Steine auf jemanden herabfallen lässt?«, überlegte Gustav. »Vom Burgfelsen zum Beispiel? Das ist, wenn man so will, auch vor den Toren der Stadt.«

»Könnte sein«, stimmte Lorenz zu. »Das könnte es wirklich sein.«

»Dann sollten wir eine Einheit dorthinschicken«, meinte Rita.

»Nein«, widersprach Lorenz. »Ich kann nicht hier sitzen und abwarten. Ich will selbst hin.«

29. Kapitel

Der Schmerz raste in immer neuen Wellen durch sein Hirn. Und er hatte keine Tabletten mehr. Jetzt musste er es eben so zu Ende bringen.

Es war ein langer Weg gewesen. Früher hatte das Töten mehr Spaß gemacht. Jetzt war er verbraucht, abgenutzt, sein Körper genauso wie sein Geist. Ein grandioses Finale hatte es werden sollen. Und jetzt?

Trotzig richtete der Mann sich auf, ungeachtet der Schmerzen, die ihm befehlen wollten, sich zu verkrümmen, sich mit angezogenen Beinen auf die Seite zu legen wie ein Kind. Oft hatte er beobachtet, wie sie sich auf diese Weise hinlegten. Wenn sie spürten, dass keine Hoffnung mehr war, wenn ihr Instinkt ihnen sagte, dass sie gut daran taten, sich ein letztes Mal an den warmen Mutterleib zu erinnern, den sie verlassen hatten, nur um letztlich ihm zu begegnen.

Er gestattete sich diese Haltung nicht. Er sollte so zu seinem Ende gehen, wie er immer gelebt hatte. Stark, immer die Kontrolle auf seiner Seite. Nur einmal hatte er beinahe die Kontrolle verloren. Bei diesem außergewöhnlichen Mädchen. Gerda Bertold. In ihr hätte er sich verlieren können, sie hatte abseitige, unbekannte Empfindungen in ihm geweckt. Doch dann hatte sie sich gegen ihn gewandt, sich über ihn lustig gemacht. Ihre Talente an jenem lächerlichen Bild vergeudet, seine Gefühle für sie verworfen. Und dann das dumme Gerede über ihren Papa, den sie so bewunderte. Papa ist bei der Polizei, Papa hat einen scharfen Verstand, Papa liebt mich, Papa kennt sich aus. Sie wollte aussteigen, ihn verraten, weil sie den geliebten Papa nicht länger hintergehen konnte. Er grinste bitter. Und ja, Papa hätte sie vom Bahnhof abholen sollen. Und da hatte sie gestanden. Und er hatte sie mitgenommen, ihr vorgemacht, es täte ihm leid. Und dann war sie für ihre Hybris bestraft worden.

Danach kam der Wirbel, die Ermittlungen wegen der Fälscherwerkstatt und der getöteten Studenten. Und sein Partner, der sich verdächtig gemacht hatte und beinahe alles hätte auffliegen lassen. Jahrelang hatte er sich danach nichts getraut. Hatte sich versteckt. Neue Kraft gesammelt. Als er sich endlich wieder im Griff hatte, war er verwundert gewesen, wie einfach es weiterging. Als wäre nichts gewesen. Nur eines war geblieben. Eines hatte er sich für den Schluss aufgehoben. Diese rotzfreche Gerda Bertold sollte noch einmal büßen. Denn ihr geliebter und ach so schlauer Papa lebte noch. Die Bertolds hatten sein Leben zerstört – alles war ihm genommen worden – sein Partner, das Geschäft, sein guter Ruf. Auf das Grab des alten Bertold zu pissen, das wäre sein letzter stiller Triumph gewesen. Dazu blieb ihm nun jedoch keine Zeit mehr. Es musste anders gehen. Jetzt.

Der Mann nahm einen Zettel in seine zitternde Hand und hielt ihn an die flackernde Kerze. Die Flamme gab kaum genug Licht, um die verblasste Handschrift auf dem knittrigen Papier entziffern zu können. Doch der Mann kannte den Text auswendig.

Lieber Papa, ich bin ganz aufgeregt, kann es kaum erwarten, dir zu berichten – ich habe das Schlachtfeld des Ambiorix gefunden. In den alten Quellen, wie du immer vermutet hast. Doch das erzähle ich dir persönlich. Und ich muss dir etwas beichten, was Du nicht gut finden wirst. Ich bin da in eine Sache hineingeraten, die krimineller ist, als ich vermutet habe. Traue mich gar nicht, dir davon zu erzählen, aber es muss sein, denn ich befürchte Schlimmeres und brauche vielleicht deine Hilfe. Eigentlich habe ich in den letzten Briefen an

dich schon vieles von dem erwähnt, was mich jetzt zu erdrücken droht. Dein Scharfsinn wird es dir aufzeigen. Es geht um den Dozenten an meiner Uni, von dem ich dir erzählt habe. Ich glaube, er ist viel gefährlicher, als ich bislang dachte. Ich komme nächstes Wochenende ja nach Hause, dann berichte ich von allem, den schönen und den weniger schönen Dingen. Bis bald.
Deine Gerda

Das dumme Mädchen hatte diesen Brief nie abgeschickt. Hatte ihn bei sich getragen, als er sie in jener Nacht am Kölner Hauptbahnhof abgepasst hatte. Langsam schob er das Papier näher an die Kerze. Beobachtete, wie es an einer Kante zu glimmen begann, noch bevor es die Flamme wirklich berührte, und dann hell zu brennen begann. Die mädchenhafte Schreibschrift verschwand. Als das Feuer die zuckenden Fingerkuppen des Mannes erreicht und eine schmerzhafte Rußspur darauf gemalt hatte, war von Gerdas Brief nicht mehr übrig als ein fragiler Hauch von Kohle.

30. Kapitel

Der Mond stand beinahe voll an einem sternenklaren Himmel. Lorenz war froh darüber, denn so hatten sich die Meinungsverschiedenheiten darüber, ob man mit oder ohne Taschenlampen zum Burgfelsen gehen sollte, erledigt. Rita hatte mit Licht gehen wollen, sie war ohnehin skeptisch gewesen, dort überhaupt jemanden anzutreffen. Nun, da die Nacht ihnen ein natürliches Licht schenkte und sie den Pfad vor sich gut erkennen konnten, blieben die Taschenlampen aus.

Lorenz machte den Anfang, er kannte den Weg und war der langsamste Geher. Benny hatte es sich nicht nehmen lassen, einen Teil seiner Kletterausrüstung mitzunehmen, da er sich an ein haariges Abenteuer mit Opa Bertold am Burgfelsen erinnerte. Karabiner hatte er wegen der nervigen Klimperei jedoch auf Lorenz' Protest hin zurücklassen müssen.

Dieser Gang kam dem Alten irgendwie unwirklich vor. Hinter sich Rita und Paul, Bärbel, Gustav und Benny in einer seltsamen Karawane durch die Nacht. Es war Sommer, und so verwunderte es nicht, dass auf dem Parkplatz vor der Burganlage noch einige Autos standen und auch noch vereinzelt Menschen unterwegs gewesen waren. Lorenz fragte sich, wie der unbekannte Täter es wohl anstellen mochte, Stephan hierherzuschaffen, ohne Aufsehen zu erregen. Oder war das alles eine Schnapsidee? Warum waren alle bereit, ihm zu folgen, obwohl er doch auch nicht wusste, ob dies hier überhaupt Sinn machte?

Sie machten einen Bogen um die Burg herum, bewegten sich unterhalb des Westturmes. Nach rechts fiel die Burgwand senkrecht ab. Links über ihnen sahen sie noch Licht in den Fenstern des Burgrestaurants. Zögerlich ging Lorenz weiter. Das Felsplateau schien leer. Oder doch nicht? Wenn die Gestalt, die wenige Meter von ihm entfernt hinter dem Eisengeländer gekauert hatte, sich nicht bewegt hätte, er wäre wohl an ihr vorbeigelaufen. Nun richtete sich der Schatten langsam auf.

»Alexander!«, entfuhr es Gustav.

»Pssst.« Alexander Grosjean trat einen Schritt auf sie zu und legte einen Finger an den Mund. Rita hatte plötzlich ihre Walther P99 in der Hand. »Keine Bewegung«, flüsterte sie, und darüber wunderte sie sich selbst. Alexander hob die Hände und kam gebückt näher. »Bitte, leise«, flüsterte er zurück. »Er muss hier irgendwo sein.«

»Wer?«

»Der Mörder natürlich. Er hat mich herbestellt. Sagte, ich solle allein kommen, sonst stirbt noch jemand.«

Lorenz murmelte: »Der alte Ermittler wollte auf der Stelle über den Abgrund hüpfen, wenn das keine Falle war.«

Dann schallte eine laute Stimme über das Plateau. »Ihr braucht nicht zu flüstern! Das Versteckspiel ist vorbei!«

Für einen Moment wusste niemand, woher die Stimme gekommen war. Doch dann erhob sich eine Gestalt direkt am Rande des Abgrunds. Lorenz starrte den Mann an, dessen Gesichtszüge undeutlich im diffusen Mondlicht zu erkennen waren.

»Professor Gräbeldinger!«, rief er aus.

»Ganz recht, Opa Bertold«, antwortete Gräbeldinger. »Auf mich wärt ihr wohl nie gekommen, oder? Einmal den Namen gewechselt und die Fakultät, und schon ist man aus dem Blick. Wie einfach das doch ist. Und wie langweilig. Ich hatte gehofft, auf meine letzten Tage noch einen spannenden Zweikampf zu erleben, aber ich wurde bitter enttäuscht. Der ach so brillante kriminalistische Opa Bertold ist doch auch nur ein müder Rentner, nicht wahr?«

»Das reicht!«, rief Rita. »Die Hände nach oben und langsam näherkommen! Keine Mätzchen, sonst puste ich Ihnen das Hirn weg!«

Gräbeldinger lachte heiser auf. »Die kesse Rita – wie forsch sie ist. Ganz wie ihre Tante Gerda, muss ich schon sagen. Sie werden nicht schießen, das wissen wir doch alle. Und wie wollen Sie einem alten Mann drohen, der einen inoperablen Hirntumor im Endstadium hat und – lassen Sie mich kurz nachzählen – zehn Menschen auf dem Gewissen hat? Nun ja, eher elf, denn wie Sie vielleicht sehen, habe ich ein Seil an mir befestigt. Dieses Seil hängt an einer kleinen Klemme, die wiederum einen Felsbrocken festhält, der mindestens einen Zentner wiegt. Und jetzt raten Sie mal, wer unten gefesselt am Felsfuß auf diesen Brocken wartet?«

»Stephan!«, stieß Lorenz hervor.

»Richtig, mein Lieber«, antwortete Gräbeldinger. »Der alte Junge hat mir ganz schön Arbeit gemacht, habe mich bislang eher nur mit grazileren Personen abgeben müssen.«

»Was sind Sie denn nur für ein Mensch!«, rief Bärbel aus.

Gräbeldinger lachte wieder auf. »Ach ja, die liebe Frau Professor Müllenmeister. Hat Ihnen mein Bild nicht gefallen? Das ist noch alte Handarbeit, nicht das moderne Farbgekleckse, mit dem Sie sich abgeben. Aber bitte, jetzt ist nicht die Zeit für fachliche Diskussionen. Jetzt wird abgerechnet.«

»Was wollen Sie denn eigentlich?«, fragte Lorenz. »Sie haben meine Tochter vor langer Zeit ermordet, und noch einige unschuldige Menschen mehr. Wo ist der Sinn? Und was erwarten Sie jetzt von uns?«

»Ich erwarte gar nichts!« Jetzt schrie Gräbeldinger laut, unbeherrscht. »Das glaubt ihr doch immer, nicht wahr? Der Bösewicht stellt Forderungen und so weiter. Nichts da, ich wollte einfach nur eure dummen Gesichter sehen. Und wenn ich es mir so recht überlege, will ich doch etwas.«

»Und was wäre das?«, knurrte Lorenz.

»Ich will, dass Opa Bertold hierher zu mir kommt, hier vor mir niederkniet und gesteht, dass er mir niemals auf die Schliche gekommen wäre und ich noch jahrelang vor seinen Augen hätte weitertöten können.«

»Wenn's weiter nichts ist«, sagte Lorenz und setzte sich in Bewegung.

»Bleib stehen, Opa!«, rief Rita, die Gräbeldinger fest im Visier ihrer P99 behielt. »Geh nicht zu ihm hin!«

»Das verstehst du nicht, mein Engel«, sagte Lorenz. »Dies ist eine Sache zwischen verbrauchten alten Männern.« Langsam ging er auf den Professor zu. Dabei sprach er weiter: »Warum die Ambiorix-Sache? Was ist mit der Grabung?«

Gräbeldinger lachte. »Dieses Schlachtfeld. Die kleine Gerda war besessen von diesem Ambiorix, genau wie du. Die Funde waren natürlich gefälscht. Meine Studenten waren alle unerfahren genug, das nicht zu merken. Nur diese kleine Schlampe Alveradis, die war gut. Sie musste sterben. Das Nützliche mit dem Angenehmen verbinden nenne ich das. Und dann diese strenge Katharina, die verehrte Frau Doktor Erkens – die hätte die Grabung am liebsten sofort eingestellt. Das konnte ich natürlich nicht zulassen.«

»Und der alte Naas?«

»Der war einfach ein dummer Eifelbauer. Wollte mehr Geld dafür, dass er mitspielt. War lästig, und die Sache lief ja schon.«

»Und warum musste Gerda sterben? Das würde ich gern noch wissen, bevor hier alles endet. Nicht zu viel verlangt, oder?«

»Nicht wirklich«, antwortete Gräbeldinger. »Ich will in dieser lauen Sommernacht ja gar nicht so sein. Gerda war eine begnadete Fälscherin, ich habe sie eine Zeit lang benutzt, und dann habe ich sie entsorgt, als sie unbequem wurde und zu viele Fragen stellte. Genau wie die anderen.«

Lorenz stockte der Atem, er konnte sich nicht vorstellen, wie sinnlos das alles gewesen sein mochte. Doch er beherrschte sich und zwang sich, weiterzufragen: »Und wie war das in dieser Nacht in Köln? Warum da?«

Gräbeldinger lachte. »Ich wusste, sie war dabei, meinem Einfluss zu entgleiten. Und die Fälscherwerkstatt reizte mich auch schon nicht mehr so wirklich. War mir alles zu einfach. Als sie in den Zug gestiegen war, bin ich auch nach Köln und habe sie am Bahnhof eingesammelt. Wäre fast zu spät gewesen, aber sie stand da wie bestellt und nicht abgeholt. War sehr verständnisvoll von euch, das Mädel da warten zu lassen, bis ich komme. Bei dem ersten Jungen war es noch die reine Notwendigkeit gewesen, den Mitwisser zu töten. Aber dann hat es angefangen, Spaß zu machen. Bei Gerda war es ein reines Vergnügen.«

»Du verdammtes Schwein. Was hast du mit ihr gemacht?«

Gräbeldinger winkte ab. »Ach bitte. Keine Details. Ich bin auch nicht mehr der Jüngste, und es ist schon verdammt lange her. Ich könnte es vielleicht verwechseln mit den Dingen, die ich mit Grosjeans Sohn gemacht habe.«

Alexander schrie kurz auf, und Gräbeldinger sprach gleich weiter: »Ja ja, dich meine ich, mein alter Freund und Kupferstecher. Habe das ja nie verstanden, warum Schwule sich dennoch mit Frauen abgeben und Kinder machen. Haben wohl Sehnsucht nach bürgerlicher Normalität, oder? Solche Probleme haben mich Gott sei Dank nie belastet.«

»Nein, du hast gelebt wie ein Schwein, und dafür stirbst du auch wie ein Schwein«, sagte Lorenz jetzt mit eiskalter Stimme und kniete vor Gräbeldinger nieder. »Ist es recht so?«

Der Professor sah irritiert zu ihm herunter. Lorenz hoffte, dass Rita und Paul erkennen würden, wie sie die Ablenkung Gräbeldingers würden nutzen können. Verstohlen musterte er das Seil, das den Mann mit der Halterung verband, von der er gesprochen hatte. Tatsächlich war dort ein Felsbrocken, der durch einen wackeligen Haken am Ende des Seiles gehalten zu werden schien. Er versuchte, hinunter in den Abgrund zu blicken, um vielleicht am Felsfuß Stephan entdecken zu können.

Gräbeldinger tat es ihm nach und lachte: »Ganz richtig. Dein Sohn ist da unten. Habe ihm so viel Halothan verpassen müssen, dass es für zwei Kühe gereicht hätte.« Er grinste hämisch und wollte noch etwas sagen, doch dazu kam es nicht mehr. Ein Schuss peitschte auf, Lorenz sah, wie es Gräbeldinger ein Bein nach hinten schleuderte und er zusammenbrach. Kaum dass er den Boden berührt hatte, kam ein großer Schatten herangeflogen. Mit einer Schnelligkeit und Geschmeidigkeit, die man dem großen Mann nicht zutraute, war Paul plötzlich da. Gräbeldinger rollte herum und warf sich über die Kante des Felsabsturzes. Paul bekam so gerade noch das Seil zu fassen. Auf dem Boden liegend, hielt er es mit eisernem Griff fest. Das Gewicht des alten Mannes konnte der riesenhafte Kommissar einhändig halten. So vermied er, dass das Seil den Haken herausriss, der den Felsblock in seiner Position hielt. Bevor Lorenz sich überhaupt regen konnte, stand Alexander neben ihnen. Der beugte sich herunter und reichte Gräbeldinger eine Hand. Er schrie ihn an: »Willst du wirklich heute Nacht hier so sterben? Du nimmst aber niemanden mit in den Tod. Das hätte dir so passen können, was?«

»Du wirst mir den Abgang nicht vermiesen«, zischte Gräbeldinger und schielte auf Paul, der Mühe hatte, das Gewicht des Mannes alleine in dieser ungünstigen Stellung zu halten.

Und dann grinste Gräbeldinger hämisch. »Ihr moralischen Menschen seid doch so verwundbar.«

Er reichte Alexander eine Hand, die dieser ergriff und Gräbeldinger ein Stück anhob, um Paul zu entlasten. Nun waren auch Benny und Rita heran und packten auf einen Wink von Lorenz hin den schweren Stein, der hinabzustürzen drohte. Alexander sah dies, dann erwiderte er Gräbeldingers Grinsen. »Weißt du, wenn ich es mir so recht überlege, bin ich eigentlich zu alt für falsche Moral. Du hast mein Leben zerstört, mich betrogen um das Geschäft und um mein Lebensglück.« Mit diesen Worten ließ er die Hand des Professors los. Der sackte mit einem Ruck ab, und Paul konnte das Seil nicht mehr festhalten. Gräbeldinger stürzte mit einem lang gezogenen Schrei in die Tiefe, der dann abrupt abbrach.

»Schade«, meinte Alexander. »Das ging aber viel zu schnell.«

»Musste das sein?«, keuchte Paul und erhob sich mühsam. »Wir hatten den Drecksack doch.«

Lorenz sah Alexander an und brummte: »Der alte Ermittler war beinahe dankbar. Jemand anderes hatte sein Gewissen mit der Rache belastet, welche die seine hätte werden sollen.« Doch schon im nächsten Moment hatte er Gräbeldinger vergessen. Nun hatte er nur noch den einen Gedanken: Wie ging es seinem Sohn? Diese Frage hatte er sich viele Jahre nicht gestellt, und obwohl es eigentlich nicht der passende Augenblick schien, schämte er sich dafür.

31. Kapitel

Der Sommer schien jetzt erst richtig beginnen zu wollen. Die Sonne brannte von einem wolkenlosen Himmel. Mittag war lange vorbei. Eigentlich war es schon Zeit, eine von Gustavs guten Kaffeesorten zu probieren.

Bärbel sagte: »So, wir lassen euch beide jetzt mal allein.«

Lorenz fasste ihre Hand und antwortete: »Nein, bitte, bleibt doch. Es ist mir wichtig.«

Gustav und Bärbel nickten und blieben dann still vor dem Grab stehen. Gerdas Name stand in kupfernen Lettern neben dem Marias auf dem Schieferstein. Lorenz konnte sich nicht erinnern, warum sie nicht damals schon ein Grab für Gerda eingerichtet hatten. Sie hatten es bei der Trauerfeier bewenden lassen. Stephan rückte den Blumenstrauß in der Vase zurecht und entzündete die frische Kerze. Als er damit fertig war, drehte er sich zu Lorenz um und sah ihn an. »Und? Sind wir fertig hier?«

Lorenz erwiderte den Blick seines Sohnes, sah ihm tief in die Augen. »Nein, nicht ganz, mein Junge«, antwortete er, und bevor er es sich noch einmal anders überlegen konnte, zog er Stephan an sich. Eine Zeit lang standen die beiden wortlos da in stiller Umarmung, ein Moment voller Erleichterung und Schmerz. Als die beiden sich voneinander lösten, sagte Lorenz leise: »Es ist gut.«

Stephan nickte stumm und lächelte. Dann wandten sie sich Bärbel und Gustav zu, die mit Rita und Paul einige Schritte abseits gewartet hatten. Rita küsste Vater und Großvater. »Alles in Ordnung bei euch?«

Lorenz grinste und antwortete: »Bei uns schon – endlich. Wenn du jedoch Kommissar Wollbrand fragst, für den sind noch ein paar Punkte offen geblieben.«

Paul sagte: »Ich kann euch noch ein paar Ergebnisse unserer Ermittlungen berichten, wenn ihr mögt. In Gräbeldingers Hotelzimmer fanden wir einen regelrechten Schrein, der mit lauter Zeitungsausschnitten über seine Morde, aber vor allem auch über Opa Bertold angefüllt war. Das lässt auf eine neurotische Fixierung schließen. Und die Obduktion Gräbeldingers zeigte einen riesigen Tumor in seinem Schädel, an dem er sicherlich bald gestorben wäre. Die Rechtsmedizin meint, dieser Tumor muss massive Ausfallerscheinungen verursacht haben. Und vermutlich wuchs dieses Ding über viele Jahre eher langsam heran. Nicht auszuschließen, dass er seine erste Mordserie bereits unter dem Einfluss der Krankheit verübte. Vielleicht war er aber auch einfach nur böse.«

Lorenz meinte: »Das werden wir wohl nie erfahren. Wir sollten nun die Toten ruhen lassen und uns den Lebenden zuwenden. Wie sieht es mit unserem Gustav aus? Warum ist Alexander nicht dabei?«

Gustav verzog das Gesicht zu einer etwas unglücklichen Miene. »Wir haben beschlossen, das Ganze erst einmal mit ein bisschen mehr Distanz zu betrachten. Ich kann nicht gutheißen, was er getan hat, und er hat mir noch nicht verziehen, dass ich ihn verdächtigt habe. Vielleicht soll es nicht sein. Aber wer weiß, ich wäre durchaus bereit für einen neuen Versuch.«

Lorenz fasste den Freund bei den Händen. »Nimm es nicht so schwer, mein Lieber. Die Mädels kommen und gehen, aber echte Freunde bleiben dir fürs ganze Leben!«

Bärbel lächelte. »Hört, hört, der Lorenz gibt Tipps aus dem Nähkästchen. Und was ist mit deinem Traum von der antiken Schlacht im Rurtal? Die angeblichen Funde waren ja wohl nix.«

Lorenz antwortete: »Das Schlachtfeld ist da, und ich werde es auch noch beweisen. Das bin ich Gerda schuldig.«

Rita zog scherzhaft an seinem Ohr und meinte: »Deinen Lieben und ihren Nerven wärst du es eigentlich schuldig, den Kommissar Wollbrand endlich in den wohlverdienten Ruhestand zu entlassen.«

Der Alte grinste und murmelte: »Der in Ehren ergraute Ermittler hörte die Worte wohl. Doch Ruhestand – das war nichts für ihn.«

KBV KRIMINALROMAN

KBV KRIMINALROMAN

Carola Clasen

TOTE GEHEN NICHT DEN EIFELSTEIG

Taschenbuch, 263 Seiten
ISBN 978-3-942446-05-1
9,50 EURO

Der Eifelsteig mit seinen 313 Kilometern fordert die beiden Ärzte Dr. Edgar Schramm und Dr. Lutz Winkelmann zu einer sportlichen Wette heraus. Derjenige von ihnen, der alle Etappen am schnellsten geht, bekommt die Stelle des Chefarztes in der Klinik in Euskirchen.
Edgars Weg beginnt in Aachen, Lutz startet in Trier.
Edgar ist Sportler, Lutz nicht.
Edgar hat keinen Zweifel daran, dass er die Wette gewinnt.
Nichts kann ihn aufhalten. Auch nicht die ermordete junge Frau in einem Hotel in Einruhr und der fürchterliche Verdacht, der mit einem Mal auf ihm lastet.
Schon bald sind seine Gegner nicht mehr Lutz oder die unzähligen, noch vor ihm liegenden Kilometer. Am Wegesrand mehren sich von Etappe zu Etappe die unheilvollen Zeichen, die darauf hindeuten, dass jemand ein böses Spiel mit ihm treibt …
Als Edgar kurz davor ist, dem Eifelsteig-Koller anheim zu fallen, findet Sonja Senger, Hauptkommissarin von der Kriminalpolizei Euskirchen, schließlich im hintersten Winkel ihres Forsthauses ihre ungeliebten Wanderstiefel und macht sich auf die Suche nach einem skrupellosen Mörder.

» … auch hier ist es das ›Spiel mit der Angst‹, was sie von den anderen Kriminalschriftstellern abhebt. Der Leser soll fleißig mitzittern …«
(Aachener Zeitung)

»Die Autorin hat wieder einen verzwickten Plot entwickelt, der fernab üblicher Strickmuster viel Spannung und Lesespaß bietet.«
(Wochenspiegel)